Morpho 譯 黃千眞 / 繪 haero

敢動我弟弟就死定了 IV

CONTENTS

目錄

Touch My Little Brother and You're Dead

Touch My Little Brother

Touch
My Little Brother
and
You're Dead

#

第二十一次
#21 Round

二十三歲的羅莎莉特（2）

and You're Dead

「呃呃……」

感覺快死掉了，感覺快窒息死掉了。我被悶得試圖扭動身體，卻動彈不得。

到底為什麼會動不了啊？是被鬼壓床嗎？我眼睛明明張得開，但為什麼眼前是一片漆黑？

「有人在嗎？咳，喘不過氣了。」

看來我還能講話。一尋求幫助，那些原本壓制著我的東西便逐漸不見，我看見了艾斯托的臉。她把堆積如山的棉被移開，淚汪汪地喚著我。

「小姐！」

好不容易才能動身的我接受艾斯托的協助，坐直身體，看了眼她剛剛移開的棉被。

是因為有這麼多東西壓在我身上才會動彈不得嗎？雖然可以猜到犯人是誰，但我還是再問一次確認。

「艾斯托，這些被子是妳的傑作吧？」

「是！小姐！」

「妳這個笨蛋！」

我氣沖沖地揪住艾斯托的鼻子扭轉，她抓著鼻子開始哀號。

差點就被壓死了！我真的差點就要死了！差點就要窒息而死！

「怎麼可以往病人身上放這麼多條棉被！我差點就要死掉了耶，咳咳咳。」

對吼，我感冒中，還想說我喉嚨怎麼會這麼乾啞。

「但那是因為您說很冷的關係。」

嗯……這就是妳的辯解是吧。

好吧，是我在睡夢中喊冷是吧，但可以因為這樣就放這麼多條棉被在人身上嗎？

「哎，妳這個笨蛋！」

這孩子自己討罵欸！

我用力拍打艾斯托的背，她露出一臉無辜的哭臉。妳哪有什麼好委屈的，明明做出殺害公爵繼承人未遂的行為，只被我打幾下背就能結束，妳該覺得慶幸好嗎！

「女兒！我的女兒！妳醒了嗎！」

哎呀，我的頭好暈，塞基先生居然還留在這嗎？

因為把拔大驚小怪的聲音，我看向出入口，見到幾個一身完美護理人員服裝的境外人士，不只口罩和護目鏡，甚至還戴了免洗手套跟穿著綠色衣袍。

你們是醫生還是魔法師啊？不要這麼大驚小怪吧？

「女兒！我的女兒！我還以為妳要死了！怎麼會睡了兩天啊！」

「壞孩子通常都不太生病的，妳這傢伙身體怎麼這麼虛弱？一下高燒一下退燒，又一下高燒再一下退燒的，我為了調節妳的體溫辛苦了一整晚耶！」

啊……好喔，我聽完了瑟蕾娜小姐整晚沒睡，守在我身邊看護我的自述了。

「不是啊，咳咳，雖然我很謝謝您，但這只是小感冒，何必這樣？」

「妳這小鬼頭！感冒是可能讓人死掉的！」

「妳不懂什麼叫併發症嗎？併發症！如果是流感要怎麼辦！平常這麼機靈的一個人，為什麼都不好好照顧自己的身體！」

啊啊啊，我耳朵好痛，聽太多嘮叨了，好刺、好痛！

量。

我摀住耳朵表示痛苦後，把拔和瑟蕾娜小姐突然達成要自重的協議，降低了音

「妳丈夫也未免太無情了，居然說要放下生病的妳回去工作，跟那個戴防毒面具的一起搭船走了。」

「我還以為那傢伙很善良，看錯他了。我懶得講太多，但妳要不要乾脆轉投那個彈鋼琴的拉爾古勒的懷抱？那傢伙非常喜歡妳，我第一次見到他就看出來了。」

「是我先跟葛倫少爺說要請他快點回去工作，他如果現在還留在這，我反而會生氣。然後我跟路西路西只是朋友，不是那種關係。」

我一向兩位解釋，把拔便鼓起腮幫子嘟囔了幾句，瑟蕾娜小姐則是瞪大眼，一副看到什麼難以置信東西的表情。

她呆呆張著嘴摸了摸我的額頭確認體溫，用一副不可思議的語氣說道：「妳到現在還沒回過神嗎？還很不舒服嗎？要不然，妳是白痴嗎？」

「我為什麼會是白痴？人家常說我很聰明耶。」

「不，妳是白痴智障大笨蛋。」

不是啊，要罵我就罵一種行嗎？為什麼我是白痴智障大笨蛋啊？

我咳了幾聲反駁，瑟蕾娜小姐嚇得又把我壓回床上，並幫我蓋了條棉被、吹送暖風，然後再把她拿來的毛巾結一層碎冰後放在我的額頭上。

「總之，妳先休息吧，妳會變成這樣，我多少也有點責任……」

「不是有點，大概有八成都是瑟蕾娜小姐的責任。」

「討厭的壞小孩講話也很惹人厭呢。」

「這就是事實啊，還能怎麼辦？」

我繼續頂嘴，瑟蕾娜小姐好不容易才壓抑住捏死我的衝動。但她剛剛說我睡了兩天是嗎？真糟糕，我還有關於冷凍海葵的事要提議耶。

「偉大的瑟蕾娜小姐，在聽到要繼續冷凍海葵的結論後，我想到了一個點子。」

「妳人都這樣了還要討論公事嗎？」

「怎麼？冰系魔法師大部分也都是神經冰嘛。」

「……」

讓我額頭降溫的冰毛巾瞬間結凍了，好冰！幹嘛突然又想把人凍起來啊！我還是病人耶！

「臭小孩，妳突然跟我找什麼碴？」

「但我說的也是事實啊，冰系的每個人都有夠愛耍酷不是嗎？瑟蕾娜小姐也是表面裝酷裝不在意，誰罵了自己卻都記在心裡伺機報仇啊。」

「妳怎麼會知道！」

這是在真魔塔住過幾年就會自然而然明白的事，但現在這不是重點。

如果能利用冰系魔法師的神經冰屬性，要繼續冷凍海葵的維護成本應該能降低一點，這想法還真瘋狂。

舉例來說……嗯，就像電動遊樂場的拳擊遊戲機吧。

先安裝測量海葵冰凍程度的器材，接著安排人力將其數據化並記錄下來。利用冰屬性魔法師特有的裝酷、愛嫉妒又心胸狹窄的競爭心理，應該可以降低不少成本。

最重要的是，還能透過數字看到自己的魔法有多強大，不是很有趣嗎？

我分享自己的點子後詢問塞基先生是否可行，並問瑟蕾娜小姐對這個想法是否動心，兩人都給了我正面回覆。

「嗯，要測能降低多少溫度，跟冰凍多大範圍，是沒問題的。」

「唔……只要知道那裡是哪裡，我是還挺想去看看的。」

看吧，我就說會很有趣啦！再加上如果持續累積海葵的冷凍分數，每個月發表冷凍海葵貢獻指數排名，並贈送指定獎品給名列前茅的人，全國各地的冰屬性神經冰肯定會蜂擁而至。

如果弄得好，也不需要全由亞蘭派魔法師過去，我們只要拿到切雷皮亞和拉爾古勒給的支援金就行了。

我邊喘著粗氣邊分享自己的計畫後，塞基先生和瑟蕾娜小姐各自帶著微妙的表情看向彼此。

「我們不能想個辦法把她帶回真魔塔嗎？感覺要盡早把她關起來才行。」

「那個，她才三環而已，而且如果亞蘭少了她，會是國家級的損失。」

「這個臭小孩就不該成為魔法師的……」

什麼意思，幹嘛這樣講！為什麼還想奪走我唯一的興趣？不要這樣好嗎，我會難過，我這輩子唯一的樂趣就只剩下學魔法了耶！

在咳嗽的同時，我還想繼續發表意見，瑟蕾娜小姐卻把藥塞進我嘴裡，要我喝水吞下。她叫我先吃藥多睡一下，於是我閉上了眼睛。

但我都睡了兩天，竟然一點也不餓耶。我好奇地喃喃自語，而把拔好像往我的食道用什麼玻璃管灌進了流質食物……

……你們這些人到底都在我睡著時做了什麼！

於是我又多睡了一天才起來，卻仍然沒有感到飢餓。雖然腦中浮現流質食物、玻璃管、食道等詞彙，但我決定不要深究了，好可怕。

而且我連睡四天，已經休息夠了，體力也有所恢復，所以我決定回到亞蘭。

一方面是需要搞定海葵問題，另一方面是，我還有一件需要召集大家優先處理的事情。

阿斯特里溫、回歸，以及黑化的王者之劍！

只要讓瑟蕾娜小姐握到那把劍，就能知道那是否也是面具女所為，因此我必須先帶那位到地下室，交換彼此的情報。

或許我得說明一直以來發生在我和里溫身上的一切。

雖然我已經作好覺悟，可能要向瑟蕾娜小姐和把拔說明這件根本沒人會相信的事，但到底該怎麼講啊……我心裡真的涼颼颼的。

首先，針對為什麼我這段時間都沒向他坦白，把拔肯定會先發脾氣。而萬一這件事傳到爸爸耳裡……爸爸也會倒下吧，他肯定會因為大受打擊而倒下的。那媽媽會因此怎麼料理我呢？一想到這就全身起雞皮疙瘩，不願意再想下去。

只要想起媽媽，我就會無法控制地顫抖，能解決回歸問題是很好，不過我還是想要盡可能美美地死去。

不可以，就算爸爸因為我倒下，我也不想被媽媽發現這件事。

不曉得是不是出於這樣的心態，抵達菲埃那勒後，我沒有立刻叫馬車。

就趁機搭路面電車回家吧。

雖然也是想展示進步的亞蘭給瑟蕾娜看，但其實還是為了要盡量慢點到家，我需要一點心理準備呀。

不曉得是不是心情使然，我抵達菲埃那勒後沒有立刻叫馬車，反而有想要盡量慢點到家的心態浮現，我需要一點時間作心理準備。

反正行李、僕人和卡波姐姐一行人，都在葛倫回去時一起走了，我只要帶上魔塔人員跟艾斯托，可以輕便地搭乘電車。

儘管我也被把拔罵，說怎能硬是讓原本緩步成長的國家，一下就進入高速發展，可是這又不干我的事，我在意的反而是電車比想像中更容易誤點的部分。

當然在外面等五分鐘，也就只是五分鐘罷了，不過對等車的人而言，五分鐘可是猶如永劫，看來我還是得聯絡一下路面電車公司。

抵達洛克斯伯格站的我，先是參觀了被砍頭的艾斯托銅像，接著才慢悠悠地晃回家。

很好，心理準備作得差不多了，現在起就要引領瑟蕾娜小姐到別館地下室，決一死戰了。

雖然已經可以站穩步伐，但要行走還是有點吃力，於是我叫守門的奎爾還是卡爾把賽格威拿來，之後才開始帶路。只要穿越本館，就會抵達我們阿斯特里溫居住的別館。

我解釋了那裡的地下室插著一把被鎖鍊纏繞的劍，然後看向我們家別館。

「……」

那個……我們家別館……就算之前是挺老舊的沒錯……

「臭小孩，妳說這裡有什麼？」

「不是，那個，直到幾天前，這裡都還是里溫住的別館啊。」

原本在的，但現在不見了。

這也未免倒塌得太過徹底了，我因為別館已看不出原有的面貌而一陣木然。

此時我聽見遠處有人呼喚我，於是望向連接本館的大路，看到了愛達尼利公爵繼承人……不對，她現在已經是公爵了，是作為愛達尼利公爵的桃樂絲姐姐。

「看來應該先搞清楚現在是什麼狀況了，您要先到塞基先生的住處嗎？」

「不，我要先看看是什麼狀況，跟小不點也還有話要說。」

「不是，我都已經幾歲了，妳到現在還叫我小不點啊？」

「你就還是小孩子啊，難不成是大人了嗎？明明年紀也不及我的一半。」

原來如此……把拔甚至還不到瑟蕾娜小姐的一半歲數啊，我又不小心得知了沒有用的情報。

「旁邊那個小朋友也留下，她不是會那個嗎？『**去死吧，威廉・布朗**』。」

「什麼？您需要『**去死吧，威廉・布朗**』嗎？」

「對，剛不是說那把劍在地下室嗎？如果要清掉這些廢墟殘骸，感覺會需要用到『**去死吧，威廉・布朗**』。」

確實，只要使出一次「去死吧，威廉・布朗」，就能讓建築廢墟甚至灰塵統統不見，但問題在於周圍也可能一同被破壞，例如我家的圍牆、林蔭樹、很貴的造景，以及其他等等。

別館重建就已經要花好大一筆預算了，我因擔心經費問題而小心詢問，瑟蕾娜小姐說不用煩惱，她有信心能控制艾斯托的劍氣。她還覺得既然都能進行排空魔力了，那控制魔力也只是小菜一碟而已……她到底是在講什麼東西？

「艾斯托的劍氣跟控制魔力有什麼關係？」

「最近的小孩子連這種東西都沒學嗎？」

瑟蕾娜小姐訝異地看向塞基先生，塞基先生也跟著露出詫異表情，並回答「我也不知道，老太婆」，結果就被捏嘴巴了。

……我剛剛才突然明白一件事，雷屬性魔法師的性格特徵難道是，自討苦吃嗎？

「聽好了，你們這些小不點。關於劍氣這個東西呢……」

手冊！我的手冊在哪！我原本還想說瑟蕾娜小姐是不是又要講廢話，她卻如此淡然地洩漏出重大情報。

首先，被一般人稱為劍術大師的人所使用的氣，是名為劍氣的力量。不管是練劍還是斧頭，又或是徒手鍛鍊，只要到達某種境界就能啟動劍氣，所以稱為劍術大師是錯的，應該要叫劍氣能力者才對。

這部分我有從艾斯托和傑克那邊聽說過，最近也流行把主武器不同，但都使用劍氣的人統稱為劍氣能力者。

「然後這個劍氣呢，是身上沒半點親和屬性的傢伙搞出來的，也可說是無屬性的魔法師。當魔法沒辦法從外部找到類似屬性時會怎麼辦？內部！會開始朝自己體內找吧？」

喔喔喔，所以說劍氣是魔力的變異，然後這可以用於強化身體、使用武器，或是像艾斯托或那個丟玫瑰花的人一樣作為雷射光使用是吧？

「一般是用於強化身體，或是將劍氣往外發動，妳養的這個小不點應該是……」

我養的孩子是指艾斯托嗎？是在講艾斯托？這孩子又怎麼了？

這個天生就有魔力感應能力，在弱冠之年成為劍氣能力者，對海葵一戰時則把劍氣作為雷射光發出，搞不好在語言方面也有一些天才潛力的這隻鮟鱇魚還有什麼才能嗎？她該不會真的是天才吧？

「強化身體和發動劍氣這兩件事都辦得到的話，以魔法師來說就是雙法齊施，甚至可能三法齊施的人才。但我是第一次見到劍氣能力者兩種能力都有，這孩子本身力量就很強對吧？例如跑步超快之類的。」

「對！艾斯托在五百公尺內跑得比馬還快！」

「噢，哪來這種怪物般的小不點啊？」

就是說啊！艾斯托到底是什麼啊！

瑟蕾娜小姐這席話的重點是，劍氣和魔力的脈絡一樣，所以她能從旁控制，也就是能以艾斯托和瑟蕾娜小姐這個組合把這座廢墟清掉的意思。那我當然是大歡迎啊，甚至還少了清理垃圾的費用。

「那就麻煩您了，艾斯托，要乖乖聽瑟蕾娜小姐的吩咐。」

「是，小姐。」

是啊，妳永遠都是個只擅長回應的孩子，我抱持著以防萬一的心情，偷偷跟瑟蕾娜小姐說，如果艾斯托不聽話，只要用食物作為報酬就沒問題了。

「那我就先去工作了，請務必留意別讓瑟蕾娜小姐迷路了。」

「這部分就別擔心了，女兒。」

塞基先生緊握並高舉瑟蕾娜小姐的手讓我安心，然後瑟蕾娜小姐可能是因為剛剛被把拔當成老人看待還在生氣，一拳就朝把拔的要害揮去。

……嘶，果然，我覺得自討苦吃真的是雷屬性魔法師的特色。

總之，這不是重點，我要去找手冊跟筆，把剛剛聽到的東西立刻寫下來才不會忘記。這是我們年事已高的八環大魔法師的面對面講授，真是提著燈籠也難找的幸運。

我搭著賽格威咻地靠近桃樂絲姐姐，為自己因有重要的事要談而耽擱時間表達歉意，桃樂絲小姐說沒關係，並要我搭馬車一起走。

「啊，好像坐滿了，我搭賽格威過去就行了。」

「她們沒關係，她們會自己想辦法過來的。」

桃樂絲姐姐一使眼色，一看就知道是愛達尼利人的女人們迅速退下，並攀附在馬車側邊，該怎麼形容這種好像寶萊塢電影裡消防人員搭消防車出動的姿勢呢？

講到寶萊塢才想到我最近都沒跳舞，好想看點歡樂的東西喔。

洛克斯伯格文化振興委員會說，想把我去試煉之塔救出葛倫的故事改編成舞臺劇，不知道能不能請他們改成音樂劇耶？可以跳群舞，歌跟舞都要走非常嘻非常哈的路線。

「請把坐騎交給我，我會放在馬車頂。」

「喔喔喔，謝謝。」

在我陷入沉思時，馬車上的三位紅髮侍女之中，看起來最年長的那位露出最甜的笑容接過我的賽格威。我搭上馬車後，偷瞄那幾個孩子一眼，接著詢問桃樂絲姐姐。

「請問這幾個孩子是姐姐家有名的養女嗎？」

「我不確定她們是不是有名，但確實是我們家的幾個死丫頭沒錯。」

這話也太重了吧，大家看起來都很善良很有朝氣啊。

我把我的感受說出口，孩子們哈哈大笑地表示小公爵說的沒錯，然後就自己狂聊起我的事。

這些人說著，她就是那個「晚間的空氣比較冷」的姐姐嗎？難怪珍妮特會發瘋般地成天說要離家。整天只看媽媽這種人，難得見到這種知性性感的會垂涎也正常啦，後略。

她們把人放在舞臺上損的技術還真是不一般呢，這些小獵犬寶寶真的是喔……

「閉嘴，妳們都不需要下個月的零用錢了是吧？」

我又不能教訓別人家的小孩，只能直冒冷汗，而桃樂絲姐姐僅用一句話就讓孩子們閉嘴了。

……果然還是要靠錢，金錢的力量是最強的。

「對不起，也不曉得她們是像誰，都這麼冒冒失失的。」

這……想必是像桃樂絲姐姐啊，妳現在還想把過錯推給誰呢？妳在王宮會議上托著臉，還用紙把香菸捲起來，問我要不要來一根的事我可沒忘，不要小看我的記憶力。

「話說回來，愛達尼利公爵大人來這裡有什麼事呢？」

而且那個長得像聖誕老公公禮物袋的東西又是什麼？這裡沒有聖誕節耶！

「這個啊……」

「親自看了就知道！」

「這個得親眼看啦。」

「我們也是為了來看這個，才放下所有事情跟來的！」

嗯，聽這幾隻小獵犬的合唱，看來是要發生什麼非常有趣的事情了吧？我選擇聽從桃樂絲家孩子們的話，走下抵達本館的馬車。

「嗯……」

這裡明明就是我家玄關啊，怎麼沒了。

都不知道玄關是第幾次被炸掉了，我急忙走進屋裡，桃樂絲小姐把紅絲絨材質的大袋子扛在肩上跟著我走。一進到屋內，我便聽到某處傳來一陣哇哇的哭聲。

「姐——接！姐姐！您還好嗎？身體呢？我聽說您躺了好幾天！別死啊姐姐！嗚嗚嗚！」

「羅莎莉特小姐！這真的不是我的錯，都是那個惡劣的阿斯特里溫的錯！請饒我一命！不要趕我出去！」

「姐姐，您別死啊，嗚嗚嗚嗚。」

雖然還沒完全搞清楚狀況，但看來是我又按下里溫的恐慌創傷按鈕了。

雙手勾著里溫和珍妮特，我安撫他們說自己沒死，並詢問發生了什麼事，但這兩人打從一開始就黏著我哭不停，什麼話都沒講。

而且為什麼他們看起來髒兮兮的啊？那個像是在金字塔服勞役時會用到的巨石堆和槌子，又是怎麼回事？

依我所見，應該是他們想親自修復本館倒塌的階梯。是說通往二樓的階梯也不見了。

等一下，別館消失該不會也是這兩個孩子搞的吧？

「又是誰在偷懶了！」

在我好不容易快找到答案的過程，某處傳來一陣宏亮的聲音。劃破天際的鞭子聲讓我環顧四周，發現是我爸拿著馬鞭不斷抽打牆壁。

「給我動起來！今天之內如果沒把其中一邊的階梯建好就不准吃飯！」

嗯？這句好像埃及服勞役現場的百夫長所講的話是什麼意思？現在這個狀況就已經夠奇怪了，更怪的是里溫和珍妮特聽到爸爸的怒斥，便又哭哭啼啼地回去勞動。

珍妮特拖著巨大的大理石行走，里溫則用木槌敲打用於組合石頭的釘子和樓梯零件。

原來如此，是要像現在這樣一一疊上去建造出五層階梯嗎？

「洛克斯伯格公爵，打擾了！今天因為我們家令人頭痛的次女前來，有事想與您相談。」

剛剛還在揮舞馬鞭的爸爸正打算回去處理公務而轉頭，桃樂絲姐姐用宏亮的聲音留住了他。

雖然爸爸說在工程結束前跟愛達尼利無話可說，但在桃樂絲姐姐放下帶來的布袋後就改變了態度。

愛達尼利公爵帶來的聖誕老人禮物袋裡裝的是滿滿的白金幣，這些值多少錢啊？換算成錢可以再蓋三棟別館吧！

「威廉，客人來了，準備一下。」

「是，公爵大人。」

對嘛，如果是這麼多錢，要推翻剛剛所說的話只是舉手之勞。管他什麼公爵的體面問題，他就是個會被眼前利益蒙蔽的人，儘管他是我爸，還是覺得有點丟臉。

「下次再慢慢談吧，我現在因為珍妮特很忙，先這樣。」

「好的，我大致了解。」

「噢嗚，真是丟臉死了，珍妮特·愛達尼利真是夠了！」

桃樂絲小姐打了個寒顫，把女兒們都叫過來，正在說著珍妮特傻瓜的姐妹們異口同聲回答一聲「是」，就跟著愛達尼利公爵走了。

但至少看到女兒闖禍，還是攜家帶眷地過來要帶她走，看起來她也算受寵嘛。

真是的，上一次人生還離家出走、意外身亡？妳媽媽明明這麼疼妳，妳卻不願意待在家裡。

走近里溫和珍妮特，我確認是不是他們摧毀了別館，孩子們相當有朝氣又肯定地回答我，於是我輪流彈了他們的額頭。

原本只是想順便跟爸爸報告女兒已經回家了，不過看這個狀況，他跟桃樂絲小姐應該有非常多話要談，那我要不要乾脆先回一下辦公室再去別館呢？

我聽到外頭音量超大的怪聲，猜測目前應該正在進行**去死吧，威廉·布朗**中，接著走向辦公室。我沒敲門，一把就將門打開並探入自己的頭，原本坐在座位上的葛倫嚇得跳起來。

「羅莎莉特小姐！」

嘿嘿，葛倫少爺被我嚇到了嗎？

為了展現出健康的面貌，我朗聲大笑著，而男人則連枴杖都沒拄著，便手忙腳亂地走過來，身子因此歪斜著。

我知道他這是在迎接我，但好歹也先維持平衡吧？

「您還好嗎？雖然我也很想留在您身邊，卻又覺得必須優先聽從您的意思。」

「我不是說了別太掛念我嗎？你如果沒先回來工作，反而會被我罵的。」

所以說你就別哭了，我好好的，好了！別哭了！

我抱著葛倫安慰他，男人把臉埋進我的肩膀，摸摸我的背，還說如果我再沒消息，他就要重返羅希爾……

那可不行耶，你要在這裡工作，就算我之後失蹤半年，希望你還是要在辦公室工作，不然我們領地會完蛋的。

「……」

嗯嗯，話說回來……辦公室裡怎麼不見其他人蹤影？看來路克是先回他的百貨公司工作了，但也沒看到維奧萊特和莉莉的蹤影，這難道是？噢，現在氣氛也正好，我可以期待來個歡愉的半優惠時光嗎？

「妹妹！妹妹在嗎？我聽說妳回來的消息了！」

嗯，好喔，越期待就越會受傷害嘛。

我以抱著葛倫的狀態，迎接闖入辦公室的卡波姐姐，她問自己是否妨礙了我們的大好氣氛，還問她要不要現在離開，但氣氛已遭到破壞，回不去了。

我依然以抱著葛倫的狀態詢問公主有什麼事情。

「喔，那個，我在羅希爾的時候有潛入泰奧多爾殿下的房間。」

我因為她說的話突然間心情複雜，對於該從哪裡開始指責也有點混亂……

把人打包帶走可是犯罪啊！

我們決定要一起喝個茶，才坐下不久，維奧萊特就回來抓著我哭哭啼啼，安撫她也費了我不少力氣。

好不容易才讓她去準備點心，正打算開始談正事時，這次輪到莉莉衝進來抓著我哭哭啼啼，真是讓我難堪至極。

這孩子跟維奧萊特回到亞蘭之後，都覺得自己應該是要留在羅希爾照顧我的人，但瑟蕾娜小姐和塞基先生甚至穿上了綠色大袍威脅她們，要這些對看護沒有幫助的孩子回去。

莉莉一哭，維奧萊特又要跟著哭，眼淚或許也會傳染，連葛倫少爺都再次淚汪汪了起來。我在開始辦正事之前，先問了今天遭遇的怪事。

「但那個別館是怎麼回事？葛倫少爺你知道嗎？」

哎呀，果然還是我們家的椅子最舒服了，我整個人坐進後現代風的皮沙發裡，咬了一口點心。

「那個，那兩位因為這段時間沒見到羅莎莉特小姐，壓力很大。該說是因為只有我先回來了，他們倆隱忍的壓力於是突然爆發嗎……」

啊，去羅希爾玩的時候就一直覺得沒帶上那兩人很可惜，莫名變成是我撇下他們自己去這點也讓我心裡很不好受，看來他們真的累積了不少壓力啊。

「嘖嘖，他們是有多想出去玩，才會把無辜的建築物毀掉啊？」

「羅莎莉特小姐，妳有徹底了解我說的話嗎？」

嗯？當然啊，我充滿自信地點點頭，葛倫少爺又將眼睛眯了起來，重複一次剛剛說過的話。

「我再確認一次，里溫和珍妮特，在沒見到羅莎莉特小姐之後累積了怒火，從我一抵達宅邸後就氣得開始大鬧。好，我剛剛說了什麼？」

「不就是因為他們沒跟我們一起去羅希爾玩在生氣嗎？早知如此，我就會抱持著集體加班的覺悟，也帶他們一起去了。」

「我是說他們沒見到妳而備感壓力耶？」

「對啊，不是一樣的意思嗎？」

「……」

葛倫少爺看我的眼神非常奇怪，接著便開始了洛克斯伯格式穩定心神緊急處置。他彎腰抱住我，配合著心跳節奏拍打我的背……

雖然不知道這是怎麼回事，但賺到免費擁抱我也是很感恩啦。

「對了，強姦未遂犯。」

「誰？誰是強姦未遂犯？」

「您不是打算把殿下劫走嗎？從殿下沒有大發雷霆來看，應該是停留在未遂階段而已，難道您成功了嗎？」

「不是啦！才沒有強姦！我只是想替泰奧多爾大人消除太監的傳聞而已！」

「性犯罪者通常都會說些很不像話的辯解。」

「就說不是了！我有收到王后殿下表示可以突擊的許可耶！雖然我說應該要跟殿下達成協議會比較好而拒絕了！」

看來我不在的時候，某王國王后跟某公國公主預謀強姦是吧？那這樣就不是單純的強姦事件，要算特殊強姦未遂了吧？也就是兩人以上經過事前預謀，進行計畫性犯案……

「特殊強姦未遂犯……」

「《性暴力犯罪特例》第四條……」

噢，原來葛倫少爺也知道啊，真不愧是我老公。

葛倫可能跟我是一樣的想法，於是在摟著我的狀況下探出身子，試圖保護我。呵呵，這隻湯氏瞪羚即使想守護我，也當不了幾秒的肉盾吧。

我欣慰地揉了揉葛倫的腰間，他全身扭動表示痛苦，我則心情絕佳地哈哈大笑，接著卡波姐姐用迅雷不及掩耳的速度，從胸背帶掏出短槍，抵著我的頭。

「別開玩笑了，認真聽我說。」

「幹嘛這麼驚悚啊，聽到有趣的事總會想開開玩笑嘛。」

「就算妳的頭會穿出一個洞，也還是想在出現開玩笑的機會時胡鬧嗎？」

「對。」

「好吧……」

姐姐總算是放棄了，她把槍收起來，哀求我、拜託我聽她說話。她看起來非常懇切，我一說我會認真聽，姐姐這才開始娓娓道來那天的事。

「你們去海邊玩的那天啊，我想說要製造出殿下跟女人共度一晚的傳聞，這才動了點手腳。畢竟那個消息傳遍全國嘛，殿下那個……」

「傳聞泰奧多爾是太監的部分嗎？」

「嗯，所以我才在獲得王后殿下許可後，為了和他共度一晚，買通所有侍女，趁他洗澡時潛入房間。當然啦，如果氣氛好的話，王孫……呵呵，也不是沒有機會。」

「您果然非常直爽。」

對嘛，就是這個，我就是想要這樣的儲妃啊。姐姐最棒了，快撲上去生個王孫啊！

因為姐姐說的故事字字句句都非常有趣，我緊抓著葛倫的手認真傾聽，但她接著露出了不太好的表情，於是我們十指交扣，憂心得眉頭深鎖。

「然後，就在殿下暫時不在的時候。」

「不在的時候？」

「有一隻奇怪的娃娃……」

啊，我好像懂了，我聽懂了，是在講羅莎莉特．洛克斯伯格二代吧，肯定是疑惑為什麼王儲殿下會有一隻長得跟我很像的娃娃吧？關於這點我馬上可以解答，正打算開口，但對姐姐來說有問題的好像不是這部分。

「那個東西突然間大轉頭。」

「嗯？」

什麼？為什麼突然變驚悚片？好怪耶，它沒有這種功能啊！

「它對著我把嘴張開，然後開始放電。」

「……」

為什麼？

為什麼呢？我知道它是自力發電，難道還有自動升級的功能嗎？這件事去問問塞基先生應該就有答案了，但總之這次的王孫生產計畫宣告泡湯了是吧？真可惡。

我還在思考該怎麼把這傢伙除掉時，突然又有人不敲門進來了，是傑克。他大口嚼著魷魚乾看著我，若無其事地開口。

「小姐，您回來了，王室快遞。」

你！我在鬼門關前走一遭，現在才終於回到家，你只有這句話要跟我說嗎？我氣得向他追究，問他難道都不擔心我嗎？傑克想了好一會，只說了一個字。

「對。」

「好喔……」

算了，我跟你還能談什麼，身為主人的我也只能自己腦補解讀了，不然怎麼辦？他堅信著我會平安無事，所以才會一點也不擔心吧，肯定是這樣。

我一面自我洗腦，一面拆開王室快遞，裡面有張來自泰奧多爾的信，用的是便宜至極的再生紙，上頭的墨水還暈開了。

難道是我回家的消息已經傳到了王室嗎？也是啦，我在羅希爾待到今天才返抵港口，隨心所欲地超出了本來的預計滯留時間，這消息會直接傳往王室也不意外。

「怎麼會有王室快遞？發生什麼事了？妹妹。」

「嗯……看起來是沒講什麼特別的……」

雖然是用盡他一切禮貌所寫的信，但把內容粗俗地概略整理起來就是「死了沒？沒死的話見個面吧」的意思。萬一我真的死掉是想怎樣啊，居然還寄這種信。

我因為這個年過三十依然不懂事的金髮翩翩男子而嘖了幾聲，把重點擺在「見個面吧」這句話。

既然要見，那跟卡波姐姐一起去也沒關係吧？然後我再見機行事、先行離開，感覺不錯耶。

「卡波姐姐，趁這機會跟王儲殿下一起喝個茶……不對，想不想一起去打獵啊？這樣反而更能表現出您帥氣的一面吧？」

「哎呀，打獵雖然也算是我的特長，可是不知道泰奧多爾大人會怎麼想……」

「哪有什麼好想的，只要對方不是洛克斯伯格，他就不會輸，是個不管幹嘛都會一邊讚嘆一邊說『哇好厲害』的傢伙。我看只能是打獵了，到時候就去猛烈狙擊吧！」

這樣正好，還可以順便展現出我很健康的樣子，就由王室舉辦一場狩獵大會好了。再過不久便是春天了，動物差不多會開始活動，再讓四大公爵家有時間的人就來參加，我想大家應該都會來吧？

「卡波姐姐，我可以加入嗎？」

「噢，傑克弟弟，坐吧。」

等一下，你們倆為何變這麼熟？傑克想轉職的事原來不是說說而已嗎？

在姐姐來到洛克斯伯格家後，就只有我一人會被她叫妹妹而已，但很怪的是她居然也把傑克當弟弟，甚至讓出自己身旁的位置給他。

傑克熟悉地坐在公主身邊，拿起筆。

「反正都要見殿下了，可以穿這樣……」

傑克熟練地開始畫起人物，畫中的人紮著馬尾，他附帶說明綁頭髮的緞帶是藍色的，此外該人物還身穿襯衫、褲子及長靴。

這看起來感覺跟阿斯特里溫好像喔，到底是男的還女的啊？

「這是什麼？」

「王儲殿下的理想型。」

「那我就穿這樣去。」

你又是怎麼知道泰奧多爾的理想型啊？這太令人衝擊了，我於是對著傑克問東問西，但這臭小子又看著我大嘆了一口氣，說我這輩子都無須知道這件事。

可惡……這傢伙最近都不把我放在眼裡，閒著沒事就說是我的錯，不知道也無妨，真是個性有夠惡劣的傢伙。

「孩子，傑克．布朗啊，請你尊重我一下，我是你的主人耶。」

「我很尊敬您呀。」

「才怪，你才沒有尊敬我，我感受不到你對我的敬佩。」

「……所以是要我怎樣？」

你！一直一直做些離家出走的事，跟路西路西一搭一唱，還姐姐長，姐姐短地叫卡波姐姐，你以為你這樣做我會善罷甘休嗎？我也是非常會勾勾纏的，你明明看過我是怎麼對葛倫少爺的，居然還這樣做？

「你絕對不可能離職，如果需要什麼福利我都會給你，就是絕對不能離開我家。你如果走了，彼得要怎麼辦？你帶不走牠的，你覺得你離開這個家，彼得會變成什麼樣子？」

「您看到了嗎？我因為那位小姐真是怕得都不敢離開了。」

這都是因為你說要離職！還說卡波姐姐家的員工福利很好，很羨慕人家啊！

我一大吼，傑克看我的表情就好像在看什麼罪大惡極的東西，然後便走進了護衛休息室。

他他他！他剛剛看我的樣子就好像在看阿斯特里溫一樣，應該只是我的錯覺吧？

「你們家喔，不管什麼時候看都覺得大家好和睦，真好。」

「什麼？哪裡？」

「妳這輩子都別離開洛克斯伯格，要好好在這裡生活喔。」

卡波姐姐說了這不知道是祝福還是詛咒的話後，又留下一句等打獵日期決定好再告訴她的要求，就給了我一個道別擁抱。

那我也去找找瑟蕾娜小姐好了，感覺艾斯托的**去死吧，威廉・布朗**也差不多結束了吧？從剛剛就覺得外面好安靜。

「您又要出去嗎？」

一起身，葛倫就一臉遺憾地抓住我的手。

好吧，關於我累積不少要蓋章的文件就離開這部分，我也很抱歉，但我有必須先去處理的事。我說完後在葛倫臉頰親了一口，並告訴他晚上見，葛倫整個人彎成直角跟我說了句請慢走。

我的丈夫還真有禮貌，我只是去辦點私事而已，幹嘛還跟我九十度鞠躬呢？

哈哈笑著離開辦公室，我又在本館大廳看到了奇異的情景。桃樂絲小姐的交易好像已經談完，她揪住珍妮特的頭髮，拖著她走。

珍妮特哭得傷心欲絕，說這裡才是她的家、洛克斯伯格家是她的家、羅莎莉特小姐才是她老闆之類的，還說出為什麼自己得回去那個老得有剩的桃樂絲大嬸家這種難聽話。

桃樂絲姐姐一聽到大嬸二字就把珍妮特舉到半空中，使出百裂腿踢了她八下後才繼續拖著她前進。

哇啊啊，原來現實生活真的有人能實現春麗的腿技耶，我看到好珍貴的場面喔。

由於害怕愛達尼利公爵大人，我想說要躲一下再出去，然而這次換爸爸又拿著馬鞭在抽打牆壁。他向阿斯特里溫下令，說既然少了人力那他就要更努力幹活，里溫嗚嗚哭著繼續做原本由珍妮特負責的工作。

這些巨大的大理石到底都是去哪弄來的啊？既然有辦法把這麼大的東西搬來，那用同樣方法建造階梯就好啦？幹嘛非要放得這麼遠，要孩子們自己拉過去呢？

嗯……畢竟爸爸心胸很狹窄，可能是因為一直忍耐這些家裡被破壞的事件，到現在才爆發吧。為了不受波及，我還是不要現在出去好了。

我盡可能屏住呼吸，避免和爸爸面對面，直到公爵大人和威廉完全離開後，才走下玄關安慰里溫。

他看起來又陷入那個擔心我是否安好，有沒有危及性命的創傷恐慌，我迅速拍拍他，給予緊急處置後就前往別館。

驚人的是，別館已經變成一片荒地。

「噢，女兒，妳辦完事了嗎？」

我搭著由愛達尼利家擁有甜美笑容的女孩親切幫我從馬車上取下的賽格威。一抵達別館後，把拔便很開心地迎接我。

艾斯托不在現場，看來應該是去補充能量了，那瑟蕾娜小姐呢？

「瑟蕾娜小姐人呢？」

「別擔心，她在四周都堵住的地方不會迷路的。」

這……一般來說應該是這樣沒錯啦。

我前往塞基先生引導的地方，見到一個四方形的地洞，中間是插著黑化王者之劍的地方，看來應該是之前的地下室空間。

這這這，是直接把天花板炸飛了是吧？

「瑟蕾娜小姐！那是可以隨便摸的嗎？把拔好像說過不要隨便亂摸它耶！」

「沒事！我不是相關人士沒關係！我被拒絕連接了。」

嗯……這意思就是完全不考慮後果就亂摸了呢。

我冷靜地說出我的意見，把拔安慰了我幾句，說她本來就是個不思考後果的老太婆，也只能習慣。我是也已經適應得差不多了啦，無須擔心。

「那我們先下去吧？」

「好啊，老太婆！妳用個魔法讓我們下去吧。」

「還真有禮貌。」

瑟蕾娜揮了幾下手臂，我的身體騰空，安全降落在地下室，然後塞基先生被撲通摔在地上。

又要吵架了，這兩個又在吵，我還要等多久這場爭執才會結束呢？

「臭小孩，既然妳弟弟摸了它有反應，看來也是相關人士之一，妳先把他帶來吧，總要看到有什麼反應，我才能確認是不是瑟琳那個臭婆娘做的。」

「不行。」

讓里溫恢復記憶不就完蛋了嗎？現在是因為幸運，他只記得我試圖上吊自殺的部分而已，如果找回更早之前的回憶，里溫可能真的會死掉耶。

他現在心神狀態就已經很耗弱了，只要按下一個創傷鈕就會不斷發抖掙扎，剛剛確認我安危的時候人都快哭出來了，絕對不行。

我說明了目前的狀況，反對拿里溫作為實驗體，瑟蕾娜一臉意外地摸摸我的頭。

「看來妳至少還有點替弟弟著想的善良心意嘛，也是啦，人就是個很立體的存在。」

「如果只是需要實驗體，我應該也能當。」

「女兒說的沒錯老太婆，根據我的觀察，連接在那把劍上的鎖鍊似乎跟女兒的魔力是一樣的。」

雖然我說的話並不是那個意思，但既然都誤會了，我還是閉嘴吧。

瑟蕾娜小姐覺得塞基先生的話有道理，她抓住我的手，要我伸出另一隻手抓住那把劍。在我聽從瑟蕾娜小姐的話試圖握上劍之前，突然想起必須先確認一件事。

「那個，萬一我抓住那把劍後暴衝，您應該會阻止我吧？」

「在妳暴衝之前就會阻止。」

「這可以用排空魔力或控制之類的方式阻止嗎？」

「不行。」

「……」

「……」

好喔，我大概知道是什麼意思了，就是我很常說的那句話嘛，死者是不會說話的。

我決定放下一切，畢竟我也是進退維谷。

之前那把劍好像是說，如果到達壓力臨界點就會暴衝，但我現在沒什麼壓力，應該不會怎樣吧？而且就算真的出事，也還有能替我解圍的瑟蕾娜小姐和塞基先生呀。最重要的是，我們還有瑪卡翁！

我相信你，瑪卡翁！

抱持著對瑪卡翁的深切信任，我抓住那把劍，出現嗡嗡聲後，我就失神般地沒了一切知覺。

喔喔，好久沒來這裡了，這個空無一物，只有意識存在的空間。我莫名感到開心，好微妙，然後我聽見了更讓我高興的聲音。那個以前聽過的、推測為女性的機械音。

使用者辨識中。已確認為締約人替代品，本體不歡迎替代品之接觸。

什麼意思，我很開心耶，妳為什麼不歡迎我？

答覆，會很耗電。

……居然是個這麼出乎意料又現實的答案，但耗電的意思是在暗指跟我對話很累嗎？可是她看起來不像是個懂暗喻的物體呀。

確認壓力值，正常。無須暴衝療法，建議解除接觸。

看來妳真的不想跟我講話是吧？除了要求我快點離開之外，沒別的好說了嗎？

重新確認壓力值選一，離開選二，連接客服選零。

……為什麼，怎麼會突然變成客服系統？啊我是要怎麼回答？又沒東西可以按，只要想著零就可以了嗎？而且要連客服的話是會連到誰？

我超級不知所措，但這似乎真的是個我只要在心中思考就好的系統，於是接著就聽到開始連接客服的聲音。會連到誰真的讓我很擔心，而在一陣滋滋滋的雜音後，我聽到了跟剛剛一樣的聲音。

只是聽起來不是剛剛那位。

電力不足，我就單刀直入地說吧。現在妳身邊有沒有全盤信任妳的強大助力者？我是指相當於金．瑟蕾娜和瑪麗亞．洛克斯伯格實力的強者。是／否。

她為什麼變得這麼沒禮貌？雖然全盤信任跟提供助力的意思有點曖昧，但現在瑟蕾娜小姐抓著我的手，塞基先生應該也稱得上是實力相當的能力者吧？他們都實力堅強的部分應該是沒有人會有異議。

居然把金瑟蕾娜和塞基．奧斯華也拉進來了，看來是個走天運的傢伙呢。好吧，那我允許妳呼叫瑟琳。

瑟琳？是剛剛瑟蕾娜小姐說的那個人嗎？她是這把劍的相關人士？插劍的人？還是打造出這把劍的人？反正妳現在要把她叫出來嗎？什麼意思？所以到底誰才是客服啊！是妳嗎？

妳顯然因為是和羅莎莉特．洛克斯伯格非常相近的人而受到召喚，但真是有夠笨的。妳知道嗎？這是妳的第一個，也是最後一個機會了。

妳有看見我的滿頭問號嗎？現在這個系統如果是讓人能用肉眼看見意識世界，那我身邊應該有五千兩百三十萬個問號吧？有看到嗎？妳有沒有看見我的無語啊？

慢走，總之別忘了妳是從哪裡來的存在。

我還能從哪裡來！當然是從本館走來別館啊，還是搭了賽格威就不算步行？

正當我這麼想，「智障——智障——」的機械音在整個空間迴盪。

我氣得舉起拳頭，然後眼前的瑟蕾娜阻止了我的攻擊。

「果然是瑟琳幹的，而且……」

靠，而且怎樣！

感覺旁邊好像有東西在閃，我退開一步，發現是黑化的王者之劍正開始發光。

那個叫瑟琳還什麼的傢伙居然在別人家裡插了這種鬼東西嗎？這到底是什麼！是怎樣！

「這是瑟琳要擴張領域時常用的方法，既然已經送出出現異常的呼叫，不用多久她就會出現在這了。」

原來……但那個……那個叫瑟琳的人？看來應該是魔塔的人無誤，我是覺得要打就離開我們家再打……我爸已經因為有房屋倒塌而擔心得要命了耶。

「臭小鬼，妳現在也變成相關人士了，懂嗎？」

「……好喔喔喔喔。」

我幾乎是用哭聲回應她，光是要解決自己的回歸問題，用上我的十根手指十根腳趾都不夠了，現在甚至還得處理那個差點毀滅文明三次的女人的事嗎？

好不幸，我的人生點綴了許多不幸，是不幸中的不幸人生。

「另外這是我個人的判斷，我覺得我們的當務之急是……」

又怎麼了？我今天可以先到這裡嗎？我想回去加班了耶！我想跟葛倫少爺一起泡咖啡嘻嘻哈哈呵呵啊，我已經好久沒見到我老公了。

「玩真心話大冒險。」

自己思考、自己下結論，自嗨完成一切的瑟蕾娜小姐，用風把我推向空中又灌回地面，最後說了句吃完晚餐後在塞基先生家集合。

當然，阿斯特里溫也必須出席。

好吧，在大家一起抱頭討論之前還是得先飽餐一頓，我佩服瑟蕾娜小姐的智慧，跟葛倫少爺除了共進晚餐，也在加班時聊了不少。

例如公爵大人怎麼會多了個化身埃及百夫長的興趣，為什麼里溫到現在還像個奴隸一樣，在施工現場狼吞虎嚥吃飯等等，進行了這些考察。

雖然聊了很多，但我們現在能做的事就只有繼續觀望而已。看來公爵大人這段時間真的累積不少怒氣，還是得把里溫當成祭品，讓我們自己保命才行。

我跟少爺協議，等里溫解除服勞役狀態後就要好好待他。到了下班，我們手牽手恩愛地走回房間，然後在半路上看到里溫一臉髒兮兮、腳步踉蹌的模樣。

「里溫！你怎麼這副模樣！」

「姐姐！姐——姐——」

這孩子又是一陣身體衝撞，接著把臉埋進我的胸口嚎啕大哭。

看來這個小不點內心也是不少委屈，說自己明明毫無過錯，是因為珍妮特．愛達尼利的挑釁才把家轟掉，而且只吃一點點飯就要搬運石頭，抱怨了一大串。

畢竟我也有錯，所以沒把他推開。

「但你怎麼會在這？我剛好也有事情要找你耶。」

「原本給珍妮特的房間現在換我使用了。」

……誰允許的？

我非常驚慌，然而里溫的別館僕人已經開始搬運家具，並把珍妮特的物品丟掉。反正喔，這傢伙就是不會放過任何機會，珍妮特被帶了回家，他居然有空盤算著要迅速占領那房間緊黏著我，雖然他是我弟，但真的是個很可怕的孩子。

「羅莎莉特小姐，我可以說句話嗎？」

「你幹嘛還要取得我的諒解才講話，有話就直說吧。」

「里溫在我們隔壁房間會讓我心情不好，我拒絕。」

哇啊，少爺終於硬起來了嗎！

我個人是覺得還好啦，反正只是變成弟弟睡在我們隔壁房而已。我是也沒多想，可是站在丈夫的立場確實可能覺得不自在，畢竟是娘家家人嘛，不管怎樣都還是會讓人有點拘束，我也覺得是里溫想得太淺了。

「里溫，我覺得少爺的想法沒錯。」

「誠如姐姐所知，我也是洛克斯伯格的一分子，既然別館已成廢墟，我總需要有地方住，但去住在客房看起來也怪怪的。」

嗯……好吧，你說的也對。而且不睡我隔壁間的話，就只剩下爸爸房間附近了，雖然少爺覺得不自在，卻也好像不能讓里溫去爸爸那邊。

嗯，這真是個難題，我很難同時採納兩人的意見，終究只能站在其中一邊，可我又得立刻給出答案。要擺脫現在這個為難的狀況，洛克斯伯格的方式就是拚命迴避！

「那我先跟里溫認真討論一下再回來，少爺你先休息吧。」

「等等！羅莎莉特小姐！」

這人今天怎麼特別積極啊？他卡著里溫，擋住正要離開的我並緊抓住我的手。我瞬間感受到他的手勁，他自己也嚇了一跳又立刻鬆手。

「對不起，會痛嗎？我只是太心急了。」

「沒關係，你先休息吧，剛不也跟你說過了嗎？」

聰明的葛倫，為什麼要讓我講兩次還不聽話呢？難道說，現在比起我的要緊事，更應該留在葛倫身邊才對嗎？但我現在必須帶著里溫，出席一個很重要的行程，那就是由瑟蕾娜小姐主辦的真心話大冒險。

噢，家庭和睦之神傑克．布朗，請你賜與我智慧與勇氣吧。

「嗯？」

還是應該先跟葛倫解釋狀況才對呢？反正也耗不了多少時間，先說一聲再走好像好一點。

然而在我作出這個結論之際，我的身體突然飄浮在半空中，是里溫扛起了我，並迅速進入準備奔跑的狀態。

「噗哈哈哈哈！黃豆芽你就等一輩子變成一株牛疊肚吧！」

「臭小子！不可以捉弄你姐夫！」

但里溫這小不點要損人還用了很有教養的詞耶，牛疊肚不是那個嗎？流傳於切雷皮亞聯邦國部分地區的傳說，什麼等待妻子歸來，以站姿而死的丈夫墓地長出牛疊肚之類的。

不過如果沒聽過這個傳說，就算聽到也不知道自己被罵呢。

實際上，我的丈夫，葛倫．霍芬．洛克斯伯格先生正是一頭霧水地呆站在那。呃，我可憐的老公，小時候偏偏在那個地獄般的侯爵家長大，都沒有接受像樣的教育。

「話說回來，姐姐，我現在該往哪去呢？」

噢噢，我們里溫恢復記憶後，變成比以前好上五倍，更能讀懂我心思的好孩子了。對里溫的明白抱持感恩，我在他頭頂親了幾口，然後抓緊了他的肩膀。

「去塞基先生家，噢，你怎麼換洗髮精了？」

「遵命！珍妮特用過的東西我統統都接收了，她因為自己是愛達尼利，還用超貴的洗髮精耶，要分裝一點給您嗎？」

「好啊，這個香味很不錯。」

因為味道很好聞，我抓著阿斯特里溫的頭髮多聞了幾口，小不點又講了一些噁心的話，但我決定充耳不聞。我什麼都沒聽到，因為我忙著被里溫抱住，沒空聽他講話。

我們踏出本館後門前往塞基先生家，此時別館仍有一柱升起的光柱，要是想說明這部分的話好像又會有點辛苦，而且用膝蓋想也知道，肯定又會是威爾・布朗先來找我追究公爵家發生變化的起因吧。

「嗯……」

結果我想錯了，最先來吵我的是彼得。

因為在意那束光柱，彼得甚至穿越了兔場，跑來對著我大抱怨。雖然我很努力跟牠說，之後會透過傑克向牠進行說明，然而這隻野獸根本不接受我的說詞。

於是彼得硬要跟我一起前來塞基先生家，甚至在我已經走入室內後，牠也依然在窗外探頭，試圖幫自己卡個位。

「好吧，你也要參加真心話大冒險是不是？但你沒有發言權喔！」

「嗶咿！嗶咿咿！」

「嗯，我聽不懂野獸講話喔。」

抵達塞基先生魔法研究所一樓的會客室，我從里溫的懷裡下來後，拍了拍自己的裙襬。這裡有要參加真心話大冒險的瑟蕾娜小姐和塞基先生，還有一個雖然我有預期會來找我，但沒想到竟然會跟到這來的人物。

「小主人，您今天必須說明一切實情，這是身為住宅保全負責人的提議。」

呃嗯……連威爾也會出席活動是吧。我想想，威爾知道很多我不清楚的事，應該是沒什麼損失。只要先在這裡講清楚，所有內容都是最高機密，就算是對我爸，威爾應該也不至於會有所洩漏。

「哇啊啊！好酷！威爾．布朗穿制服的樣子！超級稀有耶！這是什麼？是卡爾跟奎爾設計的嗎？神卡爾！神奎爾！黑暗帝王！Darkness Emperor！暗器！請給我看看暗器！」

里溫這傢伙又在大驚小怪啥？你這次的目標是威爾嗎？是迷上威爾了嗎？但我看他這個樣子，有種類似於我看著馬利烏斯揮舞螢光棒的感覺，不過威爾擺出那個稍微給他看一眼暗器的姿勢又是什麼意思！

粉絲營業？這算粉絲營業嗎？而且既然要擺姿勢，可以堂堂正正地擺出來嗎？你這麼害羞連我都難為情了好不好！

「噢，女兒來啦！這很危險，妳先讓一下，鍋子很燙。瑟蕾娜老太婆！孩子們來了！」

「桌子應該都清空了吧？有很多東西要上桌喔。」

「我就叫你先處理了！那個黑黑的傢伙！先麻煩你整理一下這邊。」

「啊……好。」

這幅光景是怎麼回事？威爾和里溫齊心整理桌面，看起來就像乖巧聽話的孫子，還去廚房拿刀叉擺在桌上，桌子正中央則放著把拔端來的烤火雞。瑟蕾娜小姐身穿鄉下老奶奶風的圍裙走出，將超大份沙拉分裝到大家的盤子裡。

這是秋收感恩節？這個場景我好像在秋收感恩節的插畫看過耶？

「女兒，妳幹嘛呆呆站在那？趕緊坐下啊，在魔塔，十一點就是消夜時間了。」

啊啊，我懂了。原來是魔塔主人偶爾會請大家吃炸雞喝啤酒的那個嗎？如果要認真寫論文做研究，就必須吃好吃飽，讓自己長點肉。而且因為大家都拒絕保持清醒，所以就會定期一起吃炸雞喝啤酒。

在真魔塔生活期間，點心也健康升級，從炸雞變成烤火雞，甚至還多了沙拉。比起用烤箱烤火雞，有著酥脆外皮的炸雞其實更容易讓我回想起在魔塔受苦的生活，感覺也更開心，但是這個也不錯。

我趕緊帶里溫和威爾入座，並手持刀叉等待瑟蕾娜切火雞肉給我，塞基先生則拿了超級冰的啤酒過來替我倒酒。

啊哈！這就是冰系魔法師存在的意義啊！

喝著沁涼到骨子裡的冰涼啤酒，管他什麼回歸，好像一切都無所謂了。重點是，這種有麥渣味的啤酒最讚了！便宜啤酒讚啦！

「那麼，為了紀念舉辦第一屆洛克斯伯格真心話大冒險——」

「乾杯！」

「乾杯！」

瑟蕾娜小姐應該也是因為見到了羅希爾儀典女王，而獲得很多啟發吧，居然還把現在要做的事情加上名字。

我習以為常地舉杯大喊乾杯，一口將啤酒喝光。瑟蕾娜小姐、塞基先生和我都爽快地清空酒杯，把空酒杯往頭上傾倒，接著喊要下一杯。

「姐姐，吃雞腿吧，這不是您喜歡的部位嗎？」

咕嚕咕嚕兩杯酒下肚，里溫撕下火雞腿放到我的盤子裡。

這孩子真是，會替我想的人果然就只有阿斯特里溫了。

我內心竊喜，但還是假裝咳了幾聲，指責他在場還有其他長輩，怎麼能先把火雞腿給我？然後瑟蕾娜小姐和塞基先生都表明自己喜歡吃翅膀，要把腿讓給我吃。

哎呀呀，既然你們都拒絕了，我就只好假裝盛情難卻地接收了。

「另一條腿就請威爾．布朗吃吧。」

……里溫，你不也喜歡吃火雞腿嗎？那你要吃什麼啊？等一下，比起先行禮讓，留下最後一個給對方的行為，怎麼感覺是更強烈的好感表達？

為什麼？里溫你這傢伙為什麼會這麼喜歡威爾．布朗？因為帥嗎？威爾的確是有點帥氣，還是黑暗陰沉的那種，對某些在感性層面特別敏銳的孩子而言，確實是具備他們會格外喜歡的點沒錯啦。

「那我就不客氣了。」

你好歹也拒絕一下吧，為什麼直接吃了！他是我弟，是你主人家的子女耶！

我根本看不懂這個愛的箭頭到底是怎麼運作，里溫用他一流的刀工把火雞肉分成了小塊，將肋骨部分丟給彼得。

彼得津津有味地把牠的火雞吃光，看來這孩子現在跟彼得也處得不錯了。也是啦，是因為我這一次人生中一直都在保護他才暫時忘了，只要阿斯特里溫下定決心，就沒有他勾引不到的人，反而是珍妮特跟傑克討厭他才是很奇怪的事，真是特別的孩子們。

「不過，我們不是為了吃消夜才約這攤的吧？」

威爾，你這小子急什麼，事情越重要，就得越慢、越確實地去做好它啊。如果操之過急，原本可以處理好的事也可能弄巧成拙的。

在場的兩位老人家贊同我的意見，塞基先生說反正在場的人都不會逃跑，慢慢聊也沒關係；瑟蕾娜小姐則說應該先講解魔塔式的真心話大冒險規則，於是便開始進行解釋。

喔，對耶，雖然我知道這個凶惡的遊戲是什麼，但里溫跟威爾還不曉得。

「首先，猜拳輸的人必須接受提問，其他人可以各問一題，受提問者必須誠實回答，而要是想行使緘默權……」

「就必須作好被揍的覺悟。」

對，這就是魔塔式真心話大冒險凶惡的一面，答不出來時，必須防禦提問者的全力魔法攻擊，或是日後被發現說謊，也同樣得挨下對方的攻擊。

如果是在魔塔各地分部玩，威力倒還算招架得住，可是如果是在真魔塔本部，那就得有失去性命的覺悟。

待在真魔塔的魔法師法術環位大多很高，是對本人屬性有極專業知識的超級大變態，吃上一記攻擊便會生不如死。何況這裡沒有瑪卡翁，萬一受傷，就必須離開現場才能治療，需要耗費非常多的時間。

說明就到這裡，瑟蕾娜小姐突然舉起手開始猜拳。

「剪刀石頭布！」

不是，這人幾杯黃湯下肚就變得很卑鄙耶！不過大家的反應也都很快，沒人來不及出拳，只是出石頭的我輸了。

「……你們是套好的吧？」

「沒有，姐姐。」

「雖然談機率沒什麼意義，但不是有大部分的人都會先出石頭，所以出布就不會輸的迷信嗎，女兒？」

「什麼？原來這是迷信嗎？」

「哎，老太婆啊……老人真的沒藥醫耶。」

「我是看到小主人出石頭才急忙換拳的。」

威爾，你最可惡。

在塞基先生又因自作自受被瑟蕾娜小姐狠拍背部時，威爾說他要先發問並陷入了沉思，然後提出一個我始料未及的問題。

「所以，您和路西路西做過了嗎？」

「……」

「……」

「……」

「……」

喂！你！這裡有老有小，你非得問這種問題不可嗎？

但慌張的也不只我一個，打塞基先生打到一半的瑟蕾娜小姐突然指著里溫。

「喂喂喂！把妳弟的耳朵摀起來！怎麼可以在有小朋友的場合講這種淫言穢語！」

對對對，要先把里溫的耳朵摀住！我急忙要摀住小不點的耳朵，這孩子卻露出非常不悅的表情避開我的手。

「幹嘛這樣！我該懂的也都懂了啊！」

不是，就算你懂，站在大人的立場也有不想讓你知道的話題啊。在有小孩子的場合到底要怎麼聊那種事？又不是不知羞恥。

「沒錯，小主人，少爺現在也是個該懂的都懂的成人了。」

「他懂什麼！了不起也只知道雄蕊跟雌蕊吧！」

嗯……不是吧，瑟蕾娜小姐，我之前有好好給里溫上過性教育課。看來是因為她太古板了，還是有些食古不化的部分。雄蕊雌蕊是怎樣？現在都什麼年代了？

「不要看不起我！我也是懂原理的好嗎！」

這傢伙是喝一杯啤酒就醉了嗎？為什麼現在要說明男女之間的那個？

看來里溫當時的課程學得非常紮實，他完美講解了月經原理，以及透過男女交合，讓寶寶的種子進入寶寶的家……

「……」

等一下，為什麼用語變得這麼幼稚？我覺得哪裡怪怪的，死命盯著里溫。

里溫在進入細胞分裂前的階段就開始卡住了，看來是說明男人的東西跟女人的東西相遇的部分時，他腦內的理論出現了衝突。

「喔……是怎麼遇到的？是亂灑一堆……寶寶種子嗎？」

嗯……海鮮確實是這樣子繁殖的。

看著自己弟弟努力表明「我還不夠懂」的自我主張，我無奈地笑了，但也因此發現了有件需要好好處理的事。

「威爾．布朗。」

「是，小主人。」

「你知道以前替里溫上性教育的老師住哪嗎？」

「目前還住在洛克斯伯格領地，我明天就去處理他。」

嗯，這是你負責的事，資訊應該正確。那既然都要去辦事了，傑克最近也挺無聊的，我要威爾把對方抓回來給傑克處理，結果卻被威爾說是沒血沒淚的人。

不是吧，你才是相信一下你弟好嗎？傑克是個懂分寸的孩子！只要跟他簡單講解，說那是個隨便授課就拍拍屁股走人的傢伙，他也只會施予相應程度的酷刑。

「哎，我們的笨里溫。」

笨也沒關係，你只要好好長大就好。

我心情複雜地邊摟邊拍拍里溫。

瑟蕾娜小姐好像很憐憫他，把自己盤裡的雞蛋遞了過來，說蛋黃比較營養，多少有助於孩子的發育。塞基先生和威爾．布朗也把自己的份都放在里溫的盤裡。

好，你就多吃點蛋黃補充營養吧，那個，我是指補充人體肩膀以上的部分。

「小主人，您還沒回答。所以說做過了嗎？我可以期待繼承人了嗎？」

「沒有啦，臭小子！我幹嘛跟路西路西做那種事？」

「也不無可能吧？您跟路西路西也不是特別常見面，趁這時候生個孩子不是很好嗎？考量到您和葛倫少爺的進度，這邊看起來還要等滿久的。」

「我贊成！我覺得那個彈鋼琴的傢伙很不錯，肩膀很寬！對妳這臭小孩也非常熱情啊！誰知道呢？他搞不好會為了妳放棄王位。天啊，這根本是浪漫小說了吧！」

「我就說我跟路西路西是朋友了，朋友之間是不會做那件事的。」

「如果那叫朋友，我就根本沒朋友了好不好，小鬼！」

「說實話，老太婆妳應該也沒半個朋友還在吧？」

塞基先生今天是想被打到背上開花嗎？

瑟蕾娜小姐表示，針對得先送別朋友這點，自己已經難過得要命，而塞基先生這傢伙身為小不點，卻這樣捅人內心痛處，她對此加以斥責……

我同意地點點頭，我也有幾個沒辦法再稱為朋友的人。曾經開心地一起玩耍，現在卻連朋友都稱不上的那種失落感，我非常了解。

「姐姐！那換我問下一題！」

好，我們笨蛋里溫想說什麼儘管說吧。我對里溫感到又可憐又心疼，摸著他的頭要他快點問。但這孩子不曉得怎麼回事，自從記憶恢復，做的事似乎更加幼稚了。是因為有了回歸記憶後，童年的比例增加嗎？

「姐姐！您有多喜歡我呢？」

「比天高，比地厚！」

「我就知道！」

不過這同時表示，要安撫這個小不點也變得容易多了。我對里溫說他很可愛、很漂亮，揉揉他的臉還啾啾親了他幾下。

就這樣鬧了半天，瑟蕾娜小姐冒出了一句話。

「真的太誇張了。」

「別這樣，他們開心就好啦。」

「你真的覺得他們看起來是正常姐弟嗎？」

「還好吧？世界上的人又不是全都像妳家那樣。」

嗯，把拔又挨打了，我看今天結束前，他的背鐵定會開花。

瑟蕾娜小姐暴打把拔一波，接著說輪到自己發問。她跟前面幾位不同，問出與今天聚會本質相關的問題。

「我聽完這些故事後，最好奇的是，妳到底是怎麼知道時間倒轉前的事？」

瑟蕾娜小姐說，如果這一切都是瑟琳那個過度聰明的天才女子所為，她施展的魔法不可能產生像我這種遺漏者。雖然瑟蕾娜小姐提問的意旨很好，可我已經賭上良心必須據實以告了，也就不能說出其他答案。

「我也是因為想知道這點才請您來的啊。」

「妳沒有想要認真參與遊戲的意願嗎？」

「所以說問題要問得明確才行嘛！」

瑟蕾娜氣炸，發出喀喀的怪聲狂揍把拔的背。

該不會……她只是想揍把拔吧？

「不好意思，請問時光倒轉是什麼意思？」

哎呀，現場還有不懂內情的人在，需要多加解釋了。但我想說也可以趁這機會，把事件前後原委說清楚講明白，便慢慢地開始說明。

首先是第一個命題，這顆星球，這顆還沒取名的行星，也就是我們身處的這塊土地，時間是停滯的。此處的時間反倒是以每個事件為基準，反覆倒轉回溯，這個事實可由魔塔衛星觀測和里溫過往回憶復原得證。

而里溫恢復記憶的契機，是因為插在別館地下室那把劍，那把劍則是由於瑟琳施展的魔法而存在，以及儘管仍不知道原因，但纏在上面的鎖鍊跟我的魔力一致。

說到這裡，威爾出乎意料地沒問我精神是否正常，反而還點點頭。

哇啊啊，居然相信我講的這些鬼話嗎？洛克斯伯格的忠僕果然不是隨便誰都能當的，換作是我，肯定會一邊挖耳朵一邊說不要再胡扯了。

還是他是因為這是小主人說的話，才沒有隨便聽聽就過去？這小子還真令人欣慰，以後要多給他一點獎金了。

「那直接殺了那個叫瑟琳的女人不就得了？」

不過他的想法總是會朝著偏激的方向跑就是了。

我對威爾的表現感到心情有點複雜，可是還有其他人比我更五味雜陳。

要是能像說的這麼簡單就殺掉她，大家就不用辛苦到現在，甚至也不用興建監獄，並額外訂定典獄長這個職銜和職責了。

為了說明那女人有多難抓，這次輪到里溫出馬。

美麗的阿斯特里溫吐出的一字一句都是我首次聽說的事，全都讓我感到新鮮，但也全都讓我感到憤怒。

「我看這應該很難吧，她不就是我之前在姐姐婚禮上遇到的那個女的嗎？戴面具的女人，她就是瑟琳吧？」

「啊，您是說瑪麗亞小姐的跟蹤狂、少爺的生母嗎？那確實挺難的。」

「又還沒確定是親生母親，不要講這種會讓人起雞皮疙瘩的話。」

「但也是有一定程度的可能性啊，為了討好曾經擔任典獄長的公爵夫人泰雷吉亞·康絲坦奇亞·阿德海特·佛里德立克·瑪麗亞，那女人不是耗費了許多年嗎？也不是沒可能嘛。」

喂，你剛說什麼？什麼少爺的生母？典獄長又是什麼意思？不是，我覺得現在是個只能拔高說話音量的狀況。既然我已經被嚇到了，要不要乾脆大叫一下啊？

「什麼？阿斯特里溫，你見到你媽了？然後你那個媽是我媽的跟蹤狂嗎？」

「什麼？臭小孩，所以妳媽是泰雷吉亞·康絲坦奇亞·阿德海特·佛里德立克·瑪麗亞典獄長？魔塔典獄長不就是我們家的笨狗狗嗎？」

「什麼意思？所以那個噁心小孩的媽媽是瑟琳，然後跟鰥夫沒兩樣的公爵，他老婆是老太婆家的笨狗狗？」

什麼鬼，這也太狗血了吧？

正當我要斥責里溫這麼重要的事怎麼都沒講時，瑟蕾娜小姐猛地起身，抓著我肩膀拚命搖晃，要我告訴她這一切都是假的，那隻善良的小狗狗怎麼可能生出我這種臭小孩……

那個，為什麼要讓臭小孩聽這種讓人不太舒服的話呢？有關我的人品問題請洽洛克斯伯格公爵好嗎？轉接客服請按零。

「等、等一下！大家先冷靜，為了冷靜下來，我們先來段冷卻時間吧。」

瑟蕾娜小姐說的話顛三倒四，但她訴求的目的依然有好好傳達出來，於是我們都先按捺住情緒，這才有了一段整理思緒的時間。

體感大概過了五分鐘吧，但越試著整理思緒，越覺得思緒飛到外太空。

冷靜下來的瑟蕾娜小姐突然站起來。

「不！不可能！我們家小狗狗不可能生出妳這種臭小孩。」

「請不要一直把別人的媽媽講成狗好嗎！這樣聽起來好像我是小畜生耶！」

「妳千萬不要有想要叫我奶奶的念頭！」

「才不會！臭老太婆！」

「我要殺了妳！」

「忍住啊拜託！年紀都一大把了，還想對小孩子動武是什麼意思！」

本來腦子就已經糾結得要命了，瑟蕾娜小姐還搞這齣。我一大吼，威爾・布朗和里溫起身擋在我面前，看來應該是把對方說要殺了我的話認真聽進去了，真是很盡忠職守的孩子呢。

「公爵！快去把那個公爵給我挖起床！竟敢不經允許就讓我們家小狗狗懷孕！」

「所以我早說過了，她也是人，總有一天也會找到自己的另一半不是嗎！放手吧，妳這個過度保護的老太婆！」

怎麼辦，總覺得瑟蕾娜小姐真的會去找爸爸算帳耶？

誰管什麼真心話大冒險了啊，現在酒意上來，肯定更神智不清，她目前的氣勢，就像是要去把我家好好的本館也摧毀的感覺。

在我努力思索阻止瑟蕾娜小姐的辦法時，威爾出聲了。雖然他似乎沒有要阻止的意思，但在威爾冷靜說出真相後，瑟蕾娜小姐便安靜了下來。

「剛才的發言有很多需要糾正的部分。首先，比起公爵大人讓公爵夫人懷孕，應該是公爵夫人為了防止被別人搶先，才撲倒了公爵大人，這個敘述更為正確。」

「……」

哇，這真是我一點也不想知道的資訊耶，謝謝你喔，威爾．布朗。

「最後還有一件事，公爵夫人向公爵大人告白時，公爵大人甚至未滿二十歲，而公爵夫人當時早已二十幾歲了。恕我冒昧，她才是想吃天鵝肉的那隻癩蛤蟆吧？」

「可、可惡……」

那個，威爾．布朗先生，我們都懂了，所以你可以停止語言暴力了吧？瑟蕾娜小姐會哭的！

八環大魔法師，能三法齊施的世紀天才真魔塔主姐姐，似乎對於媽媽才是那隻癩蛤蟆的事實備感衝擊，甚至淚汪汪地把啤酒弄涼後開始灌酒。

「我們家狗狗也沒有哪裡不好啊，她長得美，又很強。」

「洛克斯伯格公爵大人不僅長得帥又可愛，還聰明多金，在公爵夫人離家後更守了二十年的活寡。」

「可惡……這還真的挺厲害的。」

原來啊，原來我媽條件根本慘輸，這樣列點比較後，發現爸爸真的是有夠吃虧。

「真是的，緣分怎會如此糾纏呢？」

就是說啊。

塞基先生一邊發出輕嘆，一邊將自己的啤酒杯靠住了瑟蕾娜小姐的，酒杯立刻結了一層霜。

噢，原來是這樣用的啊，我也要學。

我將把拔替我倒的啤酒貼向瑟蕾娜小姐的杯子，再咕嚕咕嚕一口喝光。

啊哈，雖然我家族譜亂七八糟，但啤酒的味道真是棒極了。

「看來應該整理得差不多了，現在輪到我。女兒，我就照妳的期望，問個明確的問題。」

「好的，請說。」

「為什麼妳在妳那噁心弟弟的記憶中一直自殺？」

喔……這位怎麼這樣直搗問題核心啊？真不愧是腦袋特別聰明的人。關於這題，在我說明自己之所以會一直自殺的同時，也必須把回歸系統一起講出來耶。

我應該說多少才好呢？如果只講一點點應該可以稍微糊弄過去，然而我突然想起了自動回應客服所說的話。

我需要全盤信任我的強大助力者，所以為了獲得這些人的幫助，必須把整個故事鉅細靡遺地說出來。

客服那句「第一個，也是最後一個機會」也讓我很在意，要不要把希望賭在魔塔的善良魔法師身上呢？

「那個……其實，我在里溫記得的部分之前就存在很久了……」

我把只要里溫一死，自己就會變回十六歲羅莎莉特的部分，以及雖然為了救里溫試過任何辦法，但實在沒辦法如我所願，後來才會放下一切去死的部分，閉著眼睛一口氣說完。

可是我其實不是真正的羅莎莉特，還有里溫實現願望後或許就會停止回歸的這兩個部分，則實在是難以啟齒，我真的沒勇氣把這些也說出來。

如果說出自己其實是看小說看到一半從床上滾下來，在糊里糊塗的狀況下變成羅莎莉特的，我也很怕周遭人對我的態度會就此改變……

但其實，我作為羅莎莉特度過的人生已經太長了，如果我現在才說自己不是羅莎莉特，幾乎等同於在否定我自己的存在。

萬一原著的羅莎莉特活著回來，我也會緊抓著這個羅莎莉特・洛克斯伯格的存在與自我不放。

她現在哪來的臉要我放下羅莎莉特的身分啊？羅莎莉特就是我，小公爵的職位、財富、我累積的人際關係都是我的。

爸爸是我的，媽媽也是我的，里溫也是！這個獨一無二又愚蠢的我弟弟！特別是葛倫，他真的是我的吧！是我親力親為才抓回來的孩子，不可能給任何人！

這麼具體地想像了一下後，我氣到拳頭緊握全身發抖，但里溫似乎把這個行為想成其他意思而不停流淚，並採取了洛克斯伯格緊急處置指南裡的穩定心神動作。

他哭哭啼啼地摟著我安慰我，塞基先生也抱著我拍拍我，瑟蕾娜小姐和威爾・布朗也擁抱我拍我的背。不過你們這些人也太重了吧！不要把體重壓在我身上！

「姐姐！我不會死的！這次我真的會為了姐姐永遠活下來！」

「別擔心了，女兒！現在不是有我在嗎？我一定會想盡方法幫妳解決的！」

「那個……很抱歉，這都怪我。是我的錯，我早就該殺了瑟琳那個臭婆娘。」

「工作能力好到那種噁心的程度，原來是因為歲月的累積啊，這反而讓我放心了呢。」

哈囉，我開始覺得重了，可以離開我了沒？

在場所有人的愛實在太過沉重，我覺得自己快要窒息了。此時某處突然傳來喀嘎喀嘎的粉碎聲，不久後牆壁便塌了，原來是彼得．布朗非要進來室內，還讓我的頭沾上了不少口水。

「喝吧！今天就喝到爛醉吧！」

「嗶嗶！！嗶咿咿！」

「把瑟琳那個混帳後代殺了吧！這次我真的會殺了她！不要阻止我！任何人都別阻止我！」

「姐姐嗚嗚嗚！是我錯了，姐姐，妳別死！」

「請問小主人知道哪邊的房價會漲嗎？因為是確切的機會，我想投資。」

「我也是第一次活這麼久，所以不知道耶，而且不動產實價是浮動的，每次的變動漲跌都很大，也不能只依靠過往的回憶判斷呀。」

「本來想趁機大賺一筆獨立搬出去的……看來沒辦法了。」

這小子是想利用我脫離布朗家嗎？雖然我知道他平常跟其他手足比較疏遠，但沒想到居然這麼不自在。看來以後要多給威爾一點工作了，畢竟也沒必要讓他跟家人一起生活得這麼有壓力嘛。

話說回來，剛剛我好像聽到了很奇怪的詞彙耶？後代？剛剛是說那個叫瑟琳的女人是誰的後代嗎？所以薛丁格的阿斯特里溫的祖先搞不好是瑟蕾娜囉？這真的是什麼亂七八糟的族譜啊。

「為了真心話大冒險的迅速進行，乾杯！」

對啊，既然我都掏心掏肺了，其他人也要吧！我們繼續喝酒進行遊戲，真的聊了非常多不想知道的無用資訊，以及非常非常一小部分的有益資訊。

首先，我利用塞基先生接受提問的機會，知道為什麼羅莎莉特．洛克斯伯格二代會張大嘴放電了。

答案其實很簡單。如果羅莎莉特．洛克斯伯格二代充電充過了頭，便會為了防止電池受損釋放多餘能量。

而娃娃充電多半是利用太陽能或外部衝擊，所以可以推測，當時的過度充電應該是因為羅希爾地區特性發生的事……或是笑面泰奧多爾先生狠狠揍了娃娃。

「……」

要是在狩獵大會被我遇到那傢伙就死定了，我肯定送上他一直以來從未體驗過的嘮叨。

我內心作出如此決心，現在終於輪到瑟蕾娜小姐接受提問，里溫於是問了她到底幾歲，瑟蕾娜小姐選擇讓自己被暴揍。

而阿斯特里溫也完全不在乎對方是長輩地舉起了椅子。就如同第十二次人生的報仇一樣，小不點把劍氣灌入椅子當中，爽快砸向了真魔塔主姐姐。瑟蕾娜小姐雖然努力用冰塊進行防禦，卻擋不住因為砸在牆壁而崩裂四散的椅子，背上插了不少木片。

看到瑟蕾娜小姐流血，塞基先生說這是她自己太大意才會被刺中，是自作自受，同時還痛快大笑，結果當然就是又被揍了。

那我要問什麼呢？儘管我有很多好奇的事，但最好奇的應該還是瑟琳那個人用的魔法是什麼吧，可是要問這題也得先大概知道黑化王者之劍的啟動原理才行。

我接著拋出這題，面前的女人大嘆一口氣，講起了很久很久以前的故事。

「這一開始其實是個沒什麼看頭的能力，只是可以微微捏造人類記憶或讓對方遺忘事情，我本來想說就是這種精神系魔法而已……」

但這不是能被自然發現的屬性，而是跟某種未知存在訂定契約，或在恍惚狀態下形成自我洗腦成果的黑魔法。

其實我透過瑞姆．巴特也略知一二了，果不其然，黑魔法師在本人的領域以及本人確定擴張的範圍內，能表現更強力的魔法。隨著歲月流逝，瑟琳那女人也擴張了她的領域，能施展魔法的對象也從人類擴張到所有生物，甚至還從生物擴張到無機物。

一般來說，能使用強大力量的黑魔法師都相當短命，但那女人甚至把自己的身體記憶也固定在全盛期，進而獲得了不老不死的能力。

哪來這種怪物啊？我不敢置信地喃喃自語，瑟蕾娜也表示同意。

「對啊，真的是怪物，因為覺得不能再繼續放任她，我才叫塞基小不點製作魔法封印口，實在沒料到能把她抓起來關住的想法也只是我們的錯覺。」

瑟蕾娜小姐曾有過唯一一次可以殺死瑟琳的機會，卻因為心腸太軟而選擇了將她活捉監禁。但那女人打從最初就沒被魔法封印口困住過，只是想把我媽留在身邊，才選擇了待在監獄。

之後，媽媽遇到爸爸，開始跟著他跑，監獄轟隆隆，以下省略，羅莎莉特．洛克斯伯格反覆毀滅輪舞曲就此展開。

「時間會反復回溯，代表瑟琳已經掌控了這整顆星球。當然啦，這是很強大的魔法，應該會需要某種程度的犧牲。」

塞基先生之所以會提到這顆行星怎樣、衛星怎樣就是因為這個嗎？

也是啦，畢竟那女人也不可能離開行星跑到其他衛星上去，肯定沒辦法讓衛星的記憶也倒轉。

話說回來，如果能影響這顆星球上所有存在的記憶，那她不就跟神差不多了嗎？她能以回溯行星記憶的方式倒轉時間，我們又要怎麼才能抓住這樣無所不能的人類？

但這樣的存在竟然對我媽一見鍾情，這會不會其實是一種幸運呢？現在的瑪麗亞小姐，也就是我媽，只要犧牲她一個，就能阻止人類絕滅吧？

「……」

等一下，如果可以倒轉存在於行星上的所有記憶，那為什麼我會全部都記得？

講著講著又會回到瑟蕾娜的第一個問題。

就算里溫是因為那女人設置的復原系統才恢復部分記憶，但沒有將我的記憶留下的需要吧？除非她是刻意要讓我不斷回歸，讓我壓力山大。

這麼看來，那把劍也說過達到壓力極限時就會使用暴衝療法對不對？那這真的是單純為了要讓我生氣才刻意留下回歸記憶嗎？可是這對她沒有好處耶，也沒有非要這樣做不可的理由。

當然啦……綜合今天聽到的故事，那女人的行為好像也沒什麼理由和根據就是。

「唔？」

喔？話說，零號客服不是也說過很奇怪的話嗎？什麼別忘了我是從哪裡來的存在之類的，我就是小說看到一半摔下床才變成羅莎莉特的，所以……

「啊！」

對！雖然我的身體是羅莎莉特・洛克斯伯格，但我的內在並不屬於這顆行星，也就表示我不是相關人員，我身處於那女人魔法的觸及範圍之外！

「啊哈……」

總算稍微有點頭緒了。第一個也是最後一個機會，原來是這個意思。

後來，我繼續喝酒、繼續玩真心話大冒險，直到欣慰地看見大家都醉倒趴在桌上後才起身。

既然贏了所有人，我要回房間跟少爺一起睡。嘿嘿，雖然眼前有點朦朧，但要行走還是沒問題的。因為喔——我還沒完全喝醉，我很會喝，所以不會喝醉，即使大家都趴在桌上，可我還活著！

「我很會喝！」我朝著夜空中的月亮大吼。

簡單盥洗、刷牙後，我甚至還用漱口水漱口。酒味如果太濃，可能會把正在睡覺的葛倫少爺吵醒啊。

儘管換了睡衣，其實我的頭髮還是混雜著火雞、酒、彼得的口水等各種很可怕的味道。我打開房門，躡手躡腳地進房，正打算從床沿輕輕爬上去時，聽到了葛倫翻身的聲音。

「……現在才回來嗎？」

原來這小子是半夢半醒啊，繼續睡吧，不要醒來，睡吧。

葛倫試圖確認現在的時間，我一把用被子罩住他，念著睡著吧、睡著吧的魔法進行安撫。

「嗯……酒臭味。」

我知道，我會去旁邊睡，不對，還是我在沙發睡？去每天都有打掃的客房也行。

在我正要離開床時，葛倫緊抓住我的手。明明因為酒味刺鼻，恍惚之際還皺著整張臉，但他仍一把拉過我，讓我躺在床上摟著我的腰。

「別走。」

這小子！誰會在睡夢中用低沉的聲音說這種要人別走的話！我真的是！可惡！要不是因為他說要慢慢來我就直接上了！

委屈地看著抱著我熟睡的葛倫，我緊緊擁住他的腦袋，低聲說：「如果你喜歡上別人，我一定會殺了她。」

明明很確定葛倫在睡覺，我卻感受到他抖了一下。

我一旦開口就不會閉嘴了，那就趁著睡覺的時候好好聽我說的話，上個睡眠課吧．我是真心的。

「殺了對方之後，我也會讓你社會性死亡，把你關在家，不讓你跨出家門半步。」

「呃呃……」

「你以為我在開玩笑嗎？如果我註銷你的身分，你就是無國籍者，就算以難民身分逃到其他國家，別人也不會收喔。」

我把「社會性死亡」、「註銷身分」、「無國籍者」等用語像搖籃曲一樣吟唱著並輕撫葛倫的背，雖然這首搖籃曲越唱好像出現越多痛苦的呻吟聲，但這一切都是為了睡眠學習，是必要的犧牲。

我唱著搖籃曲直到自己也入睡，一覺醒來後享受了因前一天的錯誤而造成的頭痛欲裂。

人為什麼每次都下定決心下次絕不喝多，卻還是會犯下相同錯誤呢？

我把頭埋在辦公室桌上，好不容易爬出塞基先生家來上班的里溫也把頭埋在桌上。葛倫少爺跟我保持了一點點距離，詢問我的狀況如何，但我連回答的力氣都沒有。因為珍妮特突然脫離崗位，我唯一的兒子也回來幫忙工作，卻看到媽媽和那個身為叔叔的傢伙居然渾身酒氣地趴著，這還真的是很不像話。

然後一大早就一直聽到某個天殺的砰砰聲，那到底是什麼啊！我頭都快痛死了！

「呃啊啊，我的頭……」

「那個噹噹聲是哪來的什麼聲音啊……咳呃！」

我也想發出那個咳呃聲，於是居然不自覺就發出來了。

我和里溫一起摀住耳朵表示痛苦，敲打著計算機的路克用冷酷無情的聲音開念。

「來的路上看到正在蓋別館，好像是愛達尼利派來的人力吧。所以說您為什麼要喝這麼多呢？我之前就講過了，羅莎莉特小姐也太不懂分寸了吧？為什麼每次都活得像個沒有明天的人呢？」

「就是因為沒有明天才這樣啊，笨蛋。」

「不，姐姐的明天會由我創造出來的，就說我會永遠活著啦！」

「人怎麼可能永生啊，笨蛋。」

「那個魔法師奶奶不是可以嗎？我哪會辦不到？」

是因為那個人是八環大魔法師好嗎，你不行的，雖然有一般的長壽之人，但我從沒聽說過有哪個命特別長的劍氣能力者。

不過你絕對別在瑟蕾娜小姐面前說什麼奶奶，就算那是真相，你也可能會死。

「羅莎莉特小姐，王室許可了，現在得準備狩獵場了。」

喔對對，還有這件事要辦。狩獵場還是得用我們家的吧？雖然洛克斯伯格狩獵場位於和蒂亞蒙特領地的交界處，可是那裡寬敞又壯闊，景色也優美，算是很常用的場地……而且挑明了說，其實也沒有其他能去的地方了。

如果要距離王宮近一點，就得從四大公爵領地之中挑一個地方。菲埃那勒沒有狩獵場、愛達尼利的治安令人擔憂，諾伊特倫目前則是戰爭中，可能會有天外飛來一顆大砲的危險。

重點是，王室所有狩獵場地都已經被爸爸搶走了。國王陛下除了睡午覺以外，以前的興趣似乎是出去打獵吧，我爸好像是不想看到他出去玩耍的樣子，所以才把土地都夷平蓋大樓。

哎呀，洛克斯伯格的脾氣真的是喔～

我嘖嘖幾聲，沒有抬起頭，而是只滾動額頭方向，開始寫文件。路克快速察言觀色，拿了我想要的表格來，我只要把負責狩獵大會行程的人物填寫進去即可。

我看看，跟王室有關的業務平常都交給葛倫或里溫處理，但一想到昨天，還是這次要讓威爾．布朗處理呢？

這小子要早點存到錢獨立啊，他都說想離家了，我當然要幫幫他囉。如果想要通勤上下班的話，住處要離這邊夠近才方便，然而若想找洛克斯伯格宅邸附近的房子，房價應該是很可觀。

要是對方是傑克或艾斯托，是我的直屬護衛，要買棟房子給他們也不成問題，但威爾既不直屬於爸爸，也不直屬於我，而是直屬於洛克斯伯格宅邸，實在也想不到其他給他方便的辦法。要是我偷送他一棟房子，類似處境的卡爾跟奎爾肯定會強烈反對，那也只能用這種方法多貼點獎金給他了。

我讓艾斯托把寫完的文件拿去給威爾，繼續在桌上滾動自己的額頭。我要死掉了，剛吩咐快去把解酒藥拿來的莉莉還沒回來嗎？再這樣下去我可能真的會死掉吧。

「姐姐，我也要去狩獵大會，我……我要去！」

喂，我不在的話怎麼能連你也不在！而且這哪是我可以隨心所欲決定的事，要先經過業務量僅次於我的葛倫少爺允許，你才有機會出去玩好嗎！

之前只撇下里溫去羅希爾玩的事也讓我感到抱歉，我抱著僥倖心態滾動自己的額頭看向葛倫，但少爺的表情猶如銅牆鐵壁，十分僵硬。

「不可以，羅莎莉特小姐只是去狩獵場露個臉而已，就算出去也不可能玩多久，你留下吧。」

嗯……這話也沒說錯。

我再次滾動額頭看向里溫，這小不點不曉得在盤算什麼，他抓著因為宿醉而不在狀態內的腦袋，跨過了隔板。

那個隔開葛倫少爺與里溫的隔板可以算是類似國界的物品。在架了這塊板子後，除了里溫和葛倫互相咒罵、捉弄、譏諷或丟擲物品時，彼此從來沒有越過雷池一步。

但現在，里溫跨過國界的動作看不出有任何敵意。嗯，雖然還是擺出了討厭至極的表情，但這已可稱得上是長足的進展。

居然可以雙方都不上膛進行對話，這是個多美好的光景啊。

「拜託您了，葛倫，嗯……」

不過你也控制一下表情好不好，不要這樣咬牙切齒，牙齒會磨損的。你牙齒如果斷了要治療，還得去拉爾古勒耶，因為只有拉爾古勒的神官有辦法幫你把斷掉的牙齒接回去。

「姐……」

姐啥？里溫看起來不只是單純想講拜託，他的嘴巴一直動來動去，像是要講什麼死也不想講的話，到底是……

「姐夫。」

「……」

「……」

啊……原來是這個啊……你這傢伙到底是有多想去狩獵大會！

里溫用螞蟻般的音量喊出姐夫，這也讓葛倫忍不住噗哈一聲，發出漏風的聲音，他急忙摀住嘴。

「對不起，先失陪一下。」

男人拄著枴杖急忙走出辦公室，然後在走廊上大笑。

哇啊……雖然我跟葛倫少爺認識已久，卻從沒聽過他像今天這樣笑這麼大聲耶，聽到里溫叫他姐夫就這麼好笑嗎？

這真是一個很有趣的場面呢。

里溫這孩子也真是的，既然少爺這麼喜歡，以後就多叫幾聲姐夫給他聽嘛。明明平常對路克就外甥東外甥西的，怎麼對葛倫就這麼刻薄呢？

男人在外面笑夠了，乾咳幾聲又回到辦公室，威風凜凜地回到座位，展現出大人的雅量。

「我同意讓你跟羅莎莉特小姐同行，你別太興奮就闖禍了。」

「吸……謝……呃！」

實在是沒辦法把話說完的里溫回到位子上，趴在桌上嚎啕大哭。

這孩子也真是的，喊一聲姐夫是有討厭到需要哭成這樣嗎？不是啊，如果這麼不願意，那就不要屈服啊，為什麼非要……

就算這樣也想去玩嗎？是這樣嗎？好吧，我想了想，里溫最近確實都沒什麼玩樂的時間。

臭小子，真這麼不想工作就講一下啊，我們不還有年假這種東西存在嗎？雖說以後都還是得用加班補起來，是個有名無實的制度啦。

但如果現在不想工作就先請，以後的事以後再說嘛，真是個不懂應變的孩子。

本想說把王儲殿下和卡波姐姐湊在一起後，我就趁機溜掉，不過既然里溫這麼想去玩，另外多花點時間好像會比較好。附近也有ＳＰＡ中心，一起去泡泡腳跟按摩再回來好了。

選了幾名狩獵大會的同行人員，我將擬定的計畫送到公爵大人辦公室。等威爾·

布朗布置好狩獵場地，只要再調整王室和洛克斯伯格的行程，就可以出門玩耍了。

過了幾天，辦事效率很好的威爾就呈上狩獵場布置完畢的報告了，他說因為有獎金，所以特別花了心思處理……

這小子本來辦事就很仔細了，哪還需要更用心到哪去呀，如果給了比較多獎金，只要想著「哇這次給不少耶」然後收下就好啦。

在那之後，所有事情都一帆風順。既然狩獵場準備好了，就由大家各自挑選同行人員，並在約好的時間集合即可，狩獵時要使用的馬和武器也都自行準備。

泰奧多爾殿下會自己選他想要帶的人，洛克斯伯格方只打算簡單由我、里溫，卡波姐姐及她的手下出席，結果傑克．布朗突然跳出來表示他也要參加。

他說既然要去野外，他想順便帶彼得去散散步，我覺得這個提議沒問題，便同意他隨行。也是啦，那隻野獸以前是在寬廣的平野上生活，我們家再怎麼寬敞，跑起來應該還是有點悶。

總之喔，傑克真是個為自己養的動物著想到一個可怕境界的孩子。

由尼美爾尼亞公國進行過徹底安全測試後的新型步槍到貨了，這次狩獵使用的武器會由公主準備，我們只要把自己的馬匹帶去就好。

我帶了伊莉莎白，傑克這小子卻沒帶我要他準備的馬，只帶了彼得。我一問不騎馬是又打算用跑的嗎？他就一臉不屑地看我，然後抓住彼得的毛爬了上去。

「您在說什麼啊，比起平常的馬，彼得跑得更快好嗎？」

哇啊啊！什麼意思！他居然騎兔子！好有趣喔我也想騎！我也要騎兔子！

只要抓住牠的毛就可以了嗎？彼得不會痛嗎？我出於好奇問了一卡車問題，伊莉莎白開始發出呼嚕嚕的聲音。

啊……看來是不行了，我如果在伊莉莎白面前騎其他東西，還真不知道牠會搞出什麼事。之前看我搭著賽格威四處跑，牠就曾經把賽格威咬著丟出家門。

這傢伙的脾氣到底是像誰才會這樣？

大家騎著馬抵達我們家私有的狩獵場，本來因為這裡已經閒置很長一段時間而有點擔心，但看來威爾・布朗在接手狩獵場時，也把這裡的招牌、籬笆等統統修繕完畢了，簡直就跟新的一樣，好乾淨。

「洛克斯伯格公爵千金！」

哎唷唷，看看這是誰呀？雖然也向其他公爵家送了「要來一場狩獵嗎」的公文，但我還以為會因為大家都很忙而沒人出席，沒想到遠遠就看到一個拿著弓的男人靠近。

男人拿著一看就知道超貴的長弓，身材十分纖瘦，髮色則是感覺不屬於這世界的天藍色。他騎著優雅感滿溢的白馬，看起來就像是精靈。

真的是精靈啊！世界上如果真有精靈存在，肯定就是長成安東少爺這樣吧。

「這不是菲埃那勒繼承人嗎！那些弓箭又是怎麼回事？」

「還能幹嘛？我當然是來打獵囉！」

可是你為什麼一副展現出前所未有活力的模樣呢？我最後一次見到你的時候並不是這種人設吧？

我稀奇地看著這個骨瘦如柴，感覺走三步就會昏倒的安東少爺，問他去了哪裡，意外的是他居然提起了很久以前的事情。

「上次跟公爵千金出去玩的時候，我們不是玩過室內弓箭嗎？我從那時候就對射箭產生興趣了。」

哇，這又是什麼超展開？這個工作狂居然也有了興趣？而且他好像真的很認真練箭，對卡波帶來的新型槍枝似乎也很有興趣，感覺是徹底迷上射擊了。少爺還十分鄭重地詢問可不可以借他玩，卡波姐姐爽快地點頭答應，借了他一把槍和一包子彈。

「好險我今天有來，這就是傳說中的雷管槍嗎？不用特別點火就能用對吧？」

「您很了解呢，這是我國賭上性命打造的名品，不久後也會改變戰爭版圖。」

「看來公主應該能好好抓住我們王儲殿下囉？亞蘭除了魔法和魔水晶之外，真的沒什麼看頭。」

「您這是在炫耀嗎？不就是因為魔法師太少，大家才會這麼依賴技術發展？」

等一下，那個是雷管槍嗎？直接從火繩槍變成雷管槍？這麼突然？看著卡波姐姐手上的子彈外觀，我想那把槍應該是後膛式的。姐姐打開槍的後方塞進一顆子彈，接著瞄準遠處。

嗯……這裡的世界觀是怎麼回事？可以這樣完全省略中間過程，突然急速發展嗎？雖然這好像也不是把塞基先生榨乾，直接跳過蒸氣設備，製造出以電力移動的賽格威和路面電車的我可以講的話。

該不會是尼美爾尼亞公國那邊，也有個像塞基先生一樣的人吧？這是那個人嘔心瀝血用技術做出來的嗎？

看來之後得偷偷打聽一下了，萬一這位姐姐跟王儲殿下破局，尼美爾尼亞公國就會變成軍事力極強的敵國。

如果不能攜手向前，那就要及早斬草除根。

「抱歉，我遲到了。」

噢，這次是王儲殿下的隊伍嗎？大家都在熱烈談論卡波姐姐帶來的武器，居然完全沒發現我們王國的尊貴之軀已走到離我們這麼近的地方了。

來就來，好歹也發出點聲響吧？

因為覺得被嚇了一大跳才開始整理儀容的卡波姐姐太可憐，我正想嘮叨幾句，還在挑選適當詞彙時，這人居然也沒先問我們過得怎樣，反而盯著其他地方看。

「……那是什麼？」

你也要聊槍嗎？真是的，這些孩子也太愛槍了吧，真是有夠喜歡玩具耶。我才要開始說明，泰奧多爾卻向我搖搖手，讓我停止說話，一頭霧水地發問。

「不是，我是在問那是什麼東西，妳是瞎了嗎？」

不是啊，所以你到底看到什麼？

我順著泰奧多爾的目光看過去，試圖了解他到底為什麼如此驚訝，發現視線終點是斷了角的我家兔子。

「是兔子。」

「兔子？」

「是。」

「那是兔子？」

「對。」

「瘋了嗎？」

「誰？」

「羅莎莉特．洛克斯伯格。」

「沒有啊！」

「不，妳瘋了。」

這人為什麼又要一見面就找碴啊？

雖然身軀龐大又吃肉，但牠就是兔子啊。心情不好的時候會跺腳，天氣晴朗還會在稻草堆裡躺個四腳朝天喔。

正當我喋喋不休地說出普遍所知的兔子習性並介紹彼得時，彼得為了瞭解泰奧多爾而皺著鼻子，然後很快就伸出舌頭舔殿下的頭，看來應該是做出這人內心中沒有黑暗面的判斷了吧。

「呃啊啊啊啊！」

「請冷靜，這是彼得喜歡您才會有的舉動。」

「什麼喜歡！牠舔我！那隻野獸剛剛在舔我試味道！」

什麼試味道，你好歹也是王族，用點高雅的措辭好嗎？難道不懂動物會理毛嗎？一般來說，牠們都是選自己滿意的對象或主人幫忙理毛……

「……」

等等，話說回來，兔子應該是相反的吧？所以到目前為止，那傢伙不是把我當成養牠的人，而是牠大發慈悲接受我成為牠的自己人？

這麼看來，彼得這傢伙從來沒舔過爸爸吧？

「……」

哇，太扯了，等一下。難道我現在的排序比你還低嗎？所以才會一直要干涉我做的每一件事！

「洛克斯伯格怎麼會連飼養的小動物都想傷害王室呢？」

「牠不是洛克斯伯格，是布朗家的。」

「是的，殿下。彼得名叫彼得．布朗，是我們家養的。」

「布朗跟洛克斯伯格是有差嗎！」

不是吧，家臣跟主人家哪裡有一樣！正當我想指責這部分時，傑克不只先一步發話，甚至還脫下防毒面具，漲紅了臉。

「您這話就過分了！洛克斯伯格跟布朗哪裡一樣！」

「……也是，是我太過分了，抱歉。」

「謝謝！」

喂，你們是為了惹怒我才故意這樣的吧！這應該不是真心話吧？

才剛湧上一股想射殺兩人的衝動，正準備往槍枝裝填子彈時，卡波姐姐走到了我們之間。

哼，搞清楚這次是你們好運，泰奧多爾先生。要不是還有公主的婚事問題，子彈方才已經擦過你身邊了！

但這把槍未免太重了，就算是測試過才拿出來的製品，還是需要再輕量化。要是拿去給之前用聚氨脂幫我做辦公椅的人，應該可以生產出以更輕盈合金製作的版本？

只要能成功輕量化，我就要把這項技術賣給菲埃那勒和諾伊特倫，嘿嘿，這些值多少錢哇。

所以說人脈很重要就是這樣，如果我沒透過路克認識那位業者，肯定沒辦法這麼輕鬆就擬出這個計畫，肯定會先在找到能幫忙做合金的人這部分就受阻。

血緣、學緣、地緣真偉大，高級身分更更更偉大，貴族就是讚！萬一我不是貴族，路克哪可能這麼乖就把業者介紹給我？肯定是門都沒有。

「好久不見！在羅希爾失禮了，泰奧多爾殿下。」

爸爸難波萬！我覺得爸爸最大的魅力，就是他的職業是公爵大人。

喔喔喔？為什麼我們家王儲殿下看到公主，眼睛會瞪得這麼圓？在羅希爾肯定發生過什麼事了吧？我刻意排擠他們總算收到成效了嗎？即便受到有著自動回歸系統的羅莎莉特．洛克斯伯格二代阻撓，你們是不是曾經有過還不錯的氣氛啊？

「洛克斯伯格公爵千金！」

「是、是！」

幹嘛突然叫我！

笑面殿下莫名其妙絆了我一下，我邊糊裡糊塗地回應邊看向他，結果一頭金髮、表情燦爛的笑面泰奧多爾殿下竟提高音量朝我發脾氣。

「肯定就是妳教了那種小聰明，妳就這麼想除掉我嗎？」

「什麼？」

「然後到現在還緊黏在妳後面，從剛剛就都沒問好，還一句話也不說，把臉埋在妳背上的那傢伙到底想怎樣？噁心透頂！」

喔對，里溫現在黏在我背後，對耶！就像負鼠一樣，他太過自然地貼在我的身後，害我暫時遺忘了他的存在。

「哎呀，因為早上出門時，里溫說他的馬狀況不太好，所以才在取得伊莉莎白的諒解後與她同行前來。就算畫面看來有點不舒服，也還請您見諒。」

「這跟他不向王族問好有什麼關係？」

「里溫，趕緊向殿下致意。」

哎呀，我們里溫最會講這種場面話了，在這人繼續煩我之前，趕快說聲您好吧。

我用手肘戳了里溫幾下，這臭小子卻連回嘴都懶惰，只點了點頭。殿下會大發雷霆也不意外，我則是熟練地稍微替里溫說了幾句話。

「這孩子最近遭逢太多打擊，因此變得有點怕生。請寬容的殿下把他當作一個生病的孩子，多加包涵，這傻孩子再怎樣也還是殿下的忠臣啊。」

「還真是一派胡言，完全感受不到妳話裡的真心。」

「我們殿下果然厲害，全亞蘭最聰明，講什麼就懂什麼耶。」

殿下氣得跳下馬，衝上前來說要殺了我，卡波姐姐用盡全力阻止他。

爭執與憎惡是什麼都無法留下的，真是個愚蠢的殿下。我一邊搖頭一邊駕馬，奠下大概是氣炸了，不停大吼大叫，甚至搶過了卡波姐姐的槍。

他說什麼是因為當時我昏倒了，他有點擔心，打算順便關心狀況跟看看我，所以才會應邀前來，怪我不懂感恩云云……

看著我們國家唯二王子中的大王子用奇怪的姿勢抓著那把最新的文明產物，也就是擊發式雷管槍，我實在難以掩飾心中的惋惜。

先生，那把槍……必須先解除安全裝置才能扣扳機喔。你就一直把手指扣在那，扣一輩子好了，我看看你能不能射出子彈。

「殿下！很危險啊，請把槍放下！」

「沒錯！要是硬扣扳機引起爆炸，只有殿下會受傷的！」

「等一下！我們尼美爾尼亞公國出產的物品沒那麼爛好嗎！」

「我要怎麼相信這是尼美爾尼亞產啊！我們菲埃那勒連火藥都不用尼美爾尼亞的，以品質來說，還是拉爾古勒比較安全！」

「臭小子！你剛說的都只是場面話吧！」

「什麼？妳叫我臭小子？」

哎唷唷，這都什麼亂七八糟的。

明明長得不像會這樣說話的人，看來安東那傢伙還真的是菲埃那勒公爵大人的親生兒子沒錯啊。又不是鳳仙花一碰就炸，脾氣怎麼就那麼火爆呢。

我拋下本想射殺我，卻被夾在勸架的公主與菲埃那勒公爵繼承人中間而反過來勸架的殿下，咯噔咯噔駕著馬前往狩獵場更深處。

唉，都出門了，還是多吸收點芬多精吧。

里溫看來對於跟我一起散步毫無不滿，跟在後頭的彼得也因久違地來到寬闊場所而非常開心，等繞完狩獵場一圈，我就要丟下那些人去ＳＰＡ中心，真是吵死了。

「這裡真的是狩獵場嗎？」

「……」

「怎麼半隻動物都沒有？」

「……」
「妳有嘴巴的話就解釋看看啊。」
不要一直問我，我也一頭霧水好不好！
在紛爭稍微平息後，大家好不容易想起今天來這裡的目的，準備開始打獵。但不管走到狩獵場多深處，都見不到半隻動物的身影。
不是，既然現場都已經布置好了，那至少要有兔子或鹿之類的生物跑來跑去啊，怎麼會連鳥鳴聲都沒聽到？
「這到底是打獵聚會還是散步聚會？」
你應該覺得讓我顏面掃地開心死了吧！
泰奧多爾嘲諷地說洛克斯伯格的狩獵場毫無看頭，露出了前所未見的開朗微笑，這不是他平常會露出的王儲笑容，而是真的幸福得要命才會出現的那種笑。
「但連半點鳥叫聲都沒聽到，不覺得很奇怪嗎？」
傑克你說的很對，我就是這個意思。除非威爾把所有獵物都抓走了，不然怎麼會連小動物的聲響都沒聽見？
狩獵場安靜得令人心情不佳，實在讓我內心不太舒坦，本想提議乾脆離開這裡，一起去ＳＰＡ中心聊天的，然而就在此時，連半點鳥鳴聲都沒有的樹林開始飄出奇異的嗚咽聲。
「雉嗚嗚嗚嗚！」
「……」
「……」

「……」

「……」

「……」

那個叫聲是什麼鬼？為什麼一聽就有種令人害怕又非常恐怖的感覺？難道剛剛連半點鳥叫聲都沒聽到的原因是出在這嗎？

「洛克斯伯格公爵千金。」

「是，亞蘭王國王儲殿下。」

「那是什麼動物的哭聲？」

這個嘛，是什麼呢？叫聲是「雉嗚嗚嗚」的話，我想應該是……

「……雉雞嗎？」

「胡說八道。」

「狗狗是因為汪汪叫才會被說是汪汪，喵喵是因為會喵喵叫才被叫喵喵啊。」

「對。」

「那既然牠發出雉嗚嗚嗚的聲音，應該就是雉雞吧？」

「是在說什麼鬼話？」

對啊，很怪吧，嘿嘿，我自己都覺得瞎。

不能再逃避現實了，我小心地壓低自己的音量。狀況不太對勁，這片狩獵場的生態完全不合常理，不僅看不見小動物，不遠處還傳來奇怪的叫聲。

這絕對是要我們快點逃跑的信號。

「大家先冷靜聽我說，我們必須立刻離開這裡，盡可能在不發出聲音的狀況下循原路回去……」

「噓！已經太遲了，妹妹。」

什麼意思啊！還沒太遲，我們不會遲的！不要下馬好不好這位姐姐！為什麼還要這麼可怕地舉著槍啊？為何要裝填子彈！我們還是快點逃吧，為什麼要正面對決呢？面對巨大的敵人不應該迎戰，要趁能逃的時候快逃啊！

「請殿下快點避開吧，這裡交給我。」

「不行，妳一個人又能做什麼？」

「我會守護大家直到最後一刻，這是身為尼美爾尼亞公主的我，應當履行的使命。」

這番話非常帥氣，我明白殿下會因為這股魄力而心動啦，但我們不能一起逃嗎？我們不都有自己的坐騎嗎？馬跑很快的！只要讓牠們盡全力跑，就能順利逃出去的！

「吼啊啊啊！」

可惡，感覺真的在附近了。現在已經不是「雉嗚嗚嗚」而是「吼啊啊啊」了！發出怪聲的生物現身並沒花太多時間，公主槍口方向的草叢堆出現窸窣聲，接著立刻有巨大動物衝出，那是……

「是熊！」

「正確來說是灰熊！棕熊的亞種！」

好喔，動物博士好棒棒喔，臭小子！

啊，但有一點點放心又是為什麼呢？因為衝出來的是還在常識範圍內的生物嗎？大概是這段時間都跟巨大魷魚和海葵對決的緣故，我甚至覺得熊這種程度算可愛了。

就算那是比人大上三倍，只要一擊就能削掉人類腦袋的猛獸。

我想說這程度讓里溫和傑克．布朗應付即可，然而殿下突然緊張地帶大喊。

「公主危險！」

娜塔莉公主舉起步槍，瞄準著正朝我們衝來的灰熊，一動也不動。

那並不是因為恐懼。

公主的目光不曾從直撲而來的灰熊身上移開，她沉著地等著雙方距離拉近，直到可能讓自己體驗死亡的千鈞一髮之際才扣下扳機。

砰！

不意外地，這一擊沒能將灰熊置於死地。公主雖然準確命中了頭部，但因為牠厚實的外皮與堅硬的頭蓋骨，沒能造成致命傷。

可是這似乎也不出公主所料，她立刻裝填子彈，再度扣下扳機。

第二道槍聲響起，直到第三道響起之前，公主仍然沒有移動過位置，目光也不曾從獵物身上移開。

她所射的三發子彈全部命中頭部，灰熊應聲倒地，只有公主依然屹立。

「還好嗎！公主！」

公主眼中的殺氣尚未散去，殿下也真的是有夠大膽，竟然敢直接靠近耶。

但我們家王儲殿下一跳下馬走向公主，她的態度忽然一變，開始說著「哎唷這隻熊也太大了好可怕啊」之類的話。

當初路西路西看著在馬利烏斯面前裝弱的我，也是這種心情嗎？明明是自己解決掉的猛獸，事後才在演好可怕呀嗚嗚嗚是怎樣？她難道以為這管用？

「必須盡快離開這裡，情況不太對勁。」

「什麼意思？」

這裡的狀況還可以更糟嗎？比貴族狩獵場出現棕熊亞種的灰熊更糟？我本來打算回去要逼問威爾，到底是哪個瘋子在狩獵場放熊，一聽到事態其實更嚴重，不禁背脊發涼。讓一國王儲與公國公主陷入危險該怎麼補償？我稍微算了一下可能要付的撫慰金，頓時眼前一片漆黑。

「妹妹，妳看，不覺得這隻熊好像本來就受傷了嗎？」

哇是喔，我沒有想了解這件事耶，告訴我這件事情真是謝了喔，公主。

如同公主所說，這隻熊本來就已負傷，但怪的是牠看起來很像之前曾坐在未乾的水泥上，屁股沾了一堆石粉。

這附近有在蓋房子嗎？看起來也沒有啊，這裡不是公爵家私有地嗎？如果有人要在我的土地蓋房子，我理應要知道吧？

「雉嗚嗚嗚！」

在我們討論死掉的熊時，剛剛的怪聲又響了起來。

等一下，這代表那個怪聲不是熊發出來的嗎？也是啦，牠稍早的叫聲是「吼啊啊啊」吧？一般來說，不會因為距離很遠就把「吼啊啊啊」聽成「雉嗚嗚嗚」吧？

「請公主與安東少爺盡速帶泰奧多爾殿下離開，有兩位在的話，就算又出現熊之類的動物，應該也能順利擊退。」

「什麼叫熊之類的？那個雉嗚嗚嗚的聲音難道是比熊更強的對手嗎？」

「可能。」

我有不祥的預感，跟當初碰上巨大魷魚和海葵時一樣，感覺超級不妙，總覺得又要出現從未聽過和看過的怪物了。

但首先，為了讓殿下和公主能安全避開，我們該在這裡斷後吧。傑克和里溫的想法似乎跟我一樣，也從彼得和伊莉莎白上落地，開始熱身。

這兩個傢伙在卡波姐姐槍神附身、帥氣獵殺熊的時候，也僅是靜靜旁觀而已，現在卻準備出動了，這就是對手不只是可愛小熊程度的意思吧。

「還是我留下吧，妹妹妳有辦法應對這裡的狀況嗎？」

「如果公主也留下來，那誰來保護泰奧多爾？」

「這……」

看吧，就說我人力分配很正確好嗎！

至少剛剛來這邊的路上沒什麼問題，就算有猛獸出現，了不起也只是熊而已，光安東少爺和公主便完全足以應付。

「懂了嗎？請一出去就立刻前往SPA樂園，反正都是請假來的，至少要好好休息一下！」

「都到這時候了，妳還覺得休假更重要嗎？」

「那還用說，這是跟我血液一樣珍貴的休假！」

何況我們里溫還沒去過羅希爾耶！這是他睽違好幾個月才出門的日子，不可能只工作完就回家好嗎！

還有你們兩個，也多多在有人潮的地方黏在一起玩耍，曬一下恩愛如何？乾脆手牽手進男女混湯算了，然後給我搞出意外，做出無法挽回的失誤怎麼樣！既然都來了，王孫就萬事拜託了！

「如果守護一個人是公主的使命，那收拾災難就是洛克斯伯格的使命。」

大家熱身完畢後開始掏出武器整備，里溫按照傑克的指示，一手拿著輕巧漂亮的短刀，一手拿著格擋匕首，以便同時攻擊與防禦；傑克則是在輕鬆做完一套體操後抓起他的鐮刀；彼得也一副想參戰的樣子，不停蹬著後腿。

「走吧，公主，把這裡交給那女人處理會更好。」

「可是——」

「依照洛克斯伯格千金的提議，我會跟著殿下走。但請別受傷了，不然我會被我媽罵。」

對，快走吧，是我對不起你們，帶你們來這種狩獵場是我對不起你們，可惡。

我看著急忙動身離開的三個人消失在視野中，眼角泛著淚。威爾．布朗這臭小子給我走著瞧，等回去我就先處理你！

在這種嬌滴滴貴族玩耍的狩獵場裡，到底是誰會放熊啊？到底誰會這樣做？誰又會把這種能在熊身上留下傷痕的怪獸放進森林裡！根本就是瘋子啊我要發瘋了！

「姐姐，來了。」

好喔，來了嗎？

「雉嗚嗚嗚！」

里溫威風凜凜站在我身前，被推論為雉雞的那隻怪獸又哭號了一次。

看著遠處的大樹像石頭一樣變硬並喀嚓一聲倒下，我的內心鬱悶到不行。

石頭……石化……好吧，那隻熊屁股上的水泥就是要處理這個伏筆是吧。

可惡，我才不想要這種發展。既然這部作品是奇幻背景，設定和情節都奇幻一點不是很好嗎？

其實是石頭妖精之類的東東不小心犯下可愛失誤，才把熊的屁股變成石頭什麼的，這種安排不是很好嗎！

所以說為什麼要在貴族的狩獵場放雞蛇啊！威爾．布朗這個瘋子！我就知道你是布朗家的人，透過這次機會我徹底懂了，真是夠了！

「很危險，姐姐！」

雞頭蛇身、拍打著詭異爬蟲類翅膀的怪物嘴裡吐出煙霧，伊莉莎白在載著我的狀態下猛然躍起，隨即摔倒在地。

我展現出了完美的落地姿勢，不過手肘關節還是有點擦傷。那伊莉莎白呢？牠該不會斷腿了吧？

我和伊莉莎白原本的所在位置揚起石粉，差一點點就變成美麗的羅莎莉特．洛克斯伯格石像這件事讓我背脊發涼。

此時彼得信心滿滿地挺身而出，跟雞頭對話。

「嗶嗶！」

不是，牠們可以對話嗎？看起來怎麼像是肢體語言而已。但也對啦，雞跟兔子本來就不可能溝通吧？

總而言之，彼得不停蹬著後腳表示抗議，前腳沾了不少口水，毛也豎了起來。

一直嗶嗶叫感覺是在形容雞，眼睛瞪得很詭異還吐舌頭的部分應該是在表達蛇，至於蹬著後腿假裝飛翔的模樣，應該是指翼龍的翅膀吧，可是在那之後牠又發出感覺是在笑的超大嗶嗶聲。

雖然牠們的語言不通，但怎麼有種彼得表達的東西很貼切的感覺……

「傑克・布朗。」

「是，小姐。」

「牠現在是在引戰嗎？」

「不到引戰的程度，大概就是恥笑對方因為有太多爸爸媽媽才會長成這樣的程度吧？」

「一般來說這就叫引戰好嗎？換句話說就是挑釁。」

「啊哈！」

啊哈又是怎樣！好好教育一下你的寵物好嗎！

「雉嗚嗚嗚！」

你看牠生氣了啦！現在要怎麼辦！

因為雞頭怪物揮動翅膀拍打全身，導致四周沙塵瀰漫，我們拖著各自的坐騎開始逃跑。由於彼得的引戰十分管用，那傢伙追趕我們的同時，散發出一種要將我們統統殺光的狠勁！

「里溫！你現在不能用那個嗎？劍氣雷射光之類的？」

「那是什麼啊，姐姐？」

「可惡，這沒用的傢伙！」

「對不起，姐姐！」

我為什麼會沒帶艾斯托來呢？這是她一擊就能解決的事耶！

那傢伙吐出的煙霧，將附近的一切統統變成了石頭，傑克和里溫無法輕易靠近，也就無法大展身手。光是用一定要殺死牠的決心戰鬥就夠累了，威爾是用什麼辦法才把這隻東西活捉來的啊？

「首先，彼得．布朗上！」

「嗶嗶？」

「嗶什麼嗶！是你挑釁牠的！牠最氣的對象就是你好嗎！快上！」

「嗶嗶嗶！」

快去啊，混帳！

我用腳踹了彼得的屁股，這隻臭兔子眼睛一眨一眨，淚汪汪地看著我，然後向雞頭進攻。

雖然傑克氣得質問我怎麼能犧牲彼得，但我也不是單純要拿牠出氣而已。很好，就是現在！趁著那隻雞把所有精力都放在彼得身上，為了攻擊而張嘴的那一瞬間就是機會！

「指定範圍，凝聚，發射！」

我利用電磁效應匯聚周圍的大量鐵粉，一把送進雞頭張開的嘴裡。鐵粉卡在了牠的喉嚨，讓牠無法吐出煙霧，只能一臉痛苦地不斷咳嗽。

「傑克攻頭，里溫負責尾巴！」

「是，我要上了！」

「請好好看著，姐姐！我的劍氣強度就是對姐姐的愛！」

嗯，好，我明白了，你趕緊殺了那隻雞好嗎？

對手是雞沒錯，但我還是擔心牠或許能分部位行動，所以決定要一擊將牠的頭尾分離。傑克．布朗踩著彼得斷角的根部一躍，揮舞他的鐮刀，雞蛇的腦袋立刻落地。

果然，畢竟是雞，就算被砍頭了，嘴巴還是會動，眼珠也還是會骨碌碌地轉動，好噁心。

「姐姐，這邊！請看這邊！」

好啦，你快點刺好嗎！

因為里溫極度渴望得到我的關注，我轉身看向他，銀髮紫眸的美男子揮動紫色劍氣，將雞蛇的尾巴切成了兩段。

由於被砍下的雞頭應該再也無法吐出石化煙霧，我想說已經度過危機，正要來大力稱讚里溫一番……

「嘰啊啊啊！」

不知道又從哪冒出奇怪的聲音，我下定決心，一定要除掉威爾．布朗。

後來，傑克、里溫和我擊退了一隻巨大鱷魚，殺了會噴火還會飛的翼龍，之後還碰上巨石魔像。因為要找出作為動力核心的魔水晶花了點時間，我們差點就一起死在狩獵場。

逃離狩獵場的路途十分艱辛，攔截怪物不讓它們跑出狩獵場則更加困難。如果這裡不是洛克斯伯格的領地，我應該會不管三七二十一直接逃跑，但這一帶全都是我們家的後院，不能讓怪物造成任何損害。

因為長時間的戰鬥，我們全都疲憊不堪，直到把公主和王儲殿下帶到安全之處的菲埃那勒家少爺帶了援軍回來，才好不容易解脫。

在休假時使用劍氣和魔法，廝殺了一番後才返家，簡直要累得不成人形。伊莉莎白和彼得一到家就口吐白沫昏倒，而勉強披著破爛衣服回來的我們，這時候才終於看到彼此的模樣，也不自覺落淚。

活著回來了，我們活著回來了！

傑克、里溫和我對於能活著回家這件事充滿無盡的感激之情，甚至抱著彼此哭了。在戰鬥時，要是里溫沒用劍氣，我們就死定了；在抓住翼龍要落地時，要是我沒有用鐵塊做出階梯，也同樣會全滅；而在面對那使用威壓的怪獸時，要是少了傑克的鐮刀，我們依然必死無疑。

彼此的存在成為了我們的信仰、救贖，以及活下去的最後一絲希望。鬼門關前走一遭的經歷，讓我們產生了奇妙的同伴意識，並以「幹掉威爾」的名義團結在一起。

治療完傷口各自休養後，我們在傑克的拷問室重新集合，當然，威爾．布朗也與我們同行。里溫雖然對懲罰威爾這件事相當猶豫，但他要為了我追求永生的心意更加強烈，因此還是下定了決心。

嗯，該從哪裡開始呢？傑克冷靜地主張應該從手指甲末端開始，而世界上最怕痛的威爾甚至把原來根本沒問的事也全盤托出了。

他說他既然收到獎金，就想把事情辦到完美，所以向約翰．布朗傾吐自己的煩惱，約翰把這件事轉達給四小節，四小節於是讓自己手下的黑魔法師和威爾合作。

聽完威爾的據實以告，我完全被說服了。

也難怪啦，那些破東西可不是威爾能獨力應付的怪獸，肯定有魔法師經手，不然不可能出現巨石魔像。有黑魔法師介入聽起來滿理所當然的。

再加上四小節肯定也看過與會人員名單，她肯定是把這次當作要讓泰奧多爾和我一起吃虌的機會，真是不懂事的小鬼。

得知一切真相的我將威爾、約翰及四小節全部抓起來轉交王室審判。大家都有各自的身分，因此不會判什麼重刑，但基於讓王儲、他國公主，以及公爵繼承人陷入危險的罪，他們必須參加王宮內的志工活動，並賠償天文數字的金額。

之後，他們每個週末都必須集合去拔王宮雜草及更換地磚，而威爾必須負擔的賠償金額也讓他又離買自己房子的夢想更遠了一步。

真是愚蠢的傢伙，所以說為什麼要找人商量，甚至還偏要找四小節，把事情搞得這麼複雜呢？就照平常做法去做不是很好嗎？亂下什麼決心啊？

四小節只是最近過得比較安分而已，但她是個要陰險就能非常陰險的女人。是在跟我當朋友的那次人生嗎？四小節爽快放棄自己的視力並精通怎麼用點字讀寫後，便全面依賴我接收重要報告，把我當成她的眼睛使用。

而為了恢復她的公主地位，四小節把人生完全投入在破壞泰奧多爾的形象上……

當時的我是第一次頓悟到人類是多麼醜陋的生物，噁心死了，人怎麼會這麼……已經不是心腸惡毒而已了，怎麼有辦法擁有那種會吸收所有欲望的黑洞人品呢？真讓人起雞皮疙瘩，我就是從那天起開始相信性惡說的。

總之，我看著大汗淋漓鋪地磚的威爾、約翰及四小節，開心大笑著快速回到自己的工作崗位。

在冷凍海葵處設置測量冷凍分數的機器及派遣人員，並召集全國各地神經冰的提案通過後，很快便開始執行了；蒂亞蒙特領地也已經建造無線電量產工廠；為了製作出比步槍使用材料更輕巧的合金，我也接見了之前施工的負責人，甚至還鋪了一條鐵路通往超級遙遠的南方魔水晶礦山。

然後剩下的時間，就都是在問卡波姐姐跟王儲殿下進度到哪了，也給最近都不回信的路西路西送去一紙問候，並把葛倫呈上的韋洛切領地營運報告整理好，找空檔向國王陛下報告。

葛倫都做成這樣了，也差不多能把該死的霍芬領地還給他了吧？但還是死不還耶，看來那應該是塊國王就算死，也不想還給我老公的值錢土地吧，那我只好不擇手段，也要把那塊土地收回來了。

收回霍芬領地就能多賺一個男爵爵位，那我的丈夫就會是葛倫．霍芬男爵兼洛克斯伯格公爵女婿。嘿嘿，真美好，就是要掛上各種勳章和頭銜，人才會變漂亮嘛。

事情辦得順順利利，我的人生也一帆風順。喝下為了路克而雇用的拉爾古勒出身廚師做的能量飲料，我踏上模範囚犯散步步道，這回的新路線會經過施工中的別館，環顧四周後我發現……

嗯……怎麼會……

「施工建材不會太閃亮了嗎？」

「原來是愛達尼利風啊。」

「蓋房子的部分也很愛達尼利耶。」

我詢問最近因激發出同伴意識而常常和我黏在一起的里溫和傑克，對於這個施工現場的是怎麼進行鑑賞的。

雖然我是形容成「激出同僚意識」，但要怎麼講？比起想要待在一起而待在一起的形容……其實應該是分離就會焦慮才更貼切。因為三個人的平衡過於完美，只要少一個人，就會有種戰力出現漏洞、陣型崩塌的感覺。有人不在就會不安，我只能把我的後背交給里溫和傑克而已。

「本來就是因為覺得布朗家的紅磚牆破壞平衡而咬指甲的人了，等這棟別館蓋好應該會昏倒吧……」

「我很喜歡閃亮亮的東西，沒關係的，姐姐。」

「不是，現在不是你喜好的問題，是公爵大人可能會氣到昏倒的問題。」

「反正再過不久就會變成姐姐跟我的房子啦，這跟公爵大人有何關係呢？」

「太噁心了，少爺，而且這個家為什麼是你的？繼承人明明就是小姐。」

「姐姐跟我是一心同體啊，姐姐的不就等於是我的嗎？」

「別再講這種歪理了，太噁了。」

那天之後，傑克和里溫的關係確實好上許多，換作是以前，要怎麼講呢……就只會互相瞪著彼此，也不講話，現在卻能一來一往地互損跟握拳打鬧了。

哎呀，剛剛也是，里溫揍了傑克的胸膛，傑克也踹了里溫的脛骨一腳，小孩子就是不打不相識嘛。

「這麼說來，今天是不是新選的僕人要來的日子？」

「對，他們現在應該都在多功能廳上課。」

嘿嘿，原來如此。他們以後都是我要麻煩的孩子們，要不要去看一下呢？

由於前陣子別館倒塌，陸續有人提出了離職申請。他們大多是在別館倒塌時受傷的人，還抱怨說誰家會這麼常倒塌、有殺手潛入、玄關消失、樓梯消失，繼而要求危險加給和生命補助等等……於是我進行了組織結構調整，重新選人。

本館的核心員工或許還有談判空間，但隸屬別館的僕人就沒什麼好說了……毫無挽留的必要。里溫的親信也都說會留下，那乾脆把人全部換掉，重新招聘更好。

我想說去看看以後是哪些人要來協助打理我們里溫的生活起居，卻在向我打招呼的新進侍女中，發現一個很眼熟的孩子。

她的紅棕色頭髮雖然打理得很時尚，但那張臉不管怎麼看，都是貝琪的眼睛嘴巴鼻子，只是多了顆之前眼下沒有的痣。

……這不就是眼下點痣的貝琪嗎？可是那孩子不是已經死了嗎？因為任務失敗被送了回去，難道是堂叔饒了她一命？

「這不是貝琪嗎？」

「是貝琪耶。」

「貝琪！還記得我嗎！我是里溫！」

在上一次人生，貝琪受堂叔指使，在我的檸檬水下毒。不知道這件事的里溫因為小時候貝琪很常陪他玩，開心地揮著手。

嗯……好吧，不清楚內情的話也是情有可原。

每一次人生，我都是先從把身為堂叔間諜的貝琪趕出去開始。就因為你是個什麼都不知道的蠢蛋，才有辦法如此天真，唉，我愚蠢的弟弟啊。

「我怎麼是貝琪呢？我叫比安卡，初次見面，小主人。」

「什麼？連聲音都是貝琪啊！」

「這鐵定是貝琪吧。」

「貝琪！因為妳沒有留下半句話就不幹了，妳知道我有多傷心嗎！」

那個，貝琪小姐，妳就放棄吧。不管前看後看左看右看，妳都是貝琪啊！

我一點出這件事，女人便憤怒地從圍裙裡掏出一顆很像手榴彈的東西。

「哼！我還以為你們是笨蛋呢。」

喂，妳該不會是把我當笨蛋了吧？所以才覺得只要眼下點顆痣，我就會認不出來嗎？重點是那個「哼」是怎樣？原來妳就是教里溫那個該死的「哼」的凶手！

「不要覺得主人會因為這樣就退縮！」

什麼鬼！妳主人又是誰！妳主人不是堂叔嗎？堂叔本來就是這種人設嗎？他都不出克勞利伯爵領地我哪會知道！

我雖然急忙下令抓住入侵者，但貝琪丟出的似乎是煙霧彈，瞬間就讓周遭煙霧瀰漫了起來。在騷動與煙霧平息後，她早已不在大廳了。

「嗯……該來的瑟琳不來，怎麼會是這種東西跑進家裡啊。」

但從煙霧只是普通的煙這點來看，她似乎沒有要害我的想法。如果像以前一樣想除掉我，應該會在煙霧中摻毒，或趁著視野被遮蔽時發動攻擊。

堂叔到底在打什麼鬼主意？為什麼在被我趕出去的孩子眼下點顆痣後，又重新把她送來？

「說到瑟琳才突然想到……」

瑟琳抵達時的行動指導，應該都有在公爵家裡發放了吧？我一問里溫，這小不點立刻充滿自信地點頭報告狀況。

「是，對方抵達時，會優先保護公爵大人和豆芽菜，並讓兩位前去避難，也會馬上通知塞基先生魔法研究所和姐姐，要用在瑟琳身上的魔力拘束器也已放在各個消防栓旁邊了。」

讚讚，準備得相當完美。如果能配合在關鍵時刻總會心軟的瑟蕾娜小姐的要求活捉是最好，但如果沒有餘力，也只能努力殺掉她了。

既然確定回歸魔法是那個女人發動的，那只要殺掉她應該就能停止回歸了吧？這比實現里溫的願望簡單多了。

臭女人敢來就試試看，踏近洛克斯伯格家的那一刻，妳就死定了！

Touch My Little Brother

Touch
My Little Brother
and
You're Dead

#

外傳
#Side Story

Why, or why not

and You're Dead

我敢斷言，瑟蕾娜對人類肯定是百害而無一利的存在。

這個活了極度漫長歲月的矛盾怪物，堅持讓原本註定消失的故鄉小島苟延殘喘，還以超然之姿對全世界行使她的影響力。

如果讓普通人知道活用魔水晶力量的方法，肯定會藉由更強大的力量引起更大規模的戰爭，所以她嚴守著這個祕密。

喬勒亞夫下位神召喚術會讓各國的國力失去平衡，所以她也使其失傳了。

雖然國家的形成與淘汰是再自然不過的事，但因為故鄉小島對她來說十分重要，所以她用了魔水晶拚命不讓島嶼沉沒，也不曾向外界公開這項技術與知識。

到底是多傲慢又隨心所欲的老人啊？

在我小時候第一次領悟到這件事時，就去拜訪了幾乎跟我祖先差不多年紀的瑟蕾娜老太婆，一臉認真地建議她自盡。結果這老太婆氣得大罵，說她勞心勞力把我養大，我卻講這種大逆不道的話，然後揍了我一頓，把我送去南極。

我在對抗寒流並撐過凍死危機後回到故鄉，同時也趁機擴張我的個人領域。

那愚蠢的老太婆，肯定沒料到我居然是個黑魔法師。

畢竟在看到我嗑藥、沒事就去見異形存在、欣賞外界文明，還有努力學習黑魔法之後，老太婆也只覺得我應該是青春期比較叛逆，就放任不管了。

我經歷了數次生死交關後回到故鄉，利用變得更強的魔法，把她硬是立起來的魔水晶梁柱統統摧毀，讓故鄉小島沉沒了。

反正那座島本來就註定要沉沒，是死抓著它不放，想要延續歷史的瑟蕾娜老太婆不好。

在我讓故鄉沉沒，使得約九成同胞葬身大海後，又被瑟蕾娜老太婆暴打一頓，再送去北極。

呵呵，真是個笨老太婆，她不知道我是黑魔法師，又在幫我擴張領域了。

我再度經歷了數次生死交關，在那之後裝成流浪漢的樣子，前往瑟蕾娜老太婆的新據點。那個聚集了故鄉同胞的受災戶收容所，後來被稱為真魔塔。

總之，我為了把瑟蕾娜的名字從人類歷史中抹去而不斷掙扎。

人類不需要什麼超然存在或調停者，為什麼不讓他們好好活用既有的資源呢？魔法又怎樣，他們是什麼了不起的存在嗎？為什麼不傳授人類與魔法相關的知識，非要自己藏得如此嚴實不可呢？

在我學習黑魔法並窺探外界時發現，我偶爾能透過接觸異形存在窺探的世界中沒有超然存在，也沒有調停者。雖然他們擁有強大力量，互相討伐爭鬥，但也沒有因此滅亡。人類雖然又蠢又笨，但也還是照樣在過日子。

自由民主主義萬歲！可惡！

只要瑟蕾娜老太婆還沒有從這個世界上消失，我就絕不會屈服，這並不是毫無理由的叛逆。

瑟蕾娜老太婆曾說能力越強，責任越大，所以在我還在流鼻水的年幼時期，她就逼著我左滾右滾，要我成為一個善良的孩子。但！這並不是理由！雖然我對她的這股憎惡這輩子都不可能消失，但總之我就是非常不滿意老太婆的行事風格。

我這次真的下定決心要滅掉瑟蕾娜老太婆，讓人類歷史回到自然狀態，但回到受災戶收容所時，我遇到了天使。

那個孩子看起來好像才三歲吧，一頭黑髮，眼睛發紅地看著我不斷發抖，還像兔子一般可愛。

一看到那孩子，我的直覺立刻告訴我，她就是我的命運。對，我是為了跟這孩子相遇而生的，所以我當時很親切地跟那孩子說話。

「噢噢，嗨，小不點啊，要不要跟姐姐去好地方玩啊？」

我承認我是因為無法抑制我的興奮才這麼喘，但不知道那孩子是怎麼解讀的，她倒抽一口氣，就逃去了瑟蕾娜老太婆身邊。

從塔裡衝出來的老太婆跟全世界說我要偷她養的小狗狗，就跟其他魔法師同伴一起，以要置我於死地的程度狂揍，這次把我送去了赤道。

呼呼呼，這次至少沒有凍死危機了，只是被毒蛇、毒蜘蛛跟毒蠍子弄到差點死掉而已。

後來，在我的天使被瑟蕾娜老太婆同化之前，我一有空就會試圖去偷孩子，但小不點每次都會哭哭啼啼地把瑟蕾娜老太婆叫來。

到底為什麼啊？我只是想去個沒有瑟蕾娜老太婆的好地方，跟那孩子一起吃美食、看美景，一起做有趣的事情而已啊！為什麼我的天使一下昏厥，一下哭泣，瑟蕾娜老太婆和她的同伴還都把我視為變態，一直要我滾呢？

因為我的天使說不想看到我的臉，我還戴了面具，因為孩子們都喜歡亮晶晶又華麗的東西，我就特別選了一堆漂亮的頭飾戴在頭上去見她耶。

為什麼……為什麼討厭我呢？

我想說等她稍微長大，明白了瑟蕾娜老太婆有多可怕，就會來到我身邊。但奇怪的是那孩子對我的敵意越來越強烈，只要看到我頭飾的一小角就會逃跑，我甚至還曾被小不點揮舞的刀子刺傷過。

這肯定是因為那個該死的老太婆灌輸了錯誤的知識，她肯定對我的天使講一堆我的壞話，所以那孩子才會這麼討厭我。

臭老太婆，她就是個從沒給我的人生帶來正面影響，需要從人類歷史上抹去的汙點。

因為小不點學會抵抗的辦法，我決定改變策略。看來還是要先除掉瑟蕾娜老太婆，如此一來，無處可去的小不點就會來我身邊吧。

在那之後，我不斷妨礙瑟蕾娜老太婆要做的每件事，為了除掉她也費盡心思。我把瑟蕾娜老太婆視為第二個故鄉打理的都市文明滅了幾次，虎視眈眈地覬覦她的性命，也成功操縱老太婆的記憶，讓她的空間知覺能力受損。

在過程中我也發現一件事，小不點撲上來想置我於死地的樣子太有趣了。一直以來都是我在追她，但一體驗到小不點這麼熱情地追趕著我，真是讓人按捺不住興奮與悸動。

我已經回不去認知到這種快感之前的人生了。

因此，我開始四處跑，四處闖禍。雖然一部分是為了擴張我的黑魔法領域，但一方面也是因為跟我的真愛玩鬼抓人是世界上最有趣的事。

然後就在某天，我從瑟蕾娜老太婆的祕密書房，把記載著擁有信仰的傢伙該怎麼召喚出想像怪物的書偷了出來，也在我把這本書丟進拉爾古勒皇室後院的某處時撞見我的天使，被她抓到了。

不，應該說我是刻意讓自己被她抓到，但這也不重要，能被我追了一輩子的天使抓住，這件事幾乎可以看做是某種求婚了吧。

再加上天使說她要關我關一輩子，把我丟進監獄。這個一直關注著我並追趕我的人把我關起來……難道就是傳聞中的……

結婚？

我腦中響起了噹噹噹的清亮鐘聲，用另一種形容表達也可說是婚禮鐘聲吧。而且，我的天使甚至親手替我換上為我準備的白色囚服，果然是結婚沒錯，這個行為不管怎麼看都只能用結婚二字來形容了。

……既然如此，那也沒辦法了。

黑魔法臻至化境的我已能將身體機能維持在全盛時期，不用擔心老化問題，先把要除掉瑟蕾娜老太婆的使命往後延，也還夠我準備一段要陪伴天使一生的時間。

我快樂地允許天使要關我這件事，並且度過幸福的時光。一早睜開眼就能見到天使，睡前也能見到來巡察的天使，就算她偶爾會消失在我的視線內，但只要我想就隨時都能見到天使。

我很幸福，能和心愛的人共度一生，不就是人生勝利組嗎？

我對此相當滿足，畢竟在我作為瑟蕾娜老太婆的子孫出生後，人生沒有稱得上快樂的事，直到天使降臨在我眼前。

所以，在天使為了尋找我們要一起住的新家而得暫時離家時，我同意了。我完全可以等，我相信著象徵天使的告白，以及天使約定要與我共度一輩子的純白色囚服。

我等著，祈禱著天使早日歸來，等了好久。

等了一天、兩天、一星期、一個月。

我可以繼續等，我相信她的約定，因為她說很快就會回來，肯定不久後就會回來。

我等了半年、等了一年，過了兩年、三年、五年。

天使卻沒有回來。

我好絕望。

我哭了，每天以淚洗面。

我被拋棄了。

不，天使應該只是有點忙而已，但把我丟在這裡好幾年還是哪裡怪怪的，她果然還是拋棄我了。

不，如果她在外面出事了怎麼辦？搞不好她會需要我的幫助。

不，不可能，除了我以外，我的天使不會屈服於任何人，她那麼強大。我果然還是被拋棄了嗎？她忘了我嗎？她討厭我嗎？

不，我們已經確認了對彼此的愛，也交換了信物，過去幾年也過得很幸福啊。問題出在哪裡？是我做錯什麼了嗎？天使會離我而去是我的錯嗎？

不，我在認識天使後，到目前為止都過著對天使忠誠的人生。我沒有一天不愛天使，所以說是天使的錯嗎？

不，天使是不會做錯事的，天使一點也不壞，壞的是我和天使以外的一切。

對，這個世界太壞了。

得出結論的我決定做出有一點點對不起天使的事，我要暫時掙脫天使給我的手銬，一下下就好，我決定去看看天使。

出去時，順便讓那些因為天使不在就虐待我的獄警和魔塔魔法師互相殘殺，等他們都死光了，我所在的監獄應該也就毀了吧。

我雖然是個厲害的魔法師，但我沒辦法用自己的力量傷害人。除了扭曲記憶外，我能做到的就只有……舉起刀叉吧？

但我畢竟是個厲害的魔法師，沒關係，搞不好還是這個世界上唯一的魔法師呢！操控火啊、水的進行攻擊算什麼魔法師啊，那是超能力者吧。

魔法本來就是一門神祕的學問，如果門外漢看到魔法使用者就能預測對方會造成何種影響，或是有多大威力，那就不再神祕了。

所以說，我的能力就算用在人類身上，也沒人知道會產生何種反應，這才能被稱為真正的魔法。

總之，我的天使在數年前說過她要去參加洛克斯伯格領地選美大賽，去找一個能一起住的新家，那我只要去洛克斯伯格就能找到天使的行蹤吧？於是我前往洛克斯伯格領地，使用了些許的暴力與魔法，得知了天使所在之處。

天使在離開我之後，被任命為洛克斯伯格一級行政官兼公爵夫人兼亞蘭榮譽伯爵，並且成為一個孩子的母親。

「……嗯？」

這是怎麼回事？

是發生了什麼事才會讓與我約定終身的天使重婚呢？而且對方甚至是……有著很適合某種喪妻後獨自扶養女兒的未亡人氣息，充滿色氣的陰沉男。

雖然他擁有能向一部分特殊性癖者自薦的美貌，但原來我的天使眼光這麼不大眾嗎？難怪她會一直嫌我醜還說不想看到我，天使的審美有點……非主流呢。

雖然他們表面上構築了幸福美滿的家庭，但我沒有輕率地作出判斷，所以我觀察了一陣子，畢竟天使可能也有她自己的盤算嘛～

我們在一起不能生小孩，也可能只是先勾引這個男人生孩子，之後才要回來我身邊。

這麼一想，那孩子看起來也挺可愛的，是我跟天使的小孩嗎……果然，天使想得很深遠啊。我甚至沒有做過下一代的計畫耶。

如果讓我們扶養這孩子，她以後肯定會變成很有朝氣又很會使用魔法的最強人類吧，搞不好還能讓這孩子擊退瑟蕾娜老太婆也不一定。

長大後成為勇士的孩子，如果能在除去人類之惡的瑟蕾娜老太婆後衣錦還鄉，我跟天使會一起在故鄉老家等她，瘋狂稱讚她做得很好、很勇敢之類的，再讓她獨立，接著我再跟天使一起白頭偕老就好。

這真的是非常理想的人生計畫，我不禁讚嘆天使的深謀遠慮，順便參觀了這座宅邸。

我使用自己擅長的精神操縱，有時偽裝成僕人，有時則是偽裝成布朗家的寵物觀察這些人們。

後來我明白了一些事。

首先，天使和那個擁有狂熱鐵粉的男人是真心相愛得要死，以及住在布朗家的某個小不點一直覺得偽裝成布朗家寵物的我非常違和，一直想把我吃掉。

也不曉得她是貪吃到瘋狂還是野性過於發達……

總之，因為那個瘋小鬼，我放棄繼續偽裝成動物，假冒侍女身分綁架了那個不知道叫愛迪還什麼鬼的未亡人，這是在天使聽說監獄倒塌的消息而暫時離家之際，我一時衝動做出的事。

綁架後，我想說要對天使報仇，打算做……做那件事情……

但我從生理方面來看是辦不到的，我怎麼可能跟他做啊！

而且那個男人陷入恐慌，瘋狂地呼喊著瑪麗亞，只要一做點什麼肯定就會口吐白沫昏厥過去。如果沒有經過一定程序或約定，我的魔法用起來威力是會大減的。

話說回來，我的天使有了名字是嗎……瑪麗亞啊……

瑪麗亞這個名字根本就是為了我的天使而起的吧！也太適合了吧。

「瑪麗亞！瑪麗亞！」

叫起來好順口，語感也很不錯，一呼喊這個名字就會不自覺想起瑪麗亞的美麗姿態，我們一起待過的最後一個監獄不就叫瑪麗亞監獄嗎？瑪麗亞不知道有沒有發現這件事？她做的事情也未免太可愛了。

就算我掙脫了作為與瑪麗亞的約定信物的手銬，但沒脫掉囚服果然是對的，我們還愛著彼此，我們的人生還很長，只是中途有個男人出現攪局罷了。

瑪麗亞現在抱持的感情只是一時頭腦發熱，一旦這個長得像未亡人，藉由不幸產生的美麗而閃閃發光，又即將過勞死的美男子跟我外遇的消息被揭發，她發熱的腦袋很快就會冷卻下來。

但因為我真的不管是生理、物理或心理外遇都辦不到……

我乖乖地把我綁走的愛迪送回去，找來了一個嬰兒，偽裝成是我生的。剛好看到那個叫愛迪的人的叔叔的孫子，乍看之下還長得挺像，所以我決定帶他回來，並在過程中將這孩子的親生父母都殺了。

那個孩子的爺爺……也就是愛迪的堂哥，被稱為克勞利伯爵的人說那乾脆也把他殺死算了，哭到快要昏倒，真是有夠難看。

醜老頭哭得很醜，還很醜地糾纏著我，別無他法的我只好操縱他的記憶。如果把這一家人全殺了，可能很快就會被拆穿這孩子的來處，這老頭必須活下來，並且說出他們家本來就沒有孫子，這樣就很難追蹤後續行蹤了吧。

計畫十分完美，我興沖沖地把孩子帶去洛克斯伯格家，但嬰兒本來就都這樣嗎？移動過程中又哭又鬧還排泄，真不是開玩笑的。不管用打的或讓他挨餓都不停止哭泣，真不是普通地難照顧。

再這樣下去，還沒到洛克斯伯格這孩子可能就先死了，迫不得已之下，我把他跟我的思考連結起來。

呼呼，笨蛋瑟蕾娜老太婆，她肯定以為我只能單純把生物和事物的記憶扭曲，但只要對方同意，我也能把記憶跟記憶連接起來。

不過代價是這孩子的一生會不斷遭逢事故，或在不幸的漩渦中生活，又或是在有嚴重女難或男難的生活中夭折或死於非命。

反正又不是我不幸，管他的。

後來，我就能比較順利地照顧孩子了。孩子想吃飯就給飯，想排泄就幫他換尿布，用這孩子一生幸運作為祭品的育兒還真是輕鬆愉快。

幫他餵食、哄睡、沐浴後開始產生了一些感情，在抵達洛克斯伯格之際，我也替孩子取了名。

在我還在學習魔法時，有一顆和外界存在接觸時才能看到的蔚藍星球，因為憧憬而將其命名為阿斯特里溫，我將那顆星球的名字給了那孩子。

你以後長大成人，一定要成為優秀的民主鬥士。對付瑟蕾娜老太婆這種獨裁者，只有刀劍才是解答。

當了一個禮拜的媽媽之後好像也開啟了所謂的母性，要把阿斯特里溫留在那，其實讓我有點邁不開腳步……但看到那個叫愛迪的人跟瑪麗亞瘋掉的樣子又覺得我的腳步輕盈了起來，在那之後一切都照著我的計畫走了。

在發現我不管何時何地都有可能對那個叫愛迪的人造成危害後，瑪麗亞開始追逐我，甚至還把那個叫羅莎莉特的孩子背在背上跟著我跑。

瑪麗亞真可愛，背著還沒到能脫離媽媽懷抱年紀的羅莎莉特跟著我跑也真的很厲害。但背上的孩子太過柔弱，還會因為瑪麗亞粗魯的行動而後仰昏厥，偶爾打高空戰時，瑪麗亞還差點把孩子弄掉，都是我好不容易才接住的。

羅莎莉特這小鬼應該要知道是我救了她好幾次小命，要不是有我，她死也已經死過幾百遍了。

曾經差點因為瑪麗亞的失誤而死，也曾經因為強度過高的訓練而昏倒，徘徊於死亡邊緣。我至少也養過阿斯特里溫一個禮拜，不算完全沒有媽媽的經歷……但羅莎莉特真的有一天會死在瑪麗亞手裡吧。

同時體驗著育兒的酸甜苦辣，我們過了很長一段幸福時光。

追趕跑跳，差點死掉，也差點被穿出一個洞，但我還是跟瑪麗亞玩得很開心，也成了羅莎莉特的親切阿姨。

那孩子不像同齡的孩子，早熟又聰明，我一直求她叫我一聲媽媽，但她到死也還是只叫我瑟琳阿姨這點讓我不太滿意，但總之我們還是過得很幸福。

然後就在某天，羅莎莉特身體非常不舒服，我看魔力有點動靜，她應該也有點魔法師的資質。

通常是找不到親和屬性的人魔力才會暴走，這種時候如果身體健康，魔力就會轉換為劍氣，但羅莎莉特只是個孩子，應該承受不了轉換過程的不適。如果轉換為黑魔法師會省事很多，只是瑪麗亞怒吼不准我靠近，我也沒辦法進行儀式。

就這樣，羅莎莉特病了一個月，在我的說服之下，瑪麗亞才決定把羅莎莉特送回洛克斯伯格家。

在那之後，我跟瑪麗亞就很認真在玩，以我漫長的生命來看，這段時光不過短短一瞬，如果不好好享受不就太虧了嗎？

但跟還能繼續玩下去的我不同，瑪麗亞漸漸開始感到疲憊。

她想放棄追逐我，但我實在不願想像我的人生沒有瑪麗亞會變成什麼樣子，也討厭沒有瑪麗亞的人生，好無聊，可以的話我甚至想要永遠停留在這段時間。雖然確實有辦法，但我沒辦法實行，因為想啟動這個魔法就必須拋棄我珍貴的東西，這就是黑魔法師的契約。

「妳要放棄嗎，瑪麗亞？妳只要放棄一切，把妳的餘生都給我，我就不動那個叫愛迪的男人跟妳女兒，讓他們能一生安穩活到老。」

即使沒辦法跟妳相處到永恆，但只要妳把餘生都給我，我還能忍受。那個魔法必須要犧牲妳跟我的珍貴之物才行，但我其實也沒有抱太大的期望。

「我不要！妳這醜八怪！我要跟愛迪和羅西一起生活！」

瑪麗亞拒絕了。為了過上幸福的生活，兩人之中必須有一人放棄，但她不願理解我。瑪麗亞從以前就很隨心所欲，當然我也喜歡她這一點。

我的瑪麗亞總是為所欲為，脾氣很差，有事就會先動手，我美麗的瑪麗亞。

但罵我醜這就過分了。

「喂！我到底是哪裡讓妳這麼不滿意了？」

「長得醜啊！」

「所以我不是把臉遮住了嗎！」

「個性也很爛啊！人渣敗類！凶惡罪犯！年紀也有夠老！妳還有良心嗎？妳這小偷！」

「妳這小鬼！我都追了妳那麼久，妳就假裝推託不過來我身邊吧拜託！」

「我寧可自殺。」

「嗚嗚嗚，妳這壞女人！」

太過分了！瑪麗亞太過分！我因為妳，連吃飯也很不方便地戴著面具吃！妳知道隔著面具喝水吃飯有多麻煩嗎？而且我還得避開妳要置我於死地的攻擊！妳知道我平常為了妳放棄多少東西嗎！

妳，瑪麗亞！我的天使都不懂……

「我要毀了妳的人生。」

我決定放棄我們的寶貝孩子，我們永遠在一起吧。雖然又是個充滿汗水與血淚的選擇，但也沒辦法，這都是瑪麗亞自找的。

下定決心的我去找在我人生中僅次於瑪麗亞，第二重要的人，不用多說，那就是羅莎莉特。餵她吃飯、哄睡、換尿布、陪她玩、生病還照顧她的這十多年我是忘不掉的，永遠不會忘的，所以妳就為了我跟瑪麗亞去死吧！

「羅莎莉特！」

我扭曲了洛克斯伯格門衛的記憶，讓他忘記曾經看過我，悠悠然地走向羅莎莉特的房間。

瑪麗亞和我一起共度了多少歲月啊，那個小不點的孩子正在快速長大，雖然看起來已經成年好久了，但我依然知道對方就是羅莎莉特。一眼就能認出她是理所當然，畢竟我也養育了她十年。

「羅莎莉特！妳長得好大啦！」

「大半夜的吵什麼吵。」

天啊啊啊！羅莎莉特好酷！講話有夠帶刺，帥呆了！

長大成人的小不點眼神銳利，她合上原本在讀的書，冷冽的美麗令人膽戰心驚。這世界上要是沒有瑪麗亞，我應該會迷上羅莎莉特吧。

我失神地盯著羅莎莉特好久，小不點揉揉疲倦的眼睛，身體整個坐進椅子裡，慵懶地開口。

「講重點，我很忙。」

死前不能做一次嗎？欲望沸騰的我已經讓這句話衝到頭頂，羅莎莉特用輕蔑的眼神指責我，坦白說我很喜歡她這部分，更讓人著迷了。

「真是無語，因為自己養了我十年，甚至起了貪念嗎？」

「嗯。」

「那妳禮貌一點講，別看我這樣，我也是小公爵閣下。」

「是的，我想做。」

「真是個瘋子。」

「很常聽人這麼說。」

羅莎莉特揪著頭，太可愛了吧！因為小不點太過可愛，我哈哈笑了幾聲，她大嘆一口氣，用手撐著下巴。

「快點講重點，妳跟我不都很忙嗎？」

「即便講完重點之後妳就會消失，也要我快點講嗎？」

「啊哈……」

羅莎莉特直勾勾地盯著我看，疲倦地捏著眉間按摩。看她一臉頭痛的樣子，怎麼有種她好像知道我現在要幹嘛的感覺呢？

「我明白了，原來如此，原來我會這樣結束嗎？」

「什麼，什麼意思？妳知道了什麼？難道妳會讀心術嗎？」

「接近無限預知的超智能吧，我也是因為妳才發現的。」

什麼東西啊，這我第一次聽說耶？我驚慌地問，長大為親切大人的羅莎莉特開始向我說明。

雖然在故鄉小島以外的區域，魔法與魔力還是個連研究方向都沒抓準的領域，但小不點在這塊光禿禿的土地上動腦推測得出的結論是，使用劍氣的人是因為魔力找不到親和屬性，才會朝向身體發育方面發展……

老天！這件事居然是自己推敲出來的嗎？她是天才吧！

「什麼！妳是天才嗎？」

「所以我才會擁有接近無限預知的超智能啊，好好聽我說話行嗎？」

啊，喔，剛剛好像也說過類似的話，抱歉，是我太笨了。

「因為我沒有已經鍛鍊好的身體條件，無處可去的魔力才會跑去我的大腦吧。在我燒退以後，不管是什麼都能立刻頓悟，之後才會理解。」

所以說是先知道了答案，之後才會理解過程跟原因的意思嗎？小不點長成一個擁有神奇才能的大人了耶……

「也是因為這樣，我大半夜看到妳出現在這裡也完全不驚訝，這是所謂的預感。」

「所以妳早知道我會來找妳了？」

「講話謙卑一點。」

「所以您早就知道了嗎？」

「大概吧，雖然我也不太想知道。」

又嘆了一口氣的羅莎莉特拜託我盡可能在不會對公爵家其他人造成妨害的地方施展魔法，接著移動到外圍。然後她開始追問我現在要施展的魔法啟動原理，以及之所以要發動的理由。

因為這是羅莎莉特的問題，我就誠心誠意地回答了。

「我想跟瑪麗亞一起玩一輩子！」

「我懂，方法呢？」

「讓星球的記憶重播！最近瑪麗亞看起來特別累，如果把她和我一起玩的記憶消除，就能從頭用全新的心情開始玩得很開心了！」

「懂，那啟動原理？」

「噢，黑魔法分為兩種狀況，只能在確定為自己領域的地方使用魔法，或是讓魔法威力更加強大。」

我個人是屬於前者，所以我一輩子都在努力擴張我的領域，這一切都是為了除掉瑟蕾娜那個老太婆。

羅莎莉特直到剛剛都快速理解，這次卻沉默了好一會才吐出一句話。

「妳真的是……讓人不想理解的偉人呢。」

「這話我也常聽人家說。」

「謙卑一點。」

「好的。」

滿意地點點頭的羅莎莉特領著我走進某棟建築物的地下室，裡面充滿霉味和灰塵味讓我咳了好一陣子，羅莎莉特打了個響指指示我。

「掃一掃吧。」

「我為何要？」

「這裡很髒啊。」

「所以說為什麼是我要掃啊？」

「難不成要身為小公爵閣下的我來掃嗎？」

羅莎莉特一臉高傲地看著我，那個，我……這樣看我的話太……

「我會努力打掃的。」

「很好。」

太讓人有想聽從命令的欲望了！

我拿掃把掃了地下室一圈，再用抹布把桌子擦乾淨，好不容易才讓地下室變成適合人待著的空間，羅莎莉特一臉不悅地坐在椅子上。

「雖然還是有點味道，但這程度我勉強忍耐一下。」

「謝謝！」

好開心啊，我的掃地功力被認可了！我迅速把掃把放回原處，並獲得與羅莎莉特入座同桌的許可。坐在羅莎莉特對面的我翻開我親自撰寫的魔法書，握著鉛筆。

「妳看，這裡有個魔法可以設定一個時間點當作原點，然後根據不同條件讓記憶倒轉。如果要讓這個魔法以世界為單位運轉，就得犧牲珍愛的人，讓對方魂飛魄散。這需要獲得對方的同意，所以操作起來有點麻煩，但因為這是跟踢踺簽約時就已經明確記載的內容，單靠我的力量也無法修改。」

「踢踺是什麼？」

「黑魔法師大部分都要和異界，或是存在於外界的異形簽約才能使用魔法。」

「我懂，繼續說。」

什麼鬼……我都還沒講完就懂了耶！真是長成一個好神奇的大人了，羅莎莉特。要不是瑪麗亞在，我真的能把我的一輩子都獻給妳耶。

但既然瑪麗亞還在這個世界，作出假如或萬一的假設也只是枉然。我已經認識瑪麗亞了，我人生中有意義的存在就只有瑪麗亞一人，所以我必須失去妳。

「為了我和瑪麗亞的幸福未來，成為我們的電池吧。」

「好。」

妳……也未免太爽快了吧？

臉色一點變化都沒有的羅莎莉特還補了句她統統理解了。

「但我有條件。」

「妳覺得妳有選擇權嗎？」

「那當然，我現在知道要施展這個魔法需要我的同意。當然妳也可以用妳的能力扭曲我的記憶，硬是取得我的同意，但妳覺得瑪麗亞會喜歡妳幹這種事嗎？」

「妳都消失了，瑪麗亞要怎麼知道這些？」

「不，這世上沒有祕密，妳應該也很清楚最大的禍根在哪吧？就是妳那張嘴。妳總有一天會自己向瑪麗亞說出真相，這就是妳這傢伙的本性。」

「這……我還真是沒辦法否認……」

「再加上妳對我也有好感吧？這對妳而言也不是個壞條件，先聽聽看吧。」

這掌握局勢的速度真的很快耶，羅莎莉特怎麼這麼快就發現我喜歡她了呢？

我一說願聞其詳，羅莎莉特就把從剛剛就拿在手上的一本書放在桌上。

「我的條件是實現里溫的願望。」

「里溫？該不會是阿斯特里溫？對吼！還有這孩子在！他最近過得怎樣？我好歹也曾當過他的媽媽一陣子耶。」

「去年死了。」

「……」

不是，怎麼會？那孩子怎麼這麼小就死了？

「……」

喔對，因為當時我跟他的思考連結，他就變成一個幸運全被吸走，隨時可能夭折的不幸人類了。

都是我的錯，但我要怎麼實現死人的願望？

「真的是個非常不怎樣的條件，但這樣就夠了嗎？如同妳所說，因為我對羅莎莉特有好感，所以我是想盡可能尊重妳的意思……」

「等妳施展魔法就知道了，我其實也還沒有全盤理解。」

這難道也是先知道答案，之後才會知道怎麼解的部分嗎？我這麼問，羅莎莉特毫無誠意地點點頭，催促我趕緊施展魔法。

在羅莎莉特的強迫下，我嚇得趕緊嘗試跟踴躂連結。異形存在回應了我的召喚，以融化的時鐘模樣出現在我身旁。

每次召喚都是不一樣的模樣，這次真是非常……該說是形而上學的形態嗎……真是有點那個。

「啊，這位就是我剛剛說的踴躂。」

「妳在說什麼？」

嗯？為什麼羅莎莉特看我就像看瘋子一樣的感覺？

雖然我努力說明何謂踴躂，但羅莎莉特好像怎樣都看不見對方。

在這漫漫人生中，我還是第一次介紹踢躂給他人認識……但還真沒料到它是個別人看不見的存在，實在有點驚嚇。

「總之，既然取得同意，也準備好契約了，魔法……」

畢竟是個大規模的魔法，需要久遠以前讓故鄉小島沉沒那種程度的專注與魔力。我聚精會神，試圖與踢躂透過對話決定回歸的時間起點……

但我被拒絕了。

「等等，如果聽從妳的條件就會出現矛盾。若要實現阿斯特里溫的願望，妳的存在是必須的，而我要使用這個魔法就需要取走羅莎莉特的一切，在妳消失之處，阿斯特里溫的願望是不可能實現的，因為妳在所有時間裡都會被消滅。」

「那就把跟羅莎莉特非常非常相似的靈魂召來填補不就得了？反正里溫很笨，不會發現的。」

啊哈！原來還有這個辦法！果然是擁有什麼超智能還什麼的孩子，真是聰明。

我問了把幾乎接近羅莎莉特的誰帶來的可能性，踢躂回答我，只要在可觀測的範圍內，可在搜尋後帶回來。

但是，還需要一點能成為搜尋條件的標準。

「懂了。」

「啊啊！」

我正想回答踢躂時，羅莎莉特好像又在這段時間內理解了什麼，把她手上那本書丟向我。真的是喔，我們羅莎莉特長成一個過度親切的大人了。

「原來我想拿這本書來的原因在這！」

「這是什麼？《蔚藍星夜的阿斯特里溫》？」

「這是今年的暢銷書，執筆寫下《蔚藍蝴蝶結的海盜》和《蔚藍銀河之間的弗雷帕里凱利農與蘿拉梅里西亞》的作家所寫的第三部作品。即使我知道他寫了以愛德華‧洛克斯伯格為原型的第一部作品，以及以羅莎莉特和泰奧笨蛋為原型的痴情作品，但我還是假裝不知情。不過第三部作品甚至不掩耳盜鈴，直接把別人弟弟的名字拿來用，我就處決她了。因為她是泰奧笨蛋的乳母，要處決她還曾受王室的反對。」

雖然我不太清楚，但聽起來那個作家好像是洛克斯伯格家的大粉絲吧，難怪……那個叫愛迪的人長得就很像會有超死忠粉絲的樣子。

「看了路克‧沙泰爾的部分會說出說想把他收為兒子而哭哭啼啼的人類，世界上也沒幾個，應該會是個方便搜尋的好素材。」

原來如此，羅莎莉特也看了這本書，還哭了啊，搞得我也想讀了。

「妳還發什麼呆！快用魔法！」

「是，好的！我會快點！很抱歉！」

因為羅莎莉特用力敲打桌面，我急忙重新召喚蹋蹉。我看看喔，若把書中內容釋放到可觀測範圍內的人類記憶中，就能用這個當成誘餌，釣到跟羅莎莉特靈魂相似的人……

那就只有一個辦法了，好，就用這個吧。羅莎莉特完全消失於這個世界上也會讓我很心痛，好歹也是我養了十年的孩子，如果她真的消失，就算是我也會掉淚的，而且這對瑪麗亞的情緒也不是好事。

「那我從現在開始，請不要讓我分心……」

喔，等等，這是什麼？

在我正式施展魔法之前，我的魔力被大量吸走。在搜尋羅莎莉特替代品的階段就耗掉我一半的魔力，這是我難以理解的現象。

「呃！這是怎樣……」

我在痛苦呻吟的同時血流如注，再這樣下去，會連把我身體固定在全盛時期的魔法也被解開。那可不行，這樣我就會在一瞬間死去，這件事絕不能發生。

「原來如此……我懂了。」

妳又處之泰然地懂了什麼！

不行了，我的生命力已耗盡，我只能快點倒轉時間了。

「妳會喪失魔力，肯定是因為尋找不在這顆星球上的靈魂而過度消耗。妳自己不也說了嗎？是異界或外界的存在跟妳簽約，那麼可觀測範圍肯定也包含異界，就算不是這顆星球也沒關係。」

受契約代價的影響，羅莎莉特正在逐漸消失。

為了扮演倒轉這顆星球記憶的燃料而變成了鎖鍊，但羅莎莉特一點也不憤怒，也不絕望，反而笑了起來，愉快地嘲笑我。

「等下一任的我了解這一切，妳就完蛋了，到時候要妨礙妳幾次就幾次！」

什麼啦！妳好恐怖！快死！給我消失！

我看看，記憶倒轉的觸發器差不多是阿斯特里溫死後，也正好就是瑪麗亞跟我捉迷藏玩膩的時候，就訂在那時候好了！那起點！起點要訂在哪？不管了，就大概設定在五年前吧！沒有羅莎莉特，我跟瑪麗亞玩得正開心之際！

我勉勉強強地把劍形態的契約插在鎖鍊之中，倒轉了這顆星球的記憶。因為是匆忙之下生成的契約，可能還有些不夠完備的部分，但那個就等下次劍出現時再修補吧。

因為羅莎莉特留下一段耐人尋味的話，擔心的我後來又到訪洛克斯伯格家，但沒有發生什麼特別的事，我也因此才能搞定後續的補強作業。

以備不時之需，我備份阿斯特里溫的記憶並做成可復原的狀態，並且盡量不讓羅莎莉特去接觸那把劍。在劍出現以前，因為阿斯特里溫的死亡而讓行星時間倒轉，下一任羅莎莉特也沒機會見到那把劍啦，那紙契約真是過於親切了，搞不好會給她什麼解決事件的線索之類的。

我之所以做到這地步，就只是因為恐懼羅莎莉特消失前所說過的話。但不懂前後原委，也沒跟劍接觸過的羅莎莉特是想用什麼辦法讓我完蛋呢？

但最讓人安心的部分是，那個……羅莎莉特應該也沒料到這點，被召喚來接手的孩子看起來不是普通愚蠢。

心地善良的踢躂原本不想讓她生活太不方便，打算至少幫她把語言串接起來……但這孩子好像本來就不懂原版羅莎莉特會的任何外語，說沒有足以連結拉爾古勒語和切雷皮亞語的知識。

真的是好險下一任太笨耶，原本差點就要死了，結果之後的事都很順利，等原版電池用完，我也要來慫恿下一任來當電池。

不管內在如何，反正外表就是羅莎莉特，我到目前也依然對她有依戀，作為祭品對象也還算合格吧。

如此一來，我和瑪麗亞就能永遠在一起了，我真是個幸福的人。

我以前是這樣想的，這應該是數十年前的事了吧？過了太長一段時間，我也忘記確切是何時，畢竟我連自己到底幾歲都搞不清楚了。但流逝的歲月有何重要呢？活在當下才是最重要的。

我因為不安而前往洛克斯伯格，雖然我也想過燃料可能快要不夠了，但真沒想到這麼快就被劍呼叫了。我設定成電池快耗盡時就要給我信號，上次踢躂就已經有點發狂了。

我看這次應該也是最後一次了，雖然我以為上次煽動阿斯特里溫會倒轉行星的記憶，但看起來事情應該出了點差池。

之前他只要想起過去的回憶，不是自殺就是死掉，這次是怎麼回事？

雖然已經過了數十年，羅莎莉特最後的那句話依然刻印在我腦海裡。好可怕，那個超智能還什麼接近無限的預知超能力讓我好恐懼。

羅莎莉特當初說過的預言之一也已經實現啦。不管是時間倒轉，或是會由我親口說出原版羅莎莉特的死，我一時憤怒到向瑪麗亞坦白了。

雖然有不太好的預感，但既然事已至此，我也只能去洛克斯伯格家親手殺了阿斯特里溫，耗盡電池去恢復星球的記憶了。

在完全初期的狀態下慫恿搞不清楚狀況的下一任應該會更容易吧，現在要對付她實在太難了。

她也……應該還有剩一些跟阿斯特里溫思考連結的殘像吧？

我偶爾也能聽說宅邸的狀況，聽說那個下一任不是普通機靈，不管再怎麼笨，她依然是跟羅莎莉特靈魂最相似的人。

雖然我盡可能加緊腳步，但還是花了點時間才抵達，因為我在不使用扭曲記憶系的黑魔法時，就只是一個平凡的人類而已，我沒有瑪麗亞或瑟蕾娜老太婆那種能一無所知就把人消滅的力量。

當然，使用操縱魔法就能讓人類互相對抗，或是將他們收進我的麾下發揮物理性力量……但我本人畢竟就是個人類，動作再快也只能依靠交通工具。

總之，在我抵達宅邸後便迅速前往插著契約的地方，準備先確認電池正確的殘餘電量……

「……」

「……」

「……嗯？」

怎麼有一隻巨兔和拿著一堆食物的人在盯著我看的感覺呢？好奇怪，我明明已經照著過往潛入宅邸的模式，讓自己的存在感降到最低。

那是能讓大家對我的關注度降到最低的魔法，大部分的人都不會發現我在這裡，能夠識破這個魔法的人，也不知道千年能不能出現一個。

除非是天生擁有魔力感知能力的人，或是在魔力密度高到令人窒息的魔水晶礦山附近長大的魔獸，不然應該不可能發現才對啊。

這種人才和魔獸，總不可能這麼悠然自在地在公爵家前院玩吧？

應該只是我心理因素作祟，我盡可能無視他們，朝插著契約之處前進，然後——

「緊急狀況！緊——急——」

「嗶嗶嗶嗶！嗶！」

巨兔和拿著一堆食物的人砸破附近的消防栓，拿出手搖鈴吵鬧狂搖。

然後出現讓人非常慌張的狀況。

「瑟琳妳這傢伙！我就等這一天！」

瑟蕾娜老太婆從布朗家方向出現了。

「妳這瘋婆子！妳知道我因為妳受了多少罪嗎！」

那不是塞基嗎？他恢復記憶了嗎？也是啦，如果長時間遠離我，效果確實會自己削弱。

「去死吧！瑟琳！」

喂！你怎麼能對媽媽講這種話！雖然我也只當了一星期的媽媽啦。

我瞬間感到慌張，但仍然沉著施展魔法。雖然強者蜂擁而至，但這個地方依然是我領域的一部分，我對人們施展遺忘魔法並撫慰他們的心情。

這是我常對瑪麗亞使用的魔法，因為夠熟悉所以啟動速度非常快。中了魔法的人，會忘掉自己當下採取的行為，進入暫時遺忘一切的狀態，等魔法解除後，他們會以為是我瞬間移動或暫停時間。

這超適合拿來逗瑪麗亞的，是我常用的手法。

但一個鐘聲也未免讓太多人衝出來了吧？瑟蕾娜老太婆、塞基、阿斯特里溫……噢？那邊那個不是羅莎莉特嗎？雖然正確來說應該是下一任。

我開心地跑向羅莎莉特，果然還是長得很我的菜呢，雖然之前知性閃閃發亮的樣子還是第一名，但笨笨的模樣還是有她的可愛之處。

「嗯？」

但……這是什麼？為什麼有像光一樣的……

「呃啊啊！」

「爆炸吧！閃閃發光！」

什麼東西？這咒語也太俗了吧！

因為眼前突然爆發的閃光讓我失去專注力，羅莎莉特口中又怒喊出下一個咒語。

「指定個體！最大輸出！釋放！」

太扯，這真的太扯了！她怎麼能在我的領域內移動！

「去死吧，妳這臭女人！」

光是能施展魔法就已經夠無言了，羅莎莉特快速移動身體向我發動致命一擊。除了能使用黑魔法以外就只是個普通柔弱人類的我，被羅莎莉特的拳頭直接命中，脖子也被打歪了。

不應該出現啪嚓聲的地方，發出了非常大的啪嚓聲。

我眼前發黑，然後失去意識。

Touch My Little Brother and You're Dead

Touch
My Little Brother
and
You're Dead

第二十一次

#21 Round

二十三歲的享樂羅莎莉特

我做到了，我辦到了！

這是徹底防範與掌握回歸原理瑕疵的幸運，還有完美執行行動指南的勝利。指南就是對的，指南太偉大了！因為有它，我們才能成功把萬惡根源瑟琳抓起來！

雖然我內心覺得殺她千萬次都不解氣，但能不能用瑟琳的死亡結束回歸輪迴也還是未知數。最重要的是瑟蕾娜小姐不希望瑟琳死，那就只剩下替她戴上魔力拘束器，勸導她停止回歸的辦法了。

當然勸導的部分絕對必須倚賴傑克的能力，只要進到傑克的工作場域，沒有半個人類有辦法不道出真相。

為了趕緊結束工作，找大家一起去看瑟琳，我快速翻閱從國境海葵區域呈上來的海葵報告，蓋章以證明看過了。

雖然早就預料會有不自量力的傢伙試圖解凍海葵而引發事端，但萬萬沒想到，附近的村民竟會自發組成自衛隊守護這裡。

想不到這段時間裡，海葵已經變成邊境漁村的觀光收入來源了。不過那裡也確實沒什麼可以賺錢的亮點。

雖說因為諾伊特倫公爵領地沒事就會打起來，所以傭兵業還算盛行，但能成為戰力的人也只是一小部分。對靠耕地務農勉強度日的人來說，海葵觀光確實跟救贖沒兩樣吧。

我看之後諾伊特倫公爵大人應該會在海葵附近的村莊鋪設道路了，來往的道路要舒服，觀光客才會來啊。

「傑克！里溫！走吧！」

「是，姐姐！」

「哎呀，真讓人期待啊。聽說是個厲害的魔法師，我倒想看她能撐多久。」

傑克，你笑起來太討人厭了，就不能不笑嗎？

我在最後一份文件蓋章後起身，呼喚其他孩子們。因為打算把相關人士都叫來所以也找了威爾……瑟蕾娜小姐和把拔已經先過去了，那就只剩帶彼得過去就好嗎？

心情複雜的我不斷嘆氣，正想走出辦公室時，葛倫少爺突然叫住我。

「羅莎莉特小姐，妳又要去哪？」

「我不能說，如果有其他事要做就之後再說吧，辛苦了。」

「等等、等一下！我只是希望妳至少告訴我要去哪裡，因為妳最近太常把里溫和傑克帶在身邊，我有點不安……」

「我在哪裡幹嘛都必須一一跟你報告嗎？」

「……」

什麼啊？真的是要我報告的意思嗎？

我現在就已經頭痛得要命了，葛倫在扯我後腿的想法還在腦中揮之不去。我不想告訴他接下來要做的事只有相關人士才能知道，傑克雖然也與這件事無關，只是為了讓瑟琳開口，我才無可奈何地讓他同行。

我不想把這起事件告訴葛倫，葛倫也不能知道，天曉得他要是變成相關人士會不會遭受什麼傷害。也因為這樣，我對他說話的語氣自然而然嚴厲了起來。

「你不需要知道，也不能知道。」

「……對不起，是我逾矩了。」

呼，謝謝你體諒我。

我點頭表示知悉後走出辦公室，里溫依然很噁心地勾著我的手臂，把臉跟胸湊上來磨蹭我做盡各種噁心事。我就當作是少了一條手臂，任由里溫擺布。

「那個，小姐，感覺您會生氣，但我其實也不太想講這些話。」

什麼？我沒生氣啊？你說，我只是覺得有點傷心而已。雖然達成了抓住瑟琳的目標，但我還沒想到之後該怎麼做，這部分真的讓我很頭痛，痛死了。

聽著我的嘆息，傑克猶豫許久，最後還是湊到我耳邊。

「是小姐的錯。」

「我又怎麼了？」

這次我是真的生氣怒吼，傑克皺著眉摀住耳朵。

「說是要帶我去拷問別人不就好了嗎？這也不是什麼太重要的事情啊。」

「這哪裡不是重要的事！而且你要我怎麼跟葛倫說我是要帶著你們一票人去拷問別人？你當我白痴嗎？笨蛋！」

「拷問又怎樣了？拷問也是優秀的工作啊！我在這方面很有專業意識的好嗎！」

「對啦，你是很厲害，但你要我怎麼跟葛倫說出口！」

你都從指甲開始折磨耶，怕都怕死了，你要我怎麼跟葛倫說我們現在是要去攻略人家的指甲？葛倫少爺如果嚇暈了你要負責嗎？

我連珠炮地說完，雖然傑克看起來同意一部分，但還是堅持我做錯了。

「但用那種方式直接斬斷也太過分了，不是還有能把話講得更好聽的方法嗎？葛倫看起來挺傷心的耶。」

「啊？葛倫傷心了嗎？」

「這不是理所當然嗎？他沒有再離家出走已經是萬幸了。」

什麼啊？他是在哪部分受傷？他為什麼老是不經過我的允許自己傷心呢？

「我不知道……我真的不懂葛倫少爺。」

「男人心也是很複雜的。」

「女人心也是好嗎？笨蛋。」

「但至少小姐看起來超不複雜的呀。」

這人每句話都要損我就對了！

我踹了傑克的脛骨一腳，前往養兔場。

這次艾斯托和彼得立下非常大的功勞，雖然我有廣發一發現瑟琳就要立刻搖緊急鈴的公文，但真沒料到能有人識破隱身魔法還告訴大家發生緊急狀況。

針對這部分的賞賜，我給艾斯托今天在洛克斯伯格領地境內所有餐廳的自由通行券，並賜給彼得一頭據說是吃蘋果長大的穀飼母牛。

他們都是對吃瘋狂的傢伙，對這個賞賜很滿意，艾斯托今天還請假，正在吃倒洛克斯伯格的餐廳。

而彼得很快就把牠的賞賜啃到連骨頭都乾乾淨淨，拍著自己鼓鼓的肚子躺著休息，看你這麼悠然真不錯，動物就該吃吃睡睡玩玩嘛。

「走吧！你也算相關人士，該一起去看瑟琳了。」

「嗶！」

「相關人士是什麼意思？為什麼彼得會是相關人士？」

「你不用知道也沒關係。」

「又這樣！您又擺出這種態度了。」

喂，你對主人的語氣是怎樣？雖然我罵了傑克，但傑克這段時間似乎也累積不少壓力，對我的行為指指點點，討論著葛倫少爺受到的傷害。

你們名義上好歹是夫婦，但彼此間祕密實在太多了。不是說要全部坦承，但適當透漏能講的部分才有道理吧？一天到晚不把話說清楚會讓對方感到不安，就算是千年之戀也會冷卻。再這樣下去葛倫少爺會逃跑的，要不是葛倫，誰要跟妳結婚之類的。

我因為一長串的嘮叨想摀住耳朵，乖乖黏著我的手臂的里瀘也插嘴。

「結不結婚沒關係吧？反正姐姐這輩子帶著我生活就好啦。」

「好噁心。」

「很常聽到這麼說。」

「是真的非常噁心。」

「這我也很常聽到。」

你們這些人關係真好喔，我趁著他們又揪著彼此衣領吵架的空檔，抓著彼得的毛爬上去。

喔喔喔喔！原來騎兔子的風景長這樣啊，我從之前就一直很想騎騎看，這個機會真是剛好。剛好現在也不用看伊莉莎白的臉色，當然要騎著彼得前往囉。

「走吧彼得！傑克的拷問室在那邊！」

「嗶！」

雖然因為是地下室，你不能進去，但還是先去吧，這種形式上的參與也很重要。

形式、指南，儀式，這些都是對洛克斯伯格而言很珍貴的東西。你現在也是堂堂正正的洛克斯伯格家臣，希望你明白這些東西的珍貴性。

抵達集合場所，我從彼得背上下來，前往拷問室所在的地下室。瑟蕾娜小姐、塞基先生，以及提前呼叫的威爾．布朗已在那裡，彼得則是透過半地下的窗戶硬是把臉湊進來看。

那麼現在，我們要透過非常強硬的暴力來好好聊一聊了……

如此下定決心的我，首先呢，要把瑟琳那個一點也不好笑的面具脫掉。

「……」

呃啊啊！心情好差！

「呃啊啊！心情好差！」

我一摘掉瑟琳那女人的面具就驚聲尖叫，面具底下出現一張我從未料想過的臉。

「喂！第一次見面也未免太無禮了吧！瑪麗亞跟妳都一樣，為什麼老是說我的臉讓人心情差！」

「啊就心情很差還能怎樣！」

這就是頭髮和瞳孔是紫色的瑟蕾娜小姐啊！什麼意思，這是金瑟蕾娜的２Ｐ色版嗎？妳長得就像是格鬥遊戲裡選了同樣角色會跑出不同色調的東西！

「心情好差！呃啊啊！超級差！」

連抓著瑟蕾娜面具這件事都讓人心情差，我把一點也不好笑的嘉年華面具丟得老遠，狂搓自己的手。

呃呃心情糟透了，手好癢，心情差的程度是會讓手發癢的那種！

「冷靜點，女兒，雖然我完全能理解妳為什麼心情不好。」

啊，塞基先生又被瑟蕾娜小姐打了。

把拔到底為什麼老是自討苦吃呢？我內心對於塞基先生的本能感到遺憾，但瑟蕾娜小姐突然走向我舉起手。

「啊！為什麼要打我！」

「妳現在不就是拐彎罵我的臉讓妳心情不好嗎！妳以為我沒聽懂嗎？臭小鬼！」

「我又不是那個意思，是因為她跟妳長一樣才心情不好的。」

「這就是一樣的意思！」

那怎麼不長得不一樣一點啊！就算是後代好了，也未免太一致了吧！是用什麼出芽法生殖的嗎！

我因為自己的背快被打爆而掙扎著，結果發現瑟琳一臉同情地看著我。

「下一任也太笨了……我的羅莎莉特本來不是這樣的。」

「呃啊啊啊啊啊！」

妳什麼意思？妳怎麼知道有前一任、下一任羅莎莉特？啊對了，是她插下那把回歸用的劍，所以她知道所有事情的來龍去脈？

我嚇得尖叫，首先選了要趕出去的人。塞基先生和瑟蕾娜小姐不知道內情就無法幫忙，先除外。里溫、威爾和傑克應該要先出去，彼得反正是一隻野獸，不管看到或聽到什麼也沒辦法張揚就沒差了。

「里溫、威爾和傑克你們先離開這裡，我只會帶著塞基先生和瑟蕾娜小姐審問這個人。」

「什麼？不是說要拷問嗎？」
「拷問這點小事我來就行了。」
「小姐怎麼可能做這種事！」
喂，我為什麼不行！
我打開傑克珍貴的工具箱，拿出一把又扁又長的刀子，這個應該是用在指甲下方那個吧？對吧？
我拿著灑滿消毒酒精的道具，抓起瑟琳的手。
就是說呢……這個……卡在中間……
「……」
卡……進去……
「好痛！我光用想的就好痛！為什麼要拿這種東西對付人啊笨蛋！」
「看吧！我就說小姐辦不到了！」
「你必須明白人類身體的珍貴！去給我寫十張悔過書！」
「為什麼結論會變成這樣啦！」
不知道啦，你很壞！反正你就是很過分！讓我體驗了想像中的痛苦的傑克你太壞了！
我把傑克珍貴的道具擦乾淨，放回他珍貴的工具箱裡，接著把其他人送出去。
我一說現在剩下大人們要討論的事情，要他們先行離開，威爾和里溫雖然一臉呆滯但還是很快同意，就剩傑克依然很有意見。
他碎碎念著自己已經超過三十了，到底哪裡算是小孩子之類的……

三十歲當然還是小孩啊，不然是什麼？

我覺得傑克的話很好笑，一說對啦你長大了，你是大人，他的心情就變得比剛剛更差，走出門外。

又不是其他組合，正因為是里溫、威爾和傑克，這三個人湊在一起應該可以自己玩得很開心吧。如果附近有什麼類似網咖之類的地方，肯定會拿著錢去那邊玩，公爵家這麼大，哪怕沒地方去？就算去餐廳拿點零食來邊吃邊玩也好。

「哎，又不是什麼老爺爺、老太婆，怎麼把事情辦成這樣？我的羅莎莉特本來是很帥的耶。」

「把拔，就麻煩您來一個通體舒暢的電氣按摩了。」

「好啊，我對這女人也是積怨不少。」

塞基先生只施展出一道電擊，討厭痛苦的瑟琳連沒問的話也都全盤托出。過去發生什麼事、因為什麼原因才施展回歸魔法、啟動原理為何、基於何種原因才把我召喚來這裡全都交代得一清二楚，越聽越覺得真是個令人無言的故事。

也就是說呢，歸納一下就是……

瑟蕾娜小姐的子孫瑟琳在叛逆期反覆地被丟到世界各地，因此擴張了作為黑魔法師的領域，力量也隨之提升，還和長得像四處爬的混沌的躡蹤異形訂定契約。單純只是想跟我媽一起玩一輩子的她，把前任羅莎莉特的靈魂當作能量，一滴不剩地拿去施展回歸魔法，但這項魔法需要羅莎莉特本人點頭，所以她透過答應祭品提出的條件換取同意。不過前任羅莎莉特的條件是實現里溫的願望，而實現里溫願望又必須要有我這個存在，所以才召喚了最相像的靈魂。搜尋條件是參考了王儲乳母所著的蔚藍色什麼系列的第三部作品《蔚藍星夜的阿斯特里溫》這本書。踢躂先把這本書的內容輸進可觀測範圍內的地球人類腦中，看到我「我的寶寶路克 TTT 想把他收為兒子 TTT」這個一把鼻涕一把眼淚的讀後感後，把我篩選出來，於是開始了十六歲的羅莎莉特反覆毀滅輪舞曲。

這龐大的資訊量讓我難以一次吸收，雖然不想接受，但也還是得接受。而當我意識到某些事實時，不禁大吃一驚。

「什麼意思？所以這裡不是書中故事嗎？而且那本書是《蔚藍蝴蝶結的海盜》的作者寫的？」

難怪！我就說文學出版社為什麼會出BL小說，所以這本書才會是作者不詳！

在我吵鬧一波後，接著輪到瑟蕾娜小姐和塞基先生大驚小怪。

「什麼？所以她不是正牌的洛克斯伯格嗎？那就可以把她關進魔塔了吧！」

「什麼？飛機會在天上飛？妳再多講一點。」

什麼啊，我才不要去魔塔，給我放手！以為出入自由的時候當然覺得魔塔最棒，但從瑟蕾娜小姐最近幹出的事來看，感覺她不會給我接受人品測驗的機會，而是會直接把我關進魔塔。

老師就住在我家，我幹嘛要去那裡啊！

「但大家訝異的點都太怪了吧？我可是從外界來的下一任羅莎莉特耶？」

「跟我有什麼關係？而且妳和那個長得像未亡人的公爵沒有實際緣分，我反而覺得心情很好耶！那個兩百二十伏特的事再多講一點，我之前就覺得妳的電壓弱得很奇怪了。」

「如果這些事都要一一討論就做不了大事了，臭小鬼，等妳處理完妳的事還是快點去魔塔吧，我也要把瑪麗亞和塞基都帶回去，不能再繼續這樣放任了。」

文明發展速度快得異常，而且拉爾古勒還成功召喚出下位神，這一切都得設法阻止。再這樣下去，就會變得跟塞基小不點寫的論文一樣，人類製造出核武引起戰爭。

話說到這，瑟蕾娜小姐不禁打了寒顫。

喔……瑟蕾娜小姐也透過那篇核融合論文知道可能製造出核武的事了嗎？嗯，以安全角度來看是好事啦，但……真可惜呢……嗯，本來我還想偷偷來的，但感覺瑟蕾娜小姐會阻止我。

「妳這臭小孩看來又在盤算什麼壞主意了吧！」

「還是繼續審問下去吧，總要先停止回歸，我才能看是要去魔塔還是哪裡啊？」

「看妳這轉移話題的技術！」

哈哈哈哈，有機會的話我是想讓洛克斯伯格搶得先機獨占核能，但反正妳不管如何都會阻止吧？哈哈哈哈哈。

我厚著臉皮笑著帶過，接著走向瑟琳，女人說接下來只有兩個選擇。

「看妳是要死，還是要解除魔法。」

「喔喔，剛剛冷笑的部分就有點像前任了，一下就重擊心臟，心跳好快。」

「啊啊啊啊！心情好差！」

所以媽媽是追著這種人跑了幾十年嗎？也太可憐了吧！媽媽可憐斃了！

我狂抓手和手臂表現出心情不好的樣子，把拔又摟著我，安慰說能理解我的心情。我緊閉著眼睛，把頭靠在把拔懷裡深呼吸。

活了這麼久居然會有目睹這種生物的一天，里溫實在好太多了。噢，豈止是好多了，里溫根本是天使！里溫最棒，里溫是世界上最可愛的，我弟弟太可愛了，我愛我這個像笨蛋一樣的弟弟！

「抱歉，是我的錯，這孩子小時候不是這樣的……」

「是啊，瑟蕾娜老太婆妳是該對全人類感到抱歉。」

「對不起……都是我的錯，都是我。」

「幹嘛道歉啊，讓人心情更差了。」

都說成這樣了，瑟蕾娜小姐也沒動手揍人，把拔好像也挺手足無措的。

大概是因為自己的後代居然捅出這麼大的婁子，讓她大受打擊吧。

瑟蕾娜小姐哭喪著一張臉地對瑟琳說。嗯……比起用說的，好像……更接近是哀求吧。

「孩子，瑟琳啊～我們就到這裡收手，回魔塔吧。我去拜託那個臭小孩想辦法留妳一條命，妳趕緊說聲對不起，我們回去吧。」

「胡說什麼？妳這瘋老太婆？」

「嗯哼！妳好歹也聽我這老太婆一次吧！」

哇啊啊，我是第一次聽到瑟蕾娜小姐自己說出老太婆這三個字耶。我訝異地緊緊勾著把拔的腰，把拔也是嚇得不輕，摟住我的肩頭。

什麼啊，好恐怖，以世界最強者與所有陰謀的幕後黑手的祖孫女拍的人生劇場，反而有股微妙的恐怖感。

話說回來，感覺用一般方法對付那個人是不會乖乖聽話的，該怎麼辦呢？該用什麼方法才能構成威脅？還是要靠瑪麗亞嗎？

對那人而言，最珍貴的人就是瑪麗亞了，若以媽媽的安危為藉口威脅……不行，在她能回溯時間的情況下這招根本行不通，肯定只會讓那個女人更氣而已。

看她連怎麼會打輸我都搞不清楚，能推斷她應該還不知道她的魔法對我無效的原因。以防萬一，這件事還是不要公開，不然要是錯過這次機會，還得再大費周章把她抓回來……

「妳還要繼續頑固下去嗎？」

在我還在努力思考時，瑟蕾娜小姐散發的氣息瞬間大變。

好冷漠，直到剛剛還說自己是老太婆而哭哭啼啼的女人，瞪著眼睛非常可怕地看向瑟琳。

「妳就是要繼續折磨那個臭小孩和我們家小狗狗是吧？」

「不然妳還能怎樣，臭老太婆！」

「去死吧。」

輕鬆將這句話說出口的女人，釋放出一點也不輕鬆的魔力，聚集了熱氣。

好熱，不對，是好燙！

瞬間出現的火團沒有向外延燒，而是不斷增溫，熱氣甚至讓周圍的景色看起來都扭曲了。

「妳先走吧，我隨後跟上。」

「啊啊啊！不要！不要這樣！瘋老太婆！我解！我解開契約就是了嘛！」

什麼啊？怎麼比想像中還輕易放棄？我本來還想說如果情況不對，就要去求媽媽先假死耶。但瑟琳嘀咕著抱怨魔法初始化會很痛，她不想做。

妳這麼容易屈服的話，想過要拿出曾用在蘭姆．巴特身上那種以智力為代價進入假死狀態的毒藥用在媽媽身上的我，不就會很像人渣了嗎？妳再撐一下吧。

「可惡，做這個會痛得生不如死耶。」

「別想要我解開妳的魔力拘束器，別以為我會再上當第二次。」

「我根本沒期待過，小不點！」

嗯……瑟琳也叫把拔小不點耶，這裡的人年紀觀念怎麼都那麼奇怪啊？

「如果把魔法初始化，身體就會恢復成原本的年紀耶！換作是妳會願意嗎？」

啊……原來會痛是指這個部分。

瑟琳使用魔法將身體維持在巔峰狀態，雖然因為魔力拘束器，不能再施展新魔法，但應該能解除之前施展的魔法。

某方面來說，她能維持魔法到現在真的很厲害，那個魔力拘束器我之前有當成實驗試戴過，要戴著它施展魔法真的非常辛苦。

從原理來看，魔力拘束器可說是類似於傑克的鐮刀嗎？能無效化劍氣那個？總之，如果真的想施展魔法，想盡辦法還是有可能成功，但終究會因為魔力聚集量不夠而無法啟動。站在用彼得角打造的鐮刀前的劍氣使用者，應該也都是同樣的心情吧。

反正呢，瑟蕾娜小姐的同歸於盡式威脅非常有效，接下來的協商相當順利，於是我們決定轉移場地。

那個一切事情開始的地方、插著黑化王者之劍的地方、曾經是里溫居住的別館的地方……

現在是工人穿梭來去，天花板破洞，變成地形凹陷的某種設施的那個地方，我們決定在那裡見證黑魔法的初始化。

「那個……這裡本來不是地下室嗎？居然要我在這麼殘破的地方初始化嗎？」

「對唷。」

「不是啊，如果進行魔法初始化，我會一下就變成皺巴巴的老太婆，不能先叫那些大叔離開嗎？」

「妳為什麼要假裝內心纖細？」

「我本來就是個內心纖細的女人好嗎？」

嗯，好吧，就當成是這樣了。

我叫威爾．布朗來驅散人群，現場只留下剛剛在場的人員。

除了瑟蕾娜小姐、塞基先生、我和彼得之外，現場沒有任何人，意思是沒人會在乎她變成皺巴巴老太婆。

「那我開始囉。」

「嗯。」

「真的開始囉？」

「快點啦！」

我暴躁地狂打那女人的頭，瑟琳悶哼一聲，流出一點眼淚。

「臭小鬼，再怎樣也不該打人的頭吧！」

「瑟蕾娜小姐別吵，就是因為妳對自己的後代心軟，現在才會把事情搞成這樣不是嗎！」

「那個……是這麼說沒錯啦……」

「不管是我的人生或我媽的人生，您沒辦法賠償的話就閃一邊去。」

「這話也……說得太過分了吧。」

就算妳一臉想哭的樣子我也不會心軟。我一定要解開回歸，我想休息了。為了讓我自己能好好去死，不管什麼事我都會做。

彼得像是同意我的話般嗶嗶叫了幾聲，瑟蕾娜小姐氣得鼓起臉頰轉過身。

「我真的！真的要開始了喔！」

「我從剛才不就一直叫妳開始了嗎！」

我又巴了她的頭，女人一面說著之後要跟瑪麗亞告狀，一面開始召喚踢踢躂躂。

蘭姆說她訂立契約後就沒再看過契約對象，難道那女人只要召喚就能見到對方？黑魔法到底是什麼東西啊？感覺是在恍惚狀態下獲得某種力量，契約對象好像也是真實存在的，但又好像不是。最初黑魔法所使用的魔力，可能也是透過契約傳來的魔力，所以才會有這麼多不同的類型。

……等等，我剛剛好像有種快想起某個非常讓我介意的東西的感覺。

「呃呃啊！啊啊！」

但沒給我細想的機會，眼前出現了驚人的畫面。瑟琳瞬間老去，除了臉上長滿皺紋，連體型也出現變化。

那個……就是所謂的變乾癟嗎？背部駝起、骨頭變細，受到一般人難以承受的急速老化影響，連正常呼吸都有困難。

同時，被那個女人說是契約，長得像黑化王者之劍的劍正在逐漸消失殆盡。

我的心情有些沉重，終於要結束了，終於。

「塞基小不點！稍微解開魔力拘束器吧，再這樣下去這孩子真的要死了。」

「之前不是才說要親手殺了她嗎，老太婆！」

「哎呀！那只是說說而已，說說的！」

在我因為終於可以死去的喜悅而正要流淚時，突然開始了爭執。

倒在地上的瑟琳大口喘氣，重力讓她的骨頭發出斷裂的喀嚓聲，似乎讓瑟蕾娜小姐心軟了。

因為瑟蕾娜小姐哭著說回歸魔法差不多解除了，趕緊解開拘束器，給瑟琳一點能將老化停止的時間，塞基先生坐立難安地看向我。

「不可以。」

「妳這臭小鬼！人都快死了！只是要妳給她一點喘息空間有這麼難嗎？」

「有困難，我覺得我自己最珍貴。」

如果把拔現在決定接受瑟蕾娜小姐的任性，那以後也別想再見我了，我緊抓著塞基先生的手這麼說。他費力地不看瑟蕾娜小姐，不斷嘆氣。

在只剩皮包骨的瑟琳眼睛睜不開還吐血之際，鎖鍊鏘噹一聲掉下來了。

「成了！現在應該可以了吧？小不點！快點解開啦！」

真的結束了嗎？劍確實消失了，雖然我還是覺得有點摸不著頭緒，但因為淚汪汪的瑟蕾娜小姐纏著我，我提出只能一下下的條件，同意解除拘束器。

「聽到沒！小不點，臭小孩說可以了！」

不，我好像也不是真的可以。

我在毫無現實感的狀態下走向劍原本在的位置，摸著鎖鍊。劍是消失了啦……但為什麼鎖鍊沒消失呢？它是插在地上的嗎？是怎麼串聯在一起的？動不了耶？

「瑟琳！瑟琳醒醒啊！快睜開眼睛啊，孩子！」

唉，連這種東西也當作自己的後代子孫包庇成這樣。

因為瑟蕾娜小姐的驚呼，我看了過去，只見不知不覺變回2P色瑟蕾娜小姐的瑟琳全身瘀青發腫，看來是因為急速老化而產生的外傷，即使變回年輕時期的樣子也沒有消失。

「光是這些要恢復就要好一段時間了。」

「要幫忙請瑪卡翁來嗎？」

把拔再次用拘束器拴住瑟琳的手腕，瑟蕾娜小姐迅速背起她向我大喊。

「算了！我不會再欠妳人情了！」

真是的，請瑪卡翁來的話，全身骨折很快就能康復了，看來我是因為剛剛的事被她認真討厭了。

「抱歉了女兒，那個老太婆只要一這樣就聽不進去任何人的話，我去送送她們。」

等一下，要送她們的意思是要送到真魔塔去嗎？我一問是要離開魔法研究所嗎，把拔也只能說沒辦法，要我幫忙準備車子。

嗯……瑟蕾娜小姐是肯定會迷路的，所以把拔也只能挺身而出。但把拔也真是不容易，事情怎麼會糾結成這樣，讓他得夾在我和瑟蕾娜小姐之間這麼辛苦。

認真說來，塞基先生隸屬魔塔，跟瑟蕾娜小姐的緣分也更深遠，就算站在她那邊說話也完全眉問題，結果現在還要看我臉色真是……該說謝謝他，還是說很淒涼呢？

「好的，我會準備馬車。」

「真是對不起了，等回來之後我再來確認妳的狀態。」

哈哈，好喔。

瑟蕾娜小姐想趕快離開這裡，我也需要一點整理思緒的時間，所以我也盡快吩咐準備馬車。

準備馬車並安排隨侍人員，因為瑟琳看起來需要立刻進行緊急處置，我也找了一名醫生同行。瑟蕾娜小姐大概是好不容易才冷靜下來，嘟囔著跟我道歉。

我因為想快點獨處，隨便說了幾句沒關係之後就把馬車送走了。

我想盡可能假裝平靜，也希望看起來是這樣。

送走魔塔人員後，我讓原本待命中的威爾、傑克和里溫解散，並交代詳細的事情之後再說，接著回到辦公室把剩餘的工作做完。

「那我就先回去了。」

「好，辛苦了。」

我送走語氣冷淡的葛倫少爺，也讓其他人下班了。

終於只剩自己一個人了，哎呀，為了讓大家準時下班，我也是挺費心的，結果還是弄到了黃昏時刻啊。

我看著窗外西下的太陽，喝了一口咖啡。因為拿要加班當藉口，維奧萊特幫我泡了一大壺咖啡才離開。

嗯……咖啡香，拉爾古勒為了這個咖啡，還滅了一個國家。剛結束征伐大陸的帝國果然就是不一樣，思想真是野蠻。

「……」

慢慢開始準備吧，我打開侍女休息室和護衛休息室，仔細檢查確認沒有其他人在後，把窗簾整個扯下，然後捲成繩狀。

「……」

其實這是瑟琳將魔法初始化，黑化王者之劍消失時，我就一直放在心上的事。

我一定要確認一下。

確認什麼？除了確認這個魔法是不是真的被解除之外，我還要確認什麼？

「呃哈！」

我把窗簾綁得漂漂亮亮又牢固，留下一個頭可以進去的空間，將它穿過窗簾桿再重新綁緊。

除了試著拉扯，也把自己的體重掛上去看看，確認它已被我完美固定後，我踩上椅子。

「……」

哈，好緊張。這件事不管做過幾次都還是難以適應，當然啦，可能也因為這個方法是第一次嘗試，所以有比較緊張一些。

要了解回歸是否已經完美結束的方法就只有一個——除了死死看還有其他辦法嗎？如果死後真的結束，那就結束了，不然就只能再把瑟琳抓回來。

我之所以直到最後，也沒把我能對瑟琳使出致命一擊的原因講出來，就是為了這點。萬一這次失敗了，我還得用同樣的方法把她抓回來啊。

那個零號客服說這是最後一個機會的那句話，一直挺讓我在意的……啊，這麼說來，還有另一件事也讓我很介意，但到底是什麼啊？

直到最後還是覺得哪裡不對勁，我把脖子穿過眼前的圓圈，然後——

「小姐！不好了，小姐！」

應該已經下班的傑克．布朗大驚小怪地衝進辦公室。

「……？」

「……」

傑克歪著頭看我好久，接著皺起眉頭，說出非常沒禮貌的話。

「喂！妳這瘋小姐！」

你對主人講話的語氣是怎樣！

雖然想嘮叨幾句，但傑克的動作更快。他一把踢倒葛倫的桌子，從被他踹開的祕密空間拔出短劍……等一下，葛倫的桌子居然有這種機關嗎？

「瘋了！小姐終於因為壓力瘋掉了！」

你這臭小子怎麼還是這麼沒禮貌！

傑克用短劍砍斷窗簾，捲成一條線，把我整個人綑起來綁好再扛起，像個失心瘋的人一樣衝出房間。

「公爵大人！葛倫！少爺！威爾！卡爾！奎爾！媽媽！爸爸！小姐瘋了！」

傑克四處大聲嚷嚷著我瘋了的消息，並衝往爸爸的辦公室，一抵達傑克家爸爸跟我爸面前就開始嗚嗚大哭。

「嗚嗚嗚嗚！公爵大人！爸！小姐瘋了！」

喂，別哭了吧，你這樣子看起來超怪的。

傑克把被窗簾纏著的我帶過來還哭個不停，爸爸和威廉爵士於是一臉慌張地把我丟在地上，讓傑克坐在沙發，還拿了杯冰水給他，溫柔詢問發生什麼事了……

那個，爸爸，你把你女兒丟在地上滾，是不是太過分了？

「嗚，小姐，脖子，用窗簾，嗚嗚！」

怎麼好像才講這些就聽懂了？爸爸的臉色有點不好。傑克的親生父親威廉爵士好像還沒聽懂是怎麼回事，爸爸便很快打開消防栓，拿出緊急鈴狂搖。

「緊報！我女兒瘋了！洛克斯伯格小公爵相關人員全部集合！」

啊，好久沒看到這場面了。在我最開始成為羅莎莉特時，他也曾經說著我女兒變成笨蛋，並為此召集了相關人員呢。

爸爸一大喊，僕人們都跟著指南搖起緊急鈴，我瘋掉的消息也立刻在公爵家傳開。自認與我相關的人們都趕來集合，爸爸辦公室裡的氣氛一下子變得如同在辦喪事。

「姐——姐！姐姐！您不能丟下漂亮又可愛的我瘋掉呀！要用正常的狀態一直一直愛護我呀！」

「對啊，都說不要一直逼她加班了！愛德華！小姐！小姐人呢？」

「羅莎莉特小姐！羅莎莉特小姐在哪？」

我在這，葛倫，你看看地上吧，你們這些人不要顧著左顧右盼，看地上啊！

我以趴在地上的狀態用盡全力蠕動身體，威爾．布朗好不容易才發現我，一把將我扛起，讓我坐在椅子上。

這麼短的時間，大家集合得好快喔。

葛倫、里溫、莉莉、維奧萊特、布朗女士、威爾、被關在爸爸辦公室那邊印刷室裡的瑞姆．巴特，還有……窗外的不是彼得嗎？這隻野獸怎麼會聽得懂人話來這裡？

「艾斯托呢？我還以為她會第一個跑來。」

「我那笨女兒今天休假，正在洛克斯伯格領地餐廳巡迴中。」

「好的，那現在就開始第一屆羅莎莉特．洛克斯伯格嘗試自殺案應對會議吧。」

聽到爸爸的宣言後，阿斯特里溫突然喘了好幾口氣，葛倫少爺也一陣昡暈地踉蹌了幾步，好險在昏倒前有莉莉扶了他一把……不是，瑞姆妳為什麼要一直亂打別人的手臂啦。

「太壞了，羅莎莉特小姐好壞！去死是壞事！」

我有必要從一個前任暗殺者的妳口中聽到這種話嗎？

瑞姆一開始哭，好不容易冷靜下來的傑克也又開始哭，接著眼淚似乎傳染給了在場的每個人。傑克一哭，莉莉和維奧萊特也開始哭；莉莉和維奧萊特一哭，我們里溫也開始哭；里溫一哭，葛倫也哭了；葛倫哭了，連布朗女士也哭了。

首先……該說好險路克不在嗎？差點就要讓我唯一的兒子看到不該看的場面了。

「針對這個案子，有必須聆聽的證詞，里溫先生同意嗎？」

在所有人之中看起來最沉著冷靜的威爾一問話，里溫便嗚嗚地點頭。等一下，如果要徵求里溫的同意才能講，那只有那件事了耶？

「等一下，威爾．布朗，那難道不需要徵求我的同意嗎？」

「小主人現在被視為限制行為能力人，有任何意見請透過監護人表達。」

喂，你這臭小子！我為什麼是限制行為能力人！

我以被窗簾綑綁的狀態跳起來，葛倫少爺和阿斯特里溫安撫我，並叫威爾講出證詞。等一下，你們是我的監護人嗎？葛倫少爺跟里溫，你們現在是自以為是什麼監護人嗎？

「羅莎莉特小姐從十六歲之後，就不斷經歷時間循環，推定總時長大概落在六十到七十年左右。最近里溫先生想起了那些記憶，並查出這一切的背後主謀，與曾經綁架公爵大人的那個名為瑟琳的女人有關。然後那個女人直到剛剛都被關在公爵家，現在被瑟蕾娜小姐及塞基先生帶走了。」

你還真是淨挑些會讓爸爸氣暈的重點講喔。

如同我的預期，大喘了好幾口氣、瞪圓了眼睛的爸爸直接以站姿昏厥，威廉爵士好不容易才讓他鎮定下來。

深呼吸——吐氣——吸吸吐吐，總算從喘不過氣的危機解脫的爸爸，跳起來拍桌大吼。

「這種重要的事為什麼到現在都沒講！」

「您又沒問！」

「安娜．布朗！現在開始準備將洛克斯伯格命名為溝通與和諧之地，準備立紀念碑！特別是公爵家的主要人員，今年、明年到後年的目標都是要有更多的溝通！」

「我會先寫公文的，愛德華大人。」

不是，布朗女士不是已經退休了，為什麼還一直工作啊？因為溝通之前還得先從書面資料準備起，我們家的人都突然忙碌起來。爸爸跟威廉爵士討論起了紀念碑的形態與位置，而里溫則對著聽到衝擊事實而失神的葛倫少爺開始耍寶。

「你的打擊肯定不小吧，葛倫，如果要毀婚現在就是機會唷！」

哎呀，小鬼，你怎麼可以講那種話！要是少爺說不喜歡內心老成的人，真的要解除婚約該怎麼辦！要是真的變成這樣，他的身分會被註銷，只能被關在宅邸裡了啊！

我嚇得不輕，偷偷觀察葛倫的臉色，哭到一半的他驀地瞪大眼睛。

「這跟毀婚有什麼關係？我絕對不會離開羅莎莉特小姐身邊的。」

天啊，怎麼辦，你是認真的嗎？這是我可以註銷你貴族少爺的身分，一輩子把你當成我們家的試算表使用，你也不會逃走的意思嗎？

我內心一陣感動，表情不冷不熱地看向葛倫少爺，他似乎讀懂了我的視線所代表之意，臉瞬間漲紅。

「不是，那個……當然這是難以啟齒的話……但我是真心的。」

我懂，當然必須是真心的呀，不然吃虧的可是你唷。

我滿意地嘻嘻哈哈笑，里溫又發出他平常的那個「哼」一聲，公爵大人則突然喊了句「溝通」，看來應該是要我把事情講得更仔細一點的意思……

既然威爾已經全盤托出，我也沒辦法了。

瑟琳事件也大概告一段落，而且如果不講，好像就不會放過我，那我也只能說出這與自殺騷動的關聯性了。

聽到爸爸的怒斥，我開始說明抓住瑟琳的過程。

這個計畫只有威爾、里溫、塞基先生和瑟蕾娜小姐，以及彼得知情，另外也是託了艾斯托和彼得的福，才能順利抓住瑟琳……

如果以瑟琳的說法來探討引起回歸的魔法，現在可推定為已經破壞了回歸契約，但也只是推測而已，所以為了確認時間倒轉的魔法是不是完全終止，我才會意外引起這場騷動。

這是經過非常冷靜的思考所作出的判斷，絕對不是衝動想結束自己生命的選擇。我特別強調此點，在場的所有人卻都憐憫地看了過來，然後擁抱我。

現在這是緊急狀況下的又一改版應對法嗎？大家可能是覺得我現在精神不安定，團團抱住我，我們度過了一段溫暖的擁抱時刻。

「姐姐，恕我冒昧，但這完全不是冷靜的判斷。」

「我知道您不信任我，但還是先討論一下吧，拜託，一句話也好。」

「就算不信任我，也請相信威爾吧！威爾不管怎樣都會把事情解決的，從以前開始就是如此。您不也知道他真的是不分手段和方法在辦事的嗎，小姐？」

「我會先去調查，直到我找出辦法之前，盡量不要讓小主人獨處，請發布不管何時何地，至少要有一位以上監護人或監視人員與小主人相伴的限期條款，公爵大人。」

「准，把洛克斯伯格領地的條例改成期間限定版本吧。」

這是要動員所有領地居民監視我的意思嗎？這樣搞的話，我連廁所都不能自己去了耶？雖然我邊哭邊自白，說是因自己一時的選擇，才招致了可怕的後果，不過至少得讓我能獨自去廁所吧？可是這些非常執著於指南跟法令的人類，根本不把被視為限制行為能力人的我的意見當成一回事。

他們反而逕行進入下個議程，開始討論如何更有效拘禁我，以及要掛在我脖子上的項鍊該採用什麼形式，你一言我一語地熱烈說著因為要刻上「須由監護人同行的限制行為能力人」，應該要大一點會比較好、但項鍊太大條就能自行拿下不是嗎……等等的意見。這時我突然想起了傑克匆忙衝進辦公室找我的事。

「傑克．布朗，我突然想到，你剛剛不是說發生了什麼大事嗎？」

「啊，那是有關拉爾古勒宣戰的事情，但現在很忙，我之後再跟您說明。」

「……」

喔喔……好喔，拉爾古勒向亞蘭宣戰的意思是吧？

……這不是超級大條的事情嗎？

「孩子，傑克．布朗？拉爾古勒向亞蘭宣戰……就是即將開始戰爭的意思吧？這件事不重要嗎？」

「話是這麼說沒錯，但現在小姐的事情更重要吧？」

眾人都對傑克的發言表示認同而點頭，然後又憐憫地看著我，說我已經瘋了，才會搞不清楚事情的先後順序，並開始泛淚。

等一下，我不管怎麼想都覺得……現在不是這樣的時候耶？

「你這笨蛋！現在才講這件事情是要怎麼辦！要趕緊準備去王宮啊！」

這難道不是緊急事件嗎？這樣就得先把爸爸帶往王宮，反正因為緊急王宮會議的關係，王室也會派人來，可是還是要先準備……

「等等。」

爸爸跟我都要出動，還得趕快向其他公爵家傳遞消息，應該要趕快動起來，但爸爸讓我冷靜下來，接著把條例案攤開來書寫。

「把妳的事情處理完再去王宮會議也不遲，不要鬧了。」

「我哪裡是在鬧？不是要戰爭了嗎？拉爾古勒向我們宣戰耶，那些野蠻人是實現了大陸統一的傢伙耶！」

「比起亞蘭的存亡，我更在乎妳的安危。」

在洛克斯伯格繼承人引起自殺騷動的局面下，聽到爸爸說國家哪裡重要的歪理後，這些人又點頭同意他的發言。

好啦，雖然如果亞蘭滅亡，我也已經做好第一個要逃的準備了，所以倒不是不能理解各位的心情……

「公爵大人，亞蘭還沒有完蛋，應該要出席王宮會議啊。」

「如果真的這麼想去，那就妳代表出席吧。我要忙著找妳的諮商醫師、修改條例，還得去找魔法專家。」

好喔……那至少我一個人也要去啊不然怎麼辦？在場還有點理智的人好像也只剩我一個了。

我一表明自己要去王宮的意志，維奧萊特和莉莉就去準備馬車，傑克當然也作為護衛跟上，抓著我雙臂的里溫和葛倫也表明要同行。

「一起去吧，姐姐，監護人越多越好。」

「我也要一起去。」

「葛倫跟著去也只是累贅啊，不如就留在這裡吧？」

「羅莎莉特小姐現在不就是心痛的狀態嗎？里溫不去才對羅莎莉特小姐的精神健康更好吧？」

「你以為你說了算嗎？我哪裡對姐姐的精神健康有害了？」

「我沒說有害，是你自己心虛吧。」

「你這黃豆芽太過分了喔！」

「我如果是黃豆芽，你就是綠豆芽囉？」

你們現在連吵架都不看我的臉色了嗎？我從今天開始就是公爵領地的限制行為能力人了是吧？都無視我的人權就對了？

「好了，你們倆我都會帶去，不要吵了。」

但至少我開口之後，他們還是有聽進去。在我勸架後，這兩人總算停止爭執，嘀嘀咕咕地緊抓著我的手臂。是說我該不會得用這個樣子去王宮吧？以這個被繩子纏繞的狀態？很沒形象耶？

「請稍等，我去拿更漂亮的綁繩。」

我不是那個意思……

我的意思是，至少來往王宮時不要把我綁起來啊，但傑克自己隨便解釋我的話後，就去找了一條有金線和亮線的漂亮繩子過來。

這什麼東西啊？到底為什麼他會有這種東西？市面上本來就有賣這種東西嗎？這該不會是傑克自己做的吧？

「如果真的要去，那把威爾整理的資料帶去吧。萊歐斯那個笨蛋，獲得消息的速度太慢，肯定還沒拿到什麼詳細資訊。」

這是我目前為止聽到最好的消息，從拉爾古勒的局勢發展，還有剛剛傳來的宣戰消息來看，他們的進攻應該早就開始了，那到底是從哪裡開始進攻的部分等等，資訊越多越好。

依據國際法，如果要開戰，雖然有既定過程，需要告知對方國家我現在要打過去了，但也不會有那種早早宣戰，之後才在悠哉準備戰爭的笨蛋。通常都是消息抵達之際，自己國土已作好準備，然後便直接進攻別人的土地最為常見。

看現在首都附近還很寧靜，對方應該沒有要正面進攻王室直屬領地和四大公爵家領地所在區域的想法，但應該更不是要打海戰的意思。

畢竟他們就算在海上挑起爭端，也只是更容易被菲埃那勒打爆而已，船隻應該僅為裝載士兵和武器的運輸手段，登陸後才會開始進攻，那現在的問題就是那個登陸點會在哪裡。

我看向爸爸示意要我帶走資料的指尖盡頭，那裡有一個印刷室用剩的回收紙盒。

「這麼重要的事寫在回收紙上嗎？」

「回收紙就夠啦，反正最後還不是會到萊歐斯手上。」

國王陛下肯定又會氣到瘋掉。

總而言之，在過去會議場之前必須先確認資料內容才行，所以我叫里溫幫我翻閱文件。即使我因為雙手被綑綁而顯得十分不自在，眾人卻都當沒看到一樣照顧著我。

真是沒血沒淚的臭洛克斯伯格員工……

其他人就算了，葛倫，我真的對你很失望，

怎麼會看著被綁成這樣動彈不得、可憐巴巴的我，連個異議都不提呢？甚至在剛剛傑克綁我的時候，這人還一臉不安地要求綁緊一點。

「這……」

雖然有想過要念葛倫幾句，但我在仔細確認過資料後就收起了那個念頭，現在不是做這種事的時候。

目前的狀況非常混亂，看來不是可以放心去死的時候。

就算要上路，也要好好守住江山再走啊，我要怎麼放下變成拉爾古勒殖民地亞蘭子民的里溫跟葛倫離開呢？

一直想說路西路西怎麼會這段時間都沒有消息，原來是他藉由某件事速戰速決地登上皇太子之位了，而他成為皇太子後做的第一件事，就是向亞蘭宣戰。

這該死的路西路西，他選定的登陸地點居然是亞蘭最南端的魔水晶礦山區域。哇，這人真的是要讓我氣死耶，如果對方在那邊設置了據點，我們就沒辦法輕易攻擊，亞蘭最引以為傲的魔法軍團也就無用武之地了。

畢竟魔水晶是我國的主要資源，一般貴族都至少私有一兩座礦山，如果要對這種地方大幅施展魔法，肯定會招致強烈反彈。

像我們洛克斯伯格也有一座大規模魔水晶礦山，另外還有五座算是中小型的。至於擁有超過半數礦山的愛達尼利直系與旁系等人，更是會脖子暴青筋地反對派遣魔法師。

在那裡拚個你死我活，對亞蘭沒有任何好處。就算贏了那戰役，失去一切資源的亞蘭肯定無力重新整備軍力及重建礦山。

照這樣發展，對方會持續北上進攻，最後變成我們還得向拉爾古勒求饒，要他們在來的路上別把礦山毀了。

可惡，早知道就不要一直跟路西路西炫耀魔水晶了！

越看越覺得路西路西這驚人的詭計、心機到極點的腦筋和氣死人的登陸地點選擇實在讓人氣個半死，爸爸竟然還一臉欣慰地看著我氣噗噗的樣子，甚至露出了微笑。

「那個成為皇太子的路西路西，是前陣子某個晚上見過的那位青年吧？這顆頭腦真是厲害，真令人滿意，如果把妳帶去，他應該願意給我個拉爾古勒公爵爵位吧？」

「這個玩笑一點都不好笑，公爵大人。」

「我可沒開過玩笑，如果走投無路了，就把妳賣去當皇后啊。」

剛不是才說比起亞蘭的存亡，我的安危更重要嗎？請不要再用全身表現出人類的立體面與脾氣的多樣性了，沒看葛倫少爺又開始發抖了嗎？到底想怎樣！

「別擔心，葛倫少爺，我不會被當成皇后賣掉的，與其那樣不如讓我去死。」

「別死啊！就算是開玩笑，也不能開這種玩笑！」

這句話又被聽成是這種意思了嗎？總之喔，真是個內心纖細的少爺。

我哈哈大笑地取笑著少爺的敏感，少爺又開始淚流滿面地發抖著，然後越來越多人說我又做錯了。

又是這種路線？我要在又展開「是小姐的錯」的浪潮前趕緊逃離這裡。

「等、等一下，羅莎莉特小姐！」

幹嘛，妳也要追逐流行說一聲是小姐的錯嗎？我一問話，那個棉花糖般鬆軟的傢伙搖搖頭，突然說了句奇怪的話。

「我可以跟彼得聊聊嗎？」

「……嗯？」

彼得……嘶，是那個彼得對吧？在窗外依然直立著使用雙腳步行的那隻兔子？

我指向那隻斷角的兔子，瑞姆提出她想找找附近哪裡有可以跟彼得聊天。

「喔……嗯……可以啊，傑克你沒關係吧？」

「是，瑞姆小姐不用擔心被吞掉，沒關係的。」

原來如此，一得到傑克和我的允許，女人立刻高喊萬歲，興沖沖地往外跑了。

嗯……那孩子看起來過得很幸福，真不錯。

帶她回來果然是對的，雖然智力有點不足，但比起在小屋裡擔任殺手，還是當印刷室員工好，看起來也很適合她的個性。

「小主人，馬車準備好了。」

「好。」

那就帶著孩子們一起去王宮吧，我把資料分給里溫和葛倫，以被金繩綁住的狀態走出爸爸的辦公室，這個……熟悉了倒也不是特別不方便嘛。

「我等了好久，我聽說消息了。」

什麼麼麼？

還想說我現在只要直接朝王宮前進就行了，走廊上卻有個意外人物在等我。與平常不同，卡波姐姐穿了全套公主禮服，其中一隻手還拿著捲起來的羊皮紙，感覺是非常重要的文件。

「所謂的消息是指拉爾古勒的宣戰嗎？」

「是啊，到現在總算才能超一點進度了。」

進度？什麼進度？妳是打算去王宮幹嘛？

雖然我追根究柢詢問，但卡波姐姐只是愉快地哈哈大笑，說我以後就會知道了，還拍著我的肩膀表示會讓我大吃一驚……

對於這位姐姐的隱藏驚喜，我還真不是普通不安。

一走進王室僕人引導的會議場，主要人物已經都到了。

國王陛下、我們沒用的金髮笑面王儲、桃樂絲姐姐、菲埃那勒公爵等，諾伊特倫因為距離較遠，應該還在路上吧。

「等好久了，洛克斯伯格小公爵！」

「喂！小不點妳怎麼到現在才來！召開緊急王宮會議時，洛克斯伯格要擔任議長啊！」

哎呀，居然到現在還記得這件事，我還真是萬分感激呢，原來妳還有所謂的學習能力呀。我感動地說出這些話，菲埃那勒公爵氣急敗壞地要衝上來殺死我這個老古板，長得像精靈超有氣質的菲埃那勒小公爵好不容易才阻止他媽媽。

他們家也真是的，都沒變耶。

「那個，只有我一個人很介意小頑固被繩子綑綁的部分嗎？只有我很奇怪嗎？」

「別擔心，陛下，我也覺得她瘋了。」

「是吧？我們應該才是正常的吧？」

哎唷，這兩個頭髮金閃閃的傢伙，拉爾古勒都打上門了還這麼悠哉。但至少沒穿睡衣就出來還是值得稱讚，現在夜已深，也差不多到他們想睡的時間了。

「娜塔莉公主也來啦？」

「是，友國有難，總不能袖手旁觀啊。」

這個卡波到底在打什麼主意啊？我能肯定她一定是有什麼盤算才跟來的……

應該再等一下就會知道了吧，我先把我帶來的資料交給陛下，這可是來自以收集醜聞、謠言、局勢及八卦的高科技聞名的洛克斯伯格，而且還是由在八卦最前線戰鬥的威爾．布朗手下所收集來的，可說比金子更有價值。

「這是什麼？洛克斯伯格領地居民尊享，高保障安心險贈品活動？現在加入就送傑克．布朗海報？」

「啊，背面啦，這是回收紙。」

「有哪個人跟國王陛下報告的時候會用回收紙啊！你們是覺得我很可笑嗎？洛克斯伯格覺得王室可笑嗎，你們這兩個臭頑固仔！」

「請冷靜，洛克斯伯格這樣又不是一兩天了！請息怒啊，陛下！」

哎唷，這家兒子也算是有他辛苦之處啦。

我們家王儲殿下冒著冷汗，阻止國王陛下撕爛這些報告，然後怒瞪了我一眼。

嗯？眼睛瞪這麼大是想怎樣？那我走囉？洛克斯伯格是可能拋下亞蘭，直接前往拉爾古勒的喔！

「可惡，妳也看看這個！」

呃啊，這什麼？

因為我被綑綁住，處於無法閃避的狀態，羊皮紙於是擊中了我的正面。但作為監護人跟來的傢伙們好像根本不擔心我的臉，把掉在地上的文件攤開，聚在一起端詳。

等一下，你們這些臭小子，我也要看啊！

「這……」

「太好了，姐姐，剛好趁這個機會犧牲掉葛倫少爺，迴避戰爭吧？」

到底是寫了什麼內容才會這樣講！

我好不容易才擠進孩子們之間讀了內容，喔，這是路西路西親筆寫的耶？

「……」

我一口氣讀完了全部內容，卻一時無法消化其中的含意，沉默了好一陣子。

也就是說呢……路西路西親筆寫的公文中，寫著能瞬間凝聚拉爾古勒帝國民心的某個原因，以及各式各樣的廢話內容……

這個太複雜了，好難統整，也就是說呢，首先……馬利烏斯三皇子已經過世，死因為他殺，犯罪現場有葛倫的枴杖，那個混帳於是以此為證據，一口咬定是洛克斯伯格殺害了三皇子。

受全國喜愛的三皇子之死讓人民大為憤怒，路西路西利用這股憤怒挑起人民對洛克斯伯格與亞蘭的憎惡，並煽動大家開戰。他獲得所有貴族及人民支持，被高速冊封為皇太子，接著便履行了他立下的約定，也就是在成為皇太子後立刻對亞蘭宣戰。

在超級優秀的路西路西皇太子指揮之下，拉爾古勒帝國兵不走海戰，而是選擇登陸亞蘭，先把魔水晶礦山收為據點。

然後最重要的一點是，上面寫著如果乖乖將洛克斯伯格一行人交出，就算以後亞蘭成為殖民地，也受到善待。

一般來說，出身於拉爾古勒殖民地的人民，都會被當成次等國民，但只要把整個洛克斯伯格家族交給皇室，他們不只不會破壞魔水晶礦山、不會開戰，還會保障亞蘭貴族的身分，也會將亞蘭國民視為與拉爾古勒國民同等的存在，以路西路西的立場來說真的算是大發慈悲了。

我因為上述這些胡說八道而火冒三丈，但有個更強烈的感覺劃過了我的心臟。是悲傷，超超超級悲傷，讓人想跪下來把頭埋在地上的深刻悲傷，讓我落下淚來。

「馬利烏斯大人！」

嗚嗚嗚，太扯了吧！不可能啊！馬利烏斯大人不可能死的！在這個搞笑時空裡不可能有人死吧！笨蛋！作者是大笨蛋！雖然這其實不是一本書，但總之就是笨蛋啊！

「小頑固為什麼要哭啊？你知道嗎，王儲殿下？」

「她對於死去的馬利烏斯皇子有著非常深厚的愛慕之情，應該是為此才會反應這麼劇烈，國王陛下。」

「什麼？她是變態嗎？」

「她是世界上絕無僅有的變態，第一次見面時，她就看著那位皇子流口水了。」

「哇……真的是變態耶。」

喂，你給我好好講話，我哪時流口水了！

可是我現在也無法反駁，因為我實在太傷心太難過了。

不可能的，馬利烏斯大人不會死的，總之他沒死，路西路西你才不懂我們馬利烏斯大人，你明明什麼都不知道！馬利烏斯大人不會死，他不可能死的！

路西路西到底懂馬利烏斯什麼！

「姐姐，請別傷心，我會想辦法繼續鍛鍊的。那個黃豆芽早就沒救了，但我還是有繼續練壯的機會！妳摸摸看，這邊還軟軟的！」

噁斃了里溫嘔嘔嘔！不要把你的胸湊上來！我現在被綁著啊！我沒辦法舉起手！葛倫少爺快幫我攔住他！

「住手吧，里溫，這裡是公共場合。」

對啊，這孩子說的沒錯！

趁著葛倫阻止里溫之際，我趕緊讓傑克扶著我在議長席坐下。

這是我平常坐的代理議長席，現在真的要打起十二萬分精神主持會議了，不然真的會沒完沒了。

「那個……」

我在等大家傳閱資料，看著這一切騷動的桃樂絲公爵大人悄悄把她的身體湊過來，一臉憐憫地微微掀開衣角給我看她的胸口。

「雖然沒辦法取代馬利烏斯大人，但急的時候要不要先摸我的？」

才不需要，妳這女人！妳是把誰看成只要是大胸部都好的變態啊！

妳有什麼資格說珍妮特學壞了，她那種莫名其妙的思考邏輯分明跟她媽一模一樣啊，到底是誰有臉說誰有問題啊！

我皺起一張臉，葛倫此時則跛著腿拉了一張椅子過來，並放到我和桃樂絲．愛達尼利大人之間，直接擠進來坐下。

「我的身分是小公爵的丈夫，應該有一同入座的資格吧？」

啊，少爺又出現王儲笑容了，同個場合有兩個王儲笑容存在，心情真不是普通奇妙啊。看桃樂絲姐姐一臉尷尬地退開，應該是起了作用……但少爺為什麼要瞪我啊？我這次真的什麼錯都沒犯耶！

「小不點，妳到底是怎麼管妳老公的！」

嚇死我了！

才剛想說是不是資料都傳閱得差不多了，菲埃那勒公爵大人又開始大聲。她突然提起葛倫並大發雷霆，想起路西路西鬼把戲的我只能道歉。

「對不起，這一切是我的失德所致。」

「那還用說！妳底下的人有過失，就等於是妳的過失！」

因為妳講的每句話都有夠中肯又正確，我是真的要生氣了喔。

在羅希爾的時候，對著精神奕奕的我他不會有下手的時機，看來應該是我重病倒下後，他趁機利用什麼也不知道的葛倫耍了某種花招吧……是我沒好好照顧自己的身體，確實是我的錯，我無以反駁。

「對不起，羅莎莉特小姐，我不知道事情會……」

菲埃那勒公爵大人就夠煩了，氣得我咬牙切齒，葛倫又露出一副快哭快哭的表情。你這小子，不要哭啦，不要哭！

對方可是路西路西，就算葛倫沒有失誤，他也會想辦法找藉口攻擊亞蘭。

葛倫只是比較倒楣被選中而已，國王陛下、王儲殿下、愛達尼利公爵大人等都很清楚這一點，肯定不會怪罪於你。

總之現在變成是我方過失了，等事情結束後，應該會向洛克斯伯格要求大筆賠償……但總之，這不是你的錯。

「沒關係，我來負責，我沒有要怪你的意思。」

「哎唷？妳有負責的能力嗎？」

不是，妳這臭婆娘為什麼從剛剛就一直惹我啊？菲埃那勒兵力有一大半都是海軍，又不會因此成為戰爭主力，為什麼在那邊囂張？

「哎呀，您就是這樣，丈夫才會找藉口離家吧。」

「喂！妳說大聲一點啊！我老公才不是離家出走！他是去幹大事了好嗎！」

「您那種個性哪有男人受得了啊？」

「好啊，來吵啊，今天我不弄死妳就是我死！」

菲埃那勒公爵大人又從座位跳起來，精靈青年再次喊著母親抓住了她。

里溫和葛倫少爺為了保護我而將我緊緊抱住，傑克．布朗則是繃起神經，擺出隨時都能掏出武器的備戰姿勢。

其他什麼都好說，光是偷帶武器進來，就不是罰錢能了事的，傑克．布朗，你不要這樣，我已經講過了喔！

「吵死了，大家都坐下。關於敵軍已將魔水晶礦山納為據點的部分，這表示我們不能使用大範圍的攻擊魔法了……」

喔喔，果然是只要給點時間就能搞懂一切的萊歐斯國王陛下，有特別提到我想點出來的地方了呢。

陛下很清楚亞蘭的不利之處，並提出雖然有難度，但必須完全採取游擊戰的意見。

路西路西也真是夠煩人了，在險地戰鬥不就是拉爾古勒帝國軍的主要特長嗎？都是些翻山越嶺、跋山涉水又完成統一大陸的傢伙，應該很習慣打游擊戰。

登陸後的據點選在能一手掌握敵國資源的地方，讓自身軍隊立於優勢地位，真的討厭死了，路西路西壞透了！

「我們可以向諾伊特倫借多少兵力？」

「託我們提供的無線電之福，能借的兵力應該還算充裕，但他們要南下過來會花點時間，拉爾古勒北上的速度可能更快一點。」

「看來因為洛克斯伯格鋪設的鐵路，拉爾古勒軍應該能輕鬆北上囉？」

嗯……好喔，要戰便戰！

我實在忍無可忍了，今天就算有可能揭發我會使用魔法的真相，我也一定要把那傢伙電到飛天！

我正想趁這次機會跟菲埃那勒決一死戰，剛站起身，卡波姐姐就像一直在等待這一刻一樣，啪地在桌上攤開她原本捲起來的羊皮紙。

開口囑咐僕人將文件交給國王陛下的公主，以極其燦爛的笑容看向王儲殿下。

「這是什麼？」

「看了就知道了，陛下。」

什麼意思，這位姐姐居然會掩嘴笑，太可怕了吧。

我死命把脖子伸直，想偷看文件裡的內容，手抖不停的陛下則說這件事該由王儲決定，把責任轉移到他身上。

不是，都當上國王了，哪有人把責任推給王儲的啊？這老頭不是會隨便這樣做的人，感到疑惑的我於是改把脖子伸向王儲。

笑面泰奧多爾殿下果然也是不斷手抖，接著啪一聲把文件放在桌上。

「現在是在要脅我嗎？娜塔莉公主。」

「怎麼會呢？不想要也可以拒絕啊，畢竟這只是個單純的提議而已。」

什麼，到底是什麼啦？到底是什麼內容才會講到要脅？

因為被綑綁而無法活動雙臂，我焦急地推著里溫和葛倫，要他們把羊皮紙拿來給我看。在我終於知道那個單純的提議為何後，才總算明白卡波姐姐從剛剛就笑開懷的理由。

「只要結婚就能作為同盟國提供支援，這不算要脅算什麼？」

羊皮紙上寫著，只要泰奧多爾．亞蘭及娜塔莉．尼美爾尼亞順利成婚，尼美爾尼亞將會派出最精銳的三千火槍手支援我國。

喔喔喔，火槍手對現在這個局勢非常有幫助啊，只要跟姐姐講好，請他們南下時多帶一點武器和火藥備品，再交給我們家弗羅德和黛安娜，肯定就能用在非常有幫助的地方。

那兩人很擅長培養小規模兵力，只要給個幹部職位，他們就會自己好好活用吧？畢竟有現場經驗的人在是很重要的。

總而言之，這個提議就只能答應了。不只獲得支援兵力，亞蘭還能宣傳自己擁有非常強大的友邦，最重要的是，這樣我們不就有儲妃了嗎！

就算之後尼美爾尼亞以此時的恩情為藉口，想對亞蘭開刀，有可能會再導致兩人離婚，現在也必須答應下來。

這可是一石三鳥，甚至不只是一石二鳥而已，是三鳥！

我瞪著我們家王儲要他快點頭說好，但這不知天高地厚的傢伙又吞吞吐吐地向公主提議。

「這是重大事項，給我一點時間考慮。」

正因為是重大事項，現在就該立刻答應啊大笨蛋！

我內心又燃起怒火，正打算開罵之際，比在場任何人都更加冷靜沉著的卡波姐姐露出微笑點頭。

「好的，那就等您一會吧。」

「謝謝妳的理解。」

「十分鐘。」

對嘛！這樣才是我們儲妃啊！帥呆了！太痛快了！

我因為姐姐的反應太帥而哈哈大笑個不停，亞蘭王室的兩個男人惡狠狠地瞪了過來，卡波姐姐的笑意更深了。

「如果拒絕，那我就先回公國了，畢竟總不能以公主身分，在戰爭期間的他國悠閒地待太久嘛。」

真會講話！姐姐真是能言善辯！

雖然感到十分痛快，但泰奧多爾殿下不停變化的臉色，也是讓我有點放心不下。這這這傢伙，該不會還沒放棄他那個必須跟心愛的女人結婚還什麼的信念吧？那種想法在他被冊封為王儲後早該收起來了，到現在還在做那些白日夢是想怎樣？

「喂，殿下，我們借一步聊聊。」

我把趴在桌上的泰奧多爾單獨叫到外面。

雖然里溫和葛倫也試圖同行，但考量殿下的面子問題，我只帶著傑克一起，然後以被金繩層層綑綁的狀態開口。

「現在先答應吧，如此一來才能降低亞蘭的損害。之前在狩獵場，您不也見到尼美爾尼亞產的槍枝的威力了嗎？現在我們可以將那個威力放大三千倍。」

「妳以為我不知道妳在盤算什麼嗎？肯定是想快點讓我結婚，把我送走吧。」

「坦白說，這個原因占比也挺大的。」

「……」

等等等一下，你不要洩氣好嗎！平常那個耍嘴皮的氣勢都到哪去了？

這人很奇怪，每次只要講到結婚話題就很沒氣勢耶，以前跟帝國皇女相親時也是這樣。

……該不會是覺得只要結一次婚就無法挽回了吧？

懷抱一絲懷疑，我決定試探王儲殿下。

雖說是試探，但我要說的也確實是明擺著的事實，洛克斯伯格全體都覺得如果國家有難，國婚這點程度的事要做幾次都沒問題。

「聽好了，殿下。我可是洛克斯伯格，要招新人來家裡的時候，您覺得我們不會去打聽對方來歷嗎？有關娜塔莉公主的身家調查早就結束了，萬一以後看尼美爾尼亞不順眼，我們只要抓緊擁有高貴血統的王儲，與好不容易才從底層爬上來的賤民公主，兩人階級與格調不搭的問題去找麻煩就沒問題啦。」

「妳真的……有夠沒人性。」

「不然呢？如果當初是在好人家出生，就不會有被我們找麻煩的機會啦！我們可是想盡辦法在守護高貴的亞蘭血統耶，想一筷子夾走的尼美爾尼亞才是小偷嘛。如果是這種理由，即使在切雷皮亞聯邦各國或是拉爾古勒那邊，也都不會有人亂講我們的不好。」

「妳講這些話的目的是什麼？」

「要是這場婚姻未來破局了，我們會負起責任把她送回去，所以現在請先同意結婚吧。結婚這件事沒做過是不會懂的，至少我個人現在是相當滿意的狀態。有了家庭也會產生責任感，我總要留點活路給我那個像兔子的丈夫跟像狐狸的兒子吧。」

「好了，吹噓自己也要有點限度。」

不是，我都還沒炫耀到半點葛倫和路克的部分耶，這哪裡是在吹噓自己了？我才正要開始發表路克跟葛倫有多可愛的演說，在那之前就先打斷我的殿下一臉有所覺悟地打開會議場的門。

「我並不是因為相信妳才作出決定的。」

哎呀，那是當然，我會自己看著辦的。

我跟在王儲身後走進會議場，並向卡波姐姐眨眼。

殿下都還沒回答，姐姐就已經開心成這樣。嗯哼！那個嘴給我安分點，都快要笑裂了！

「我明白了，那不久後先簡單訂婚，等戰爭結束後再正式舉辦國婚吧。」

「好的！那我從今天開始就住在王宮了嗎？」

「等等，那個，這麼突然，搬遷住處這種事要花一點時間。」

「我現在就立刻回去收行李！我一聽說拉爾古勒的消息就送出支援申請了，援軍會比各位預期的更早抵達，搞不好尼美爾尼亞的援軍會比諾伊特倫更早到也不一定呢！」

姐姐笑得有夠開心，說著要去準備搬進王宮，簡單向大家致意後就離開會場了。

這是繼姐姐首次目睹我們家王儲殿下龍顏後，第一次看到她出現這麼開心的表情。

嘖嘖，也是啦，我們家王儲殿下的顏值確實是特級龍顏無誤，這程度根本稱得上是王國之寶了，光靠一張臉就能迷惑人，還獲得三千火槍手的幫助耶！

「您做得很好，殿下，這是個非常棒的決定。」

「小頑固說的對，殿下，所以說人就是要長得帥……」

「沒錯，殿下，殿下的容貌是亞蘭的寶物。」

「抱歉了兒子，我本來想說至少要守住你的。」

哎，幹嘛拿以前的事情出來講，搞得大家心情都怪怪的呢？

過去先王欠了一屁股的國債後過世，國王是拿跟愛達尼利出身的王后結婚時拿到的嫁妝來償清債務的，雖然那算是比較強迫式的婚姻，但你們現在關係不也是很好嗎？

可以像這樣日久生情而成為真正的夫妻嘛，我深信王儲殿下和卡波姐姐肯定能迎向美好的未來，只要把那個惹事鬼處理好就好了。

「既然諾伊特倫還在路上，總司令官就由菲埃那勒公爵擔任，組織參謀團隊一事則由洛克斯伯格公爵負責，這樣應該是最好的安排吧？」

「啊，我們公爵大人最近很忙，無法出任這項職務。只能看是要全部委任給菲埃那勒公爵大人，或是交由我負責了。」

「……愛迪很忙？」

「是。」

「國家都發生戰爭了，還有比這更值得忙的事？」

「他說為了幫我找諮商醫師和魔法專家會很忙。」

「諮商醫師？小頑固，妳哪裡不舒服嗎？」

嗯……我可以講嗎？我實在找不到非得在會議場上講出家務事不可的理由，還在思考要用什麼話模糊帶過，傑克就突然插嘴。

「就在稍早，我們家小姐嘗試結束自己生命，但失敗了，全家因此鬧得雞飛狗跳。公爵大人和我的兄弟為了治好小姐，最近沒什麼空。」

我為什麼會給這傢伙表達和發言的自由呢？傑克．布朗這毫不保留的一段話讓整個會議場陷入騷動，我也是不意外。

「喂！小不點妳幹嘛死啊！妳這小東西是想死在我手上嗎！」

「洛克斯伯格小公爵還好嗎？是哪邊的事業或不動產投資出了狀況嗎？需要我借點錢給妳嗎？我可以算妳一輩子無利息喔。」

「喂喂喂喂，怎麼可以讓這種人工作啊！現在應該要靜養吧？愛迪那傢伙到底有沒有腦！」

「等一下，即便娜塔莉公主的求婚消息再怎麼令妳受到打擊，了斷生命這種想法還是太過前衛了。我還以為妳是絕不會因為這種事而放棄的，這也未免太衝動了吧。」

這笑面泰奧多爾又是在講什麼東西？我也是直到剛剛才知道卡波姐姐帶來的消息是要結婚耶。

總而言之，儘管這件事對我而言也不是什麼小事，但都已經過去了，而且也必須繼續主持會議，雖然我表示自己會繼續待在這裡，可是這個意見並沒被大家接受。

這些人不知道到底在想些什麼，直到剛剛還在你一言我一語，吵著討論洛克斯伯格公爵到底有沒有把戰爭放在心上，現在卻變成叫我回家裹著棉被睡覺。

不行，我一定要推薦弗羅德和黛安娜成為幹部，讓他們立功！只要成功立下功勞，讓他們成為準貴族的流程會更好辦，以後還能讓黛安娜和弗羅德共同接下韋洛切領地的領主職務，再把霍芬男爵的姓氏和領地都還給葛倫，這是我的偉大計畫耶！

我可不能走，在把弗羅德跟黛安娜的名字寫進連長級指揮官名單之前，我絕對不會離開會議場半步！

抱持這個打算，我屁股緊黏著椅子，國王陛下卻朝我生氣怒吼。

「我會把那個弗羅德或黛安娜什麼的編進團隊，妳趕快給我回去休息！」

「都現在這種狀況了，到底為什麼一直要我休息啊？而且既然都這樣了，我也想在這場戰爭普及無線電的使用！我會算便宜一點！試用一次看看啊，洛克斯伯格生產的魔水晶充電型無線電！」

「喂！妳老實講，妳今天是來做生意的吧！」

「議長這個位置，本來就是要顧及自己的油水！」

大家都給我誠實一點啊！這裡的愛達尼利不也是擔心自家魔水晶礦山會被毀掉，才邊發抖邊來參加嗎！那邊的菲埃那勒則是預期會在陸地上打游擊戰，擔心自己的軍隊沒有活躍的機會，才在那邊發神經！

國王陛下也是自有盤算，想說即使國家進入緊急狀態，還是要想盡辦法從這些臭公爵身上占便宜，不讓自己蒙受損失，才會那樣耍小聰明！打從剛剛就一直只把公爵家的兵力放進去計算軍稅，王室難道沒有王室直屬軍嗎？我講的話對還不對，你們自己講嘛！

在我的大聲喝斥之下，所有人動也不動，只有眼珠子骨碌碌地轉著，都在看我的臉色。

首先打破沉默的是菲埃那勒公爵。

「那個無線電真的有這麼厲害？對海戰也有幫助嗎？是還挺想用用看的。」

「無線電能迅速傳達命令和戰況，性能相當不錯，最近諾伊特倫之所以能不斷連勝，也是這項產品的功勞。等我回去會立刻寄出樣品給您，您可以試用看看。」

「喔喔，樣品好，果然是洛克斯伯格，都能明確給出我想要的東西。」

「只要用過一定會愛上的，雖然量產品的性能差了些，但我給諾伊特倫的那批產品，通信範圍可是從洛克斯伯格到菲埃那勒都包括在內喔！」

「什麼？洛克斯伯格到菲埃那勒？」

公爵大人的聲音變大，站在後面的小公爵也不禁發出驚叫。所以說你們這些愛打仗的傢伙都該知道無線電的好，行嗎！於是他們一直逼我趕快回家寄樣品……哎呀呀，怎麼剛好給了我回家的理由呢。

「總而言之，等諾伊特倫抵達後會再正式開會，不要再盤算自己會不會蒙受損失了，今天就趕快回家吧，小鬼。雖然我不清楚箇中原因，但妳回去平復一下心情。」

這件事你應該從一開始就要講啊！一開始！這樣我就不用親自跑一趟，可以直接叫人把資料拿過來了嘛！

……啊，等等！難道爸爸就是預期到這點，才說他不來的嗎？他已經猜到反正作為戰爭主力的諾伊特倫還沒到，之後才會正式開會？這樣就能解釋為什麼爸爸有辦法那麼悠哉了。

可惡，說要先溝通的人是誰，這種事情怎麼可以閉口不提！

「既然大家這麼體諒我，我就先回家了。」

「可惡的洛克斯伯格，看她一聽到不會受損失就立刻回頭的樣子！」

哈哈，我的閒話要講多少都沒關係，因為那對於我的財富與權力毫無影響！

既然國王陛下說會把黛安娜和弗羅德的名字寫上去，無線電也應該會透過菲埃那勒公爵普及到所有軍力，我就趁這時候揮揮衣袖甩甩手離開吧。

在我正準備要起身時，國王陛下說他還有沒講完的話，並說出一個衝擊的消息。

「喂，小頑固等等！有個人必須由妳帶走。」

「什麼？誰啊？」

「涅爾瓦四皇子。」

「……啊？」

「是拉爾古勒那個沒錯，妳不要假裝不認識。」

不是，那個小不啦嘰的小鬼為什麼要來我家！應該說那傢伙為什麼會在亞蘭啊？

我無言地反問，陛下先是摀住耳朵表示痛苦，才說出四皇子剛逃亡到亞蘭，目前正接受王室庇護的消息。

「既然大皇子成為了皇太子，不會有人覺得自己繼續待在那個皇宮還能保住項上人頭吧，當然要逃啊！」

「所以說為什麼來亞蘭啊？重點是，為什麼是我家？」

「我不知道啦，那個粉紅小鬼昨天一來就說，只要亞蘭在戰爭取得勝利，讓現在的皇太子被廢黜，他一回帝國就會立刻跟亞蘭簽訂互不侵犯條約。而且他一直在找你們家的艾斯托．布朗小姐，還說他死也要躲在洛克斯伯格家。」

哇，我該怎麼跟艾斯托說明這件事呢？那孩子聽到我的事應該就會受到不小打擊，這豈不是要她同時遭受我跟涅爾瓦雙倍打擊的意思嗎？如果路西路西進攻失敗被廢位，那下一位皇太子就是四皇子了耶。

涅爾瓦這傢伙再這樣下去，該不會真的要當上皇帝了吧？萬一他當上皇帝，應該會吵著要艾斯托當皇后？還是我得從現在開始準備消滅艾斯托的身分了？

總不能把死亡無身分的人強制帶走吧？可是等我公開發布艾斯托．布朗的死訊，消除她的身分後，好像就只能把她關在宅邸了。

正當我左思右想苦惱之際，一走出會議場就看到帶著一大批護衛的涅爾瓦皇子。這小不點感覺非常開心見到我，但一發現艾斯托不在我身邊，臉色就直接沉了下來。

「艾斯托．布朗小姐呢？」

「請先打招呼吧，拉爾古勒皇室一代代都這麼沒禮貌，難道是傳統嗎？」

「妳才應該要遵守禮節，這應該不是對待大帝國嫡系血統的態度？」

「哇喔，被路西路西擠下來還逃到我國的落魄皇子，我應該要對他採取什麼樣的禮節呢？」

「妳這傢伙！」

嗯……先生，我是勸你不要撲上來比較好。

因為大帝國的落魄皇子氣噗噗，身為他手下的護衛挺身要脅，看到我受要脅，傑克和里溫當然也向前護主。

哎……我不看了……

皇子的護衛一開始動作，里溫和傑克也立刻逼近，我緊閉著眼睛撇過頭，然後就聽到了骨頭斷掉的喀喀聲和慘叫聲。

低沉又雄厚的聲音此起彼落傳來，接著是涅爾瓦皇子的慌張喊叫。

「住手！好了！快點讓妳的護衛住手！」

「哎呀，我不知道您說的是哪個『妳』喔，資質駑鈍又無知的我到底該從何知曉呢？」

「羅莎莉特．洛克斯伯格！」

「孩子們，我看到這種糟糕的場面受到不小的打擊，好了。」

「是，小姐。」

「是，姐姐！姐姐必須只看美好的東西才行，是我的想法太過短淺了！」

里溫，你光是拍馬屁的功力就是一流的，真不愧是洛克斯伯格！不管別人說什麼，你就是洛克斯伯格！這如果不是洛克斯伯格，到底誰才是呢！

「您應該有帶神官來吧？」

「廢話！那還用說！」

那就不用擔心護衛的治療問題了，一起搭馬車走吧。

哎呀，好不容易才讓娜塔莉公主離開我們家，居然又來一批新的。

該死的洛克斯伯格領地是有什麼奇怪風水嗎？為什麼老是有王族或皇族想來我家住呢？

我得說明這位皇子的狀況，還要預防艾斯托受到打擊，戰爭更是需要提前作準備，也很擔心塞基先生帶瑟蕾娜小姐回真魔塔的路途，不知道順不順利。

要注意的事實在太多了，但最讓人衝擊的還是莫過於馬利烏斯三皇子已不在人世的消息。

回家後要把馬利烏斯送我的襯衫拿出來抱著痛哭一番嗎？雖然很不想承認，但連這小不點都要逃來亞蘭，那路西路西的勢力應該已經擴張到非常大的程度。如果馬利烏斯的死訊還不明確，不可能讓他召集到這麼多人，不過對手是亞蘭，平常在海上其實就已經累積了不少仇恨就是。

……認真追究起來，拉爾古勒民怨爆發，難道不是菲埃那勒公爵大人害的嗎？下次見面一定要用這個議題折磨她。我這次太單方面挨打了，實在覺得不爽，等我早日完成無線電的生意，一定要好好激怒她一把。

看來得叫威爾準備菲埃那勒公爵招惹無辜拉爾古勒百姓的資料了，畢竟總不能因為一把葛倫少爺的枴杖讓對方把事情搞大，就由我們獨自承擔所有責任嘛。

一起死吧，菲埃那勒公爵，我們一起跌入深淵吧！堪比國家預算規模的賠償金，就由菲埃那勒和洛克斯伯格一起償還吧！這就是我能做到的最完美復仇了。

抵達洛克斯伯格家宅邸，一下馬車，如同我的預期，艾斯托嗚哇哇哭著跑了過來。然後也如同我的預期，在她發現笑得很開朗的涅爾瓦皇子時，表情整個崩壞。

但艾斯托沒有停止動作，她迅速跑向我，扛起我離開現場。

「艾斯托小姐！艾斯托小姐，妳要去哪裡！」

「妳這臭豬！不由分說跑走是想怎樣！」

「姐姐！艾斯托！妳們要去哪，一起走啊！」

「葛倫，快點抓著我的肩膀！走吧！」

「我又要被抱了嗎？」

嗯……如果要跟上艾斯托的速度，當然是只能被抱囉，少爺。

而且艾斯托好像有點精神失常了，她流下斗大淚珠，抱著我全力衝刺。

這孩子現在是想去哪呢？放著這個好好的家不待，到底是打算帶我去哪呢？我實在很好奇，所以一直在觀察她的舉止，但這丫頭看起來也沒想好該往哪去，只是一股勁地繞著宅邸跑而已。

涅爾瓦那傢伙早已沒力出局，只有傑克和里溫還勉強在視線範圍的彼端，接著我聽到一個熟悉的聲音。

「羅莎莉特小姐！這裡！」

「嗶嗶！」

喔？這不是出去聊天的瑞姆和彼得嗎？你們都聊完了嗎？怎麼看起來好像有事情要找我？

「嗚嗚嗚嗚！嗚嗚嗚嗚！嗚嗚嗚！」

「找到了！我找到了！」

「什麼意思？」

「嗚嗚嗚嗚，呃，嗚嗚嗚嗚哇！」

「重啟的場所！」

「嗚嗚，呃哇，嗚嗚喔！」

「艾斯托！不要哭了！妳這樣我們沒辦法溝通！」

實在聽不到瑞姆在說什麼，我對艾斯托發了脾氣，她抽泣著緊咬嘴唇才忍住哭泣。

呼，總算是安靜了點，所以說要跟我談什麼？

「重啟！重啟的場所！」

這又是什麼開啟微軟新視窗的事？

根本聽不懂瑞姆在講什麼的我歪頭表示疑惑，那女人則試著把艾斯托拖往某個地方。當然啦，艾斯托一動也不動，是直到我下了命令才跟著瑞姆走。

「這裡……」

因為夜已深，現場沒有工人，於是在這施工中的建築物正中央，那空著的一小塊地看來真的是有夠陰森的。

「呀！閃閃發光！」

要先替周遭打光吧，我在四周配置小燈泡，只見空蕩蕩的地下室裡，有一條鎖鍊若隱若現。

「……」

喔？它本來就這麼淡了嗎？明明直到不久前都還能被牢牢握住啊？

雖然很想握住鎖鍊確認，但我的手實在是被纏得太緊了，根本動彈不得。我拜託艾斯托讓我雙腳落地，好好進行觀察，至於我請她替我解開繩子，她則毫無動作。

嗯……看她哭得天翻地覆，又不願幫我鬆開繩子，應該是已經聽說那個消息了。但我現在最不懂的是那個「重啟」是什麼意思？

「啊哈！黑魔法可以根據不同的狀況重新簽訂契約！」

現在到了妳可以炫耀自己知識的時候了，真的是表現得很洋洋得意耶。

不過我好像聽到一個非常讓人介意的消息。可以根據不同狀況重新簽訂契約？然後剛剛她說了重啟是吧？

重啟……重啟啊，這兩個字為什麼聽起來感覺這麼糟糕呢？

在想起自己把脖子套進窗簾綁成的圓圈前，內心湧上的一陣介意感為何時，我看到原本在地上的鎖鍊開始消失。

然後驚人的是，在空氣中看到很像白化王者之劍的東西！

那是什麼！為什麼你又出現在那！你不是已經消失了嗎！不對，跟今天早上比起來，那個形態是挺不一樣的。

在劍重新現形的同時，總覺得也看到了什麼幻影，那幻影似乎是個女人的模樣，頭髮像是溶了水銀的那種有害色系，眼睛也是看起來有害的閃亮金眼。

那個長得就跟羅莎莉特一樣的幻影，以握著劍的狀態直接朝我劈下。

「大笨蛋！」

我的頭發出鏘一聲，就好像敲到鐵的聲響，痛得差點哭出來。

「妳以為只有妳一個人知道答案嗎！」

不是，大半夜為什麼會有幽靈！

雖然我很想揉一揉自己疼痛的頭，卻又因為無法動彈而只能不斷掙扎。用劍身較寬扁的那面打我的白化王者之劍，在轉了幾圈後又插回地上。

這個狀態才能說是跟早上一樣，除了從黑轉白以外就沒有其他差異了，啊，鎖鍊消失也可以算是差別之一嗎？

「看吧！這就是重啟了啊！我就說這是重啟了！」

「嗶！嗶嗶嗶！」

拜託你們這些野獸用人類聽得懂的話說明一下好嗎！

因為被綁住而沒辦法打人的我只能出聲怒吼，結果就聽到了鏗鏘聲，我的脖子瞬間感到一股沉重。

什麼意思？為什麼我脖子覺得很重！

喔？脖子動來動去還會一直聽到鏗鏘聲耶，是上頭掛了什麼嗎？

「嗶嗶！嗶呀！呀啊啊！」

「你看吧！我不是說過很奇怪了嗎！羅莎莉特小姐為什麼要這樣！到底為什麼！」

妳哪時候跟我講過了啊大笨蛋！

我不管怎麼扭頭都甩不掉掛在脖子上的東西，呼叫艾斯托，這傢伙卻不知怎地都沒有回應。

「艾斯托，妳在幹嘛？」

我環顧四周，發現自己身後有個蜷縮著身體，抱住頭不斷發抖的女人。

「鬼……有鬼！」

喔對，布朗家的孩子都很怕鬼，如果有看到剛才那個半透明女人，被嚇得半死也是理所當然，既然如此，我能拜託的是……

「嗶！嗶嗶！」

「笨蛋！羅莎莉特小姐是笨蛋！」

……還是彼得好一點。

我拜託彼得幫我把掛在脖子上的東西取下，彼得揮動腳爪，揪住我脖子上的東西扯動著。

「呃！等一下！咳！很痛啦，小鬼！」

這什麼啊，感覺是掛了一個很堅硬的東西？從還有金屬撞擊聲來看，該不會是鎖鍊吧？是鎖鍊嗎？

在我滿腦子都是推測時，彼得靈光一現比了要我稍等的手勢後，大步跳躍離開地下室，接著我很快就聽到本館傳來鏗噹鏘啷的聲音。

不久後，彼得回來，手上拿著我家的壁鏡。

呼……看那個尺寸跟模樣，應該是掛在舞廳牆上的鏡子吧，感覺爸爸會很難過喔。

反正我最近都得用這種模樣生活，不會去跳舞，真是好險。

「我看看。」

我把燈泡朋友都召喚過來，端詳自己的脖子，如同我的預期，脖子上掛著很漂亮的鎖鍊項鍊，上頭還有著寫了字的標籤，我冷靜地讀出上面的字。

「替、換、式……電池。」

……嗯？

是我讀錯了嗎？我再讀了一次。

「替換式電池。」

真的寫著替換式電池耶。

這……這是怎麼回事啊？

「笨蛋！羅莎莉特小姐是笨蛋！怎麼可以撇下我，讓其他黑魔法師進來這裡！甚至還隨便同意簽訂契約！您怎麼可以不跟我商量就做這種事情！」

胡說什麼啊！哪有同意！瑞姆把她自己擺在糟糠之妻的位置講這些，就已經讓我無言得要命了，甚至還拿那些我沒做過的事非難我，簡直要把我氣暈。

「騙子本來就都是這樣的，您認真想想，您真的，沒有在對方徵求同意時，說出知道了並作出接受的反應嗎？」

「怎麼可能。」

「怎麼可能？」

「怎麼……可能……」

……有耶！

等等，雖然我不確定這跟瑞姆說的重啟有沒有關係，但今天早上在瑟琳要進行魔法初始化的時候，她確實問了我三次可不可以開始，然後我也同意了三次，還叫她動作快點。

但，我這是針對魔法初始化的同意，不是同意把自己當成下一顆電池，可以重啟魔法的意思啊……

我失神地喃喃自語，瑞姆這傢伙不知道是又聽成什麼，開始對我大發脾氣。

「羅莎莉特小姐不也常幹這種先取得同意再偷改契約的事情嗎！」

「喂！妳怎麼知道的！」

不是啊，我都是四下無人才做這件事，她是怎麼知道的？我罵著瑞姆要她小聲點，並把到目前為止知悉的真相整理了一下。

也就是說呢，假設瑟琳是先取得我的同意才竄改契約好了，眼前這位名為瑞姆的黑魔法師也證實了這種方法能發動魔法，表示這是具有可信度的推測。

但她沒有執行魔法的空檔啊？她身上有魔力拘束器，只在非常短暫的時間內發動讓身體維持在巔峰狀態的魔法而已，看起來也沒有什麼奇怪的跡象。

「甚至這裡還有這——麼奇怪的魔力在擾動！彼得知道、我也知道，怎麼會只有羅莎莉特小姐不知道呢！大笨蛋！羅莎莉特小姐是大笨蛋！」

「什麼？」

奇怪的魔力？我不知道耶。

隨著經歷人生的次數增加，我的魔力感知能力大概也只比艾斯托差一點而已，不只發現里溫送的戒指有施魔法，在黑化王者之劍出現時，比任何人都更早衝進地下室的部分也被塞基先生讚嘆過。

彼得在旁邊嗶嗶叫，看起來是同意瑞姆說的話。還是難以相信這一切的我踢了艾斯托幾腳，問她有沒有感覺到異狀。

女人還在不斷發抖，卻回答我確實有比之前更加詭異的魔力從那把劍冒出。

……可是我真的什麼感覺都沒有啊？

不是啊等等，該不會這個渾然不知的狀態本身，就是一直以來讓我感到哪裡不對勁的東西嗎？

對，瑟琳在將身體年齡維持在巔峰狀態時曾短暫使用過黑魔法。黑魔法是使用來自異界或外界來的魔力，相較於存在於自然界的魔力，異質感會更強。

但我在瑟琳使用黑魔法時沒有任何感覺。

啊哈！原來如此，如果那女人使用的是黑魔法，我就該像之前追蹤黑化王者之劍時那樣，出現心情不好的感覺才是，這次卻什麼都沒有。

完全沒有心情不好的部分，就是這樣才令我覺得不對勁！

「呃啊啊！那瘋女人真不愧是大魔王耶！怎麼這麼不懂放棄啊！」

所以她是在性命交關之際，還想到要用重啟來延續她的魔法嗎？甚至還成功簽下把我作為下顆電池使用的契約？但她到底是用什麼方法把我拉進契約的？我是瑟琳黑魔法領域以外的人物，魔法不是應該對我不管用嗎……

嗯……這只是萬一，也是我真的不願去想的部分。

但當我整理好所有線索，推導出的真相就是……難道瑟琳只挨我一拳就察覺了？有關於我是不屬於這顆行星的靈魂，所以她的魔法才對我不管用的事？

這麼看來，剛剛那個半透明羅莎莉特說的，不是我一個人才知道答案什麼的……該不會……不會吧，太扯了。

那個瘋女人，誰想得到她居然還能正常地動腦啊！

到底是用了什麼方法？是換ＩＰ位址之類的嗎？其他人都能感受到，唯獨我一個人不行，但感覺應該是跟我有關的什麼東西沒錯啊！

哇啊啊，今天真的差點出大事耶，如果傑克沒阻止我，我不就直接變成一顆電池了嗎？那女人該不會連我會去自殺確認這件事都預料到了吧？

但我冷靜想想……不管是變成電池還什麼，我這次要是真的死了，就是完全死透耶，這樣不是很棒嗎？

「小姐！小姐，出大事了！」
你現在看到我就只能講出這種話了嗎？
原本追著艾斯托在狂繞宅邸的傑克，不知何時起消失了蹤影，再出現時，懷中正抱著雙手掩面的葛倫少爺。里溫本應跟他一起，此時卻不見蹤影，正當我覺得怪的時候，很會察言觀色的傑克先解決了我的疑惑。
「公爵夫人！公爵夫人回來了！」
「媽媽嗎？這有到出大事的程度嗎？」
「里溫少爺問說可不可以也叫夫人媽媽，正在被暴打！」
「哇，真的是出大事了！」
那孩子！到底幹嘛在本來就火冒三丈的人頭上澆油啊！
「瑞姆妳也跟上！我們的事情還沒談完！」
「什麼？現在是我就寢時間了耶！」
「我會給妳加班費！」
「您以為什麼事都能用錢解決嗎？」
「不然還想要我怎樣！小心我直接把妳送回拉爾古勒！」
「嗚嗚嗚嗚。」
瑞姆立刻哭著抱住我，要我不能拋棄她。她像橡皮糖一樣黏在我身上，看起來沒有要跟我分開的意思，我也只能這樣拖著她走。我接著踢了艾斯托一腳，後者才一邊蠕動一邊起身，同時扛起我和瑞姆。
「她怎麼了？是見鬼了嗎？」

「嗯，剛剛出現的。」

傑克．布朗大驚失色地以抱著葛倫少爺的狀態拔腿狂奔，真是的，這小子就只有在逃命的時候比艾斯托還快。

我用我的頭狂敲艾斯托，要她跑得再快一點，再拖下去我弟就要死了。而且如果媽媽又把大門毀了，爸爸又會氣暈，而要是爸爸倒下，媽媽也會一起倒的。

滿心都是必須阻止這一連串不幸的想法，我不斷催促艾斯托，在抵達本館玄關時，映入眼簾的畫面卻是……

里溫前段時間努力堆起來的大理石階梯，再次變成了一片廢墟。

里溫啊，看來你這段時間沒有疏於修行喔，以前只要遇到媽媽，都一下就被擊退了，現在已經可以像這樣到處閃避了呢。

不過他被揍扁也只是時間上的問題而已，我唯一的弟弟光是專心閃躲就喘成那樣，反觀媽媽拋出各種武器，氣息卻連絲毫不亂。

要怎麼阻止火冒三丈的媽媽呢？在我絞盡腦汁之際，能讓媽媽立刻停手的聲音出現了。

「瑪麗亞．洛克斯伯格！」

爸爸一發出響亮的聲音，媽媽立刻甩掉手上所有的武器，喊著愛迪愛迪，還裝出害怕的樣子。

後來，爸爸再次拿起鞭子抽打牆壁，大聲喝斥在把大理石階梯殘骸清乾淨之前，不僅不給飯，也不給洗澡，還不給睡覺。雖然媽媽看起來像個被強制拖來埃及服勞役的奴隸般委屈，但里溫似乎已經習慣了。

嗯……畢竟，他已經做了一個月呢，習慣了也很正常啦。

「我！我為什麼要做這種事啊，愛迪？一切明明都是那小鬼的錯！他怎麼可以叫我媽媽！」

「請住口，公爵夫人！而且里溫說的話哪裡錯了？他既然是我的兒子，當然也能叫妳媽媽！」

「壞死了，愛迪好過分！你就只討厭我而已！」

爸爸真的也是挺猛的，怎麼會有辦法這麼自由又隨心地控制那個像野生猛獸的人呢？

看起來應該沒有需要我出頭的狀況，我走向爸爸報告剛剛發生的事。

既然之前一直吵著要溝通，要是沒講這件事，他肯定又會生氣吧。反正我現在的處境都被揭穿得差不多了，繼續隱藏新資訊也沒意義，還是全部公開，一起尋找解方比較實在。

「羅西！羅西啊啊啊！這段時間妳怎麼又長大啦？羅西啊，我是媽媽，妳看看我啊！」

真是有夠吵耶，在我還不知道真相時，是因為恐懼才一直服侍著媽媽，但既然知道這副身體在小時候因為那位母親受了多少苦，就覺得好像也沒必要特別侍奉她了。

重點是，看爸爸的做法，也大概知道怎麼做就能應對媽媽。

「好久不見了，洛克斯伯格公爵夫人。」

我一鞠躬行禮，媽媽一下就變得淚眼汪汪。

「不要！叫我媽媽啦～愛迪！一定是愛迪教了羅西奇怪的東西！現在該怎麼辦！之前會一直媽媽長、媽媽短叫我的羅西就很可愛啊！」

「別吵，洛克斯伯格公爵夫人！我現在要跟公爵大人講重要的事。」

「沒錯，洛克斯伯格公爵夫人，妳安靜，然後快去幹活。」

「大壞蛋！」

媽媽大叫一聲，直接扛起原本是樓梯的超大石塊，催里溫快點動作，說要盡早清完去找爸爸。結果里昂居然驚人地回了一句「好，媽媽」，媽媽差點又拿石頭砸人繼續吵架，最後就被爸爸罵了。

里溫你真的是……不管遭逢何種險境都不會屈服呢，這點我該好好學習。里溫真的很厲害，真沒想到活著了這麼久，我居然也有要向他學習的一天。

「所以說，重要的事情是？」

「喔喔，對。」

我簡單向爸爸說明瑞姆和彼得發現的白化王者之劍、重啟，以及我似乎因為這樣變成替換式電池，只要死掉就會成為回歸魔法燃料的推測。

聽完我報告的爸爸點了好一會的頭，然後向我伸手。

「好喔，妳真的很會辦事呢！」

「啊啊啊啊啊啊！」

好痛！好痛啦！我耳朵很痛！不要再按摩我耳朵了！No Pain！拒絕痛苦！

我因為被繩子綑住而無法抵抗，無計可施之下只能轉過身子逃開爸爸，在地上滾了一圈。好痛，我在地上猛烈翻滾也無法消解這些痛楚。

「請冷靜啊，羅莎莉特小姐！」

救救我啊，葛倫少爺。

傑克在聽到我的呼喊後將我扶起來，葛倫幫我輕揉耳朵。

「還好嗎？要多揉一下嗎？」

「嗯，繼續，我超痛的。」

葛倫因為我的撒嬌抱怨，更努力替我舒緩疼痛，我還裝嬌弱要他呼呼吹掉疼痛。

媽媽好像很委屈，突然大喊大叫。

「喂！你誰啊！你算老幾，怎麼可以黏在羅西身邊！我也要跟愛迪曬恩愛啊！委屈死了！為什麼只有我要勞動啊！這種事叫那個小不點做啊，叫那個根本不知道是從哪滾來白吃白喝的傢伙做！」

不是，妳幹嘛講這種話讓我們里溫傷心呢，媽媽？即便這次人生的里溫再怎麼有著鋼鐵心臟，剛剛那句話還是很讓人受傷……嗎又好像沒有，他正在很有活力地幹活呢。

但爸爸似乎很在意，他拿起腳邊的石頭，用力丟向媽媽。

「他沒有白吃白喝！他是我兒子到底要我講幾遍！」

爸爸讚啦！真不愧是大實話隊長！那我也不能袖手旁觀，插個嘴好了。

「沒錯，里溫是我的弟弟！因為他跟某某人不一樣，他跟我一起度過了大半輩子啊！」

「好奇怪！洛克斯伯格家的人都好奇怪！」

「姐姐我愛妳！我好感動！不只是大半輩子，我會把我未來的餘生都獻給妳！」

「他也好怪。」

既然這麼怪，打從一開始妳不要嫁進洛克斯伯格家不就沒事了嗎？

我嘖嘖了幾聲，爸爸把鞭子遞給我，交代說如果有人偷懶就用力抽打，隨後就把現場交給了我，說要去寫一下讓瑪麗亞也能理解、到目前為止發生的所有事件的現況報告……

我當然是同意囉，我其實早就想試一次了。

在確認爸爸和威廉爵士都進辦公室後，我立刻轉身揮鞭。雖然是被綑綁的狀態，但只要旋轉整個身軀，抽鞭子這點程度還是沒問題的。好興奮啊，這個啪啪聲好清脆悅耳啊！

「誰敢摸魚就沒有飯吃！」

我也早就想講一次這句話了，好開心！

我以腿為軸心，旋轉著身體抽鞭子，媽媽一邊抱怨一邊努力搬運石頭。應該明天再讓媽媽和里溫開始大理石工程就好吧？反正有媽媽在，進度應該能比之前更快，但我們家的玄關到底為什麼沒有安寧的一天啊？

「所以！羅西，那個緊黏在妳身邊的男人是誰！是我不在時妳新收的弟弟嗎？」

不是，這個人看起來到底哪裡像我弟了啊？

我一乾咳表示不自在，葛倫少爺便迅速判斷局勢，露出微笑自我介紹。

「初次見面，洛克斯伯格公爵夫人，我、我是把……羅莎莉特小姐當成夫人……這樣介紹對嗎？契約上是這樣沒錯……」

不是，都已經到這田地了你還在講什麼契約？既然是我老公，那就是我老公沒錯啊，難不成你之後要毀約嗎？契約還剩多久會自動更新啊？

「什麼，羅西結婚了？胡說八道！妳這種寶寶怎麼可能結婚！妳還清醒嗎！」

「要是說我還有個兒子，您豈不是要暈過去了。」

「唔呃呃呃呃呃！」

媽媽一臉痛苦地扶著後頸。

當洛克斯伯格公爵夫人假裝大受衝擊快要昏倒，毫不氣餒的銀髮紫眸美男子阿斯特里溫立刻喊了一聲「媽媽」試圖攙扶，然後又被媽媽煩躁地甩開了手。

即便已被這麼明確拒絕了，里溫看起來也完全不覺得怎樣。真是打不倒的里溫呢，是樹大根深不會被風吹倒嗎？我原以為要像蘆葦或柳樹那樣隨著人世間的風波搖曳才是真理，但像他這樣有韌性又剛直，不也是優秀的人生處世觀嗎？

看他這麼堅持走自己的路，真是讓我不禁讚嘆，這孩子跟當初被男人親了嘴就選擇一死的孩子真的是同個人嗎？不只是讚嘆，簡直是敬佩，如果我能自由活動雙手，肯定會給他掌聲鼓勵的。

「喂！你給我滾開！還不和羅西分開嗎！你這長得像切雷皮亞水鹿的傢伙！」

切雷皮亞水鹿是指在我國諾伊特倫附近，能看到的那種白屁股水鹿吧？

嗯……挺像的。因為覺得媽媽很可怕而瑟瑟發抖，但還是緊抱著我不放開的固執也很像。我記得牠們就是由於該死的貪吃，即使會死，也要跑到人類村莊把農作物都吃光光，所以才被切雷皮亞指定為有害物種。

「畢竟公爵夫人長期不在家，不太清楚這個家的一些發展，你就體諒她吧。」

「好的好的，我沒關係。」

「哎唷！不要發抖了！不管別人怎麼說，你就是我老公，給我堂堂正正一點！」

這小子好像很害怕，才會突然超用力抱住我，不過至少現在已經停止發抖了，這也讓我比較放心。結果去寫說明的爸爸好快就回來，並開始跟媽媽講解到現在為止發生的事件大綱。

同時，威廉．布朗站在爸爸的視線死角，拚命朝著媽媽比中指，還把眼睛睜得怪里怪氣的，想盡辦法做出各種挑釁動作的部分更是不用多言。

「什麼？我們羅西在我不知道的時候獨活了六十多年，不久前才好不容易抓到瘋女人又親手放了人家，結果現在因為契約更新而迎來了死後會變成備用電池的命運？」

妳真的……是瑟蕾娜小姐的狗狗沒錯耶，怎麼連反應也這麼一模一樣呢？

「該死的瑟蕾娜老太婆！對待自己的瘋狂子孫如此溫柔的態度根本沒改！」

啊，原來媽媽也知道這部分啊。如果我也早點知情就絕對不會在瑟琳逐漸老去萎縮時，讓瑟蕾娜小姐留在現場了。

酒席間還一直說要親手殺了瑟琳，我還以為瑟蕾娜小姐是真的討厭她，真沒料到根本是老人特有的那種「再這樣下去要早點去死」的感性謊言。

但現在是下雨了嗎？怎麼每次只要媽媽回來就會下雨啊？聽到窗外傳來滴答聲才看了一下外頭，雨勢不小。

稍早才見到類似幽靈的東西，氣氛又陰森森的，反正碎石堆差不多整理好了，我提議讓媽媽去洗澡，今天先各自解散，爸爸卻冒出突如其來的話。

「好，等大家都準備好要睡覺，統統都到羅莎莉特和葛倫夫婦的臥房集合。」

「什麼！臥房？」

「您還好嗎？媽媽！」

「不要叫我媽媽，噁心！」

那個，先不管那邊的相聲表演，剛剛你說了什麼，爸爸？集合？在臥房？羅莎莉特和葛倫夫婦的臥房不就是我房間的意思嗎？

「那個，公爵大人，為什麼要在我房間集合？」

「還用說嗎？怕妳又嘗試自我了斷，當然要大家一起監視囉。」

先生？就算有這層原因，我們也有隱私耶！為什麼要讓你們進來啊！這是我們的臥房耶！我們如果，如果要做那個怎麼辦！今天就打算要做那件事了，被你們破壞氣氛的話，你們要怎麼負責啊！

「我同意，公爵大人。」

葛倫你怎麼可以同意！就說搞不好今天氣氛正好，就可能來一場歡愉幽會了啊！你看，我現在不是被綁住了嗎？你不知道綑綁式性愛嗎？是大家都很愛的那個綑綁式性愛啊！

我無言到極點，一直叨念著綑綁，葛倫看起來是全身血液直衝頭頂了，整個人扭動著，爸爸又快速走向我，給了我一頓耳朵按摩。

爸爸狂念著拜託我好好注意那張嘴，此時不知從哪傳來一股陰森森的氣息，接著聽到石頭粉碎的聲音。

「什麼？羅西嘗試自殺？」

媽媽冷冷地低語，接著把手插進石堆。

豈止是插進去，媽媽光用虎口的力量就抓起了一堆大理石，把它們碎成粉末。

好恐怖，這力氣也太恐怖了，這就是蒂亞蒙特叔父說過的那個猩猩般的力量嗎？

「瑟蕾娜老太婆跟那個瘋女人去哪了？跟我講方向就好。」

妳明明剛到家而已，現在是又要去哪啦！

因為媽媽看起來充滿著要把那兩人抓起來撕成兩半的殺氣，沒有半個人敢輕舉妄動。

距離她最近的里溫更是嚇傻了，指著菲埃那勒港口方向。

如果就這樣讓媽媽離開，她肯定又會闖出大禍，雖然我有這種預感，腳步卻實在邁不開，接著有人打開玄關大門走進來。

這個感覺發了不小脾氣，用幾乎要粉碎整扇門的力氣開門的男人，綁起的紅髮由於被雨淋濕而變得亂七八糟，他的手上則拿著奇怪的紙片。

「媽！我聽說消息了！」

天、天啊！我們路克居然主動叫我媽！這不是繼說要去看馬利烏斯大人之後的第一次嗎？

我心情澎湃，甚至湧上了一股感動，但路克不知為何，又把手上的紙片像遞令牌般往前伸，然後再次高喊。

「如果您再不反省，我從今天開始就不吃飯了！」

這又是什麼晴天霹靂的發言啊？為什麼不吃飯！

路克喊話完畢後，出現了平常出現過的發作症狀，宅邸的人們又開始一邊罵一邊找紙袋，直到紙袋摀住那孩子的臉部，才讓他穩定了下來。

原本一直在看臉色的媽媽走向我，詢問路克的身分。

「什麼媽媽？他是誰的兒子？布朗那邊嗎？但頭髮好像又太紅了。」

「他是我兒子，看了不就知道了嗎？」

眼睛瞪得極大的媽媽狂打我的背部，說我到底是什麼時候闖的禍才會有這麼大的兒子，還一直表示自己難過到快死了，一副要哭出來的樣子。

我光是要照顧生病的路克就忙得要命，真的沒有餘力再照料媽媽了啦。

「現在那是重點嗎！孩子生病了啊！還說他不吃飯耶！」

「那個……雖然是很大條的事，但不可能，身為我孫子的人身體怎麼會弱成這樣？」

因為是領養的好嗎，領養的！我也很希望他是我生出來的好嗎！這樣他就不會動不動快要昏倒！

聽完我的怒吼媽媽才安心下來，還說什麼寶寶生寶寶，是天塌下來也不允許的事情……

這人是因為成長過程中有瑟蕾娜小姐和塞基先生才會這樣嗎？怎麼會覺得我有可能生得出路克？

「坦白說吧，公爵夫人，您不知道我幾歲吧？」

「……」

看吧，我就知道！從她老是看著我喊寶寶，我就已經覺得很奇怪了。

「妳覺得我兒子路克看起來幾歲了？」

「喔……嗯……十……十五歲嗎？不對，最近的孩子發育都很好，應該十……三嗎？」

算了，我以後不跟妳討論年紀了，反正魔塔的人的年紀觀念都亂七八糟。

「您有味道，麻煩站遠一點，我兒子的脾胃弱，要是又因為公爵夫人而發作該如何是好！」

「羅西好壞！」

在我的痛罵之下，媽媽被侍女拖走了。如果繼續這樣放任下去，她搞不好又要離家，而且我想大家內心應該都在忍耐媽媽那個噁心的熊皮臭味吧。

既然侍女說有緊急呼叫莉莉了，就算在幫媽媽洗澡的過程中她有所掙扎，應該也還在可控制範圍內。真的不行，就把我或爸爸搬出來威脅也沒問題。

換作是其他人還不好說，但莉莉應該有敢威脅媽媽的膽量，真是好險。

「傑克．布朗！快點把那張紙攤開來我看看！」

「是！」

既然搞定媽媽了，現在該來看看那張像政令一樣被威風地拿出來的紙片到底寫了什麼。因為路克宣告他不吃飯的語氣前所未有地嚴肅，我忍不住緊張地讀了內容，首先第一句是……

羅莎莉特．洛克斯伯格（下稱甲方）接受路克．洛克斯伯格（下稱乙方）的要求時，本契約即刻成立。

嗯……這小子還是挺遵守書寫格式的嘛，而且雖然沒有用羊皮紙，但至少也使用了厚度適中，還算高級的紙來寫，邊框的金箔也很漂亮，下了不少工夫喔。

何況這可是路克的親筆筆跡，我兒子的筆跡真美，看起來就像印刷體一樣乾淨俐落。

一想到在這滂沱大雨之中，他珍惜地把這張紙揣在懷中，不讓墨水暈開，我就不自覺露出欣慰的笑容。

是啊，契約是很重要的，要是因為墨水暈開，導致內容變得曖昧不清，就是自己會受到損失，這一部分還真是有跟沙泰爾好好學呢。

我看看，這傢伙的要求事項是……

甲方須簽署切結書，保證今後不再自殘或自殺；若違反此約定，則須將其全部財產上繳亞蘭王室。於該契約成立之前，乙方將停止攝取一切食物。

「……」

嗯……吵著不吃飯的出處是這個嗎？是因為不想再看到我嚷嚷著要死的樣子嗎？雖然我死後財產會怎樣跟我沒關係，但全部都流向王室就有點……不對，是非常讓人介意。

「好啦好啦，我這陣子一定寫保證書，今天先休息好嗎？」

「我不會被騙的，現在就去拿印章！如果給您時間，您豈不是就要把財產轉到他人名下了嗎？我已經掌握您的資產規模了，支付標準就是今天的資產總額。就算您以後把錢分散轉出去，依然會追溯回來支付給王室，洛克斯伯格公爵大人會公證的。」

我討厭你，也討厭爸爸！這位父親居然還點頭，說什麼真是個好主意。

如果是這樣，那我更不能隨便蓋章了。儘管也很擔心路克不吃飯，然而我真的死也不願意讓自己的錢被王室拿走。

也不想想我是怎樣才存到那麼錢的，那個連一根手指頭都沒動的笑面傢伙憑什麼拿走！

光用想的就超級反胃，笑面泰奧多爾用我的錢豐衣足食，過著嘻嘻哈哈的快樂人生，這情景真的是令我全身都要起雞皮疙瘩。

「這算是威脅嗎？那你就別吃飯了！」

「好啊！我今天晚上就已經沒吃了！」

可惡，我才不是這個意思！但這個弱不禁風的孩子平常居然都這樣不乖乖吃三餐嗎？難怪他的臉色發青。

聽到路克沒吃晚餐，除了我之外，在現場最驚訝的人想必就是艾斯托了，她嚇得連肩膀都縮了一下，一臉嚴肅地說人類怎麼有辦法餓肚子還能移動。

「我現在就去叫廚師準備餐點，小姐。」

「好，拿一點點來就好了，反正他也不會吃多少。」

「我就說我不吃了。」

你不吃飯又怎樣！那就我餵你吃！

我氣呼呼地想著要直接撐開他的嘴，把食物全部塞進去，此時，葛倫少爺站在我們之間進行仲裁。

「如同羅莎莉特小姐所說，今天就先休息吧。路克的腸胃不好，太晚進食搞不好又會拉肚子。」

「這……這倒是。」

「冒著雨跑回來，現在身子肯定很冷的，還是先準備熱水比較好。」

如果感冒就糟糕了，明天再來吵吃飯的問題，今天先休戰吧。

我依照葛倫的提議，讓僕人去準備熱水讓路克洗澡。這件事明天再從長計議，我先舉起了白旗，路克也同意暫時休戰，跟著僕人離開了。

呼，總算能休息了。今天真的就像暴風過境啊。

我現在連阻止爸爸的力氣都沒有，只能同意就寢時讓大家一起集合睡覺。

在地上鋪好柔軟的棉被，爸爸、里溫、瑞姆、艾斯托、傑克等人聚在一起作睡前準備。

媽媽和路克似乎也想加入，換穿睡衣的路克和只穿一件睡袍的媽媽，同樣進房間幫自己找了位置。

不是，二位……你們睽違二十年終於能看著對方的臉好好睡覺，可以去過點溫馨恩愛的時間嗎？不要閒閒沒事在這邊監視我。

「路克，你肚子不餓嗎？我房間有很多預備的巧克力餅乾喔。」

「我已經刷牙了。」

哼，居然不上當。

因為今天太累，我決定把說服路克的事延到明天，並拜託傑克幫我把繩子鬆開一點，結果又被拒絕了。我抗議著不可能連睡覺也要被綑綁吧，卻沒有半個人站在我這邊。

但至少葛倫少爺說他會唱搖籃曲給我聽，安慰我忍一下先睡覺……我決定同意這件事。聽葛倫唱歌讓我漸漸有了睡意，但又突然想到回家後，自己還有件想做的事。

「葛倫少爺。」

在睡意湧上之際呼喚少爺，葛倫溫柔地回答「是，羅莎莉特小姐」後，我要求為了深層睡眠得追加道具。

「幫我拿馬利烏斯的襯衫蓋在我臉上。」

「我什麼都沒聽到，羅莎莉特小姐。」

你真的隨著時間變得越來越無情囉。既然不幫忙，那我也沒辦法，只好睡覺了。

聚在同個房間的眾人此時傳來了嘀咕聲。

「小姐……做錯了吧……」

「是妳的不對，羅莎莉特。」

「雖然我也不太懂，但既然愛迪都這麼說，那就是錯了，羅西。」

「雖然羅莎莉特小姐做錯了，但以後借我那件襯衫吧。」

嗯，好喔，反正都是我的錯，大家先閉嘴睡覺吧。

即使繩索有點不方便，但有葛倫幫我蓋被子，還拍拍安撫我入眠，也算是睡得不錯。

活這麼久居然也會遇到全家人聚在一起睡覺的日子，真是百感交集呢。

我在平常起床的時間睜開眼睛，一坐起身就看到已準備好上班的爸爸。都說老人家比較早起，難道爸爸已經到了那個年紀……

「羅莎莉特。」

「啊？是！」

嚇死，還以為是他發現了我在內心偷罵他老。聲音一下變大的我先確認了身旁還在安穩睡覺的葛倫沒被吵醒，才再次看向爸爸。

「四天後舉辦洛克斯伯格公爵夫人返家紀念宴會。」

……在現在這個局勢嗎？

不是啊，我們家是很久沒辦派對了沒錯，媽媽回來也的確是值得高興的事，可以理解您想把這當成紀念日的心情啦，但確定要現在嗎？我想您應該是沒有忘記啦，現在耶？

「現在是戰爭期間耶？」

「那又怎樣？」

「呃嗯……」

好吧，也是有可能會這麼想的，爸爸都說想辦了，我哪有什麼權利阻止？就只能當成好喔有這麼一回事而已，反正看起來要是出事了，應該也不是由我負責。

「要簡單辦嗎？還是要辦超級豪華的那種？」

「這次就花我一個祕密金庫來辦吧。」

哇啊啊，爸爸下了很大的決心耶！雖然沒有表現出來，但其實他很開心媽媽回來嘛！

「我會著手準備，一天內就把邀請函送到身居要職、作為旁系親戚和擁有領地的貴族等人手上。」

「不要邀請萊歐斯。」

「邀他的話，他會來嗎？」

如果想找碴應該就會來，不過就算來了也肯定會被爸爸洗臉，所以鐵定不會出席，他就待在王宮陰森森地咒罵著洛克斯伯格吧。因為不想看到笑面泰奧多爾，也就不邀了，至於四小節……要不要邀啊？如果約翰沒有偷偷幫她買酒，應該會來吧？

喔對了，我都忘了昨天跟瑞姆還沒討論完黑魔法的事，真的要被路克搞昏頭了。她白天要印邀請函，肯定沒空……反正這些人今晚又會在這裡集合，到時候再談好了。

我把傑克踹醒，叫他幫我暫時鬆綁，讓我完成早上的梳妝準備。等爸爸上班、我結束打理，其餘的人才陸續起床，然後我們朝氣勃勃地前往工作場所。

因為爸爸的臨時要求，今天肯定會更忙，上班後大家絕對都會嚇到的。

我很驚訝，工作量居然跟平常一樣，甚至爸爸出席王宮會議不在家，卻依然什麼事都沒發生。

這一切都多虧了代理公爵職務的媽媽，以及短暫回歸的布朗女士，公務才沒有增加。而且媽媽知道我今天要印刷跟發送邀請函很忙，就主動把我今天的工作全包了。

好驚人，太驚人了，這就是洛克斯伯格歷史上也沒幾位的洛克斯伯格一級行政官的能力嗎？

再加上媽媽今天有好好打扮，披上我、里溫、爸爸也會穿的洛克斯伯格專屬制服上衣……哇啊，還以為是什麼北方大公呢。雖然這裡不是北方，媽媽也是公爵夫人，但真的以為是北方大公啊。

諾伊特倫公爵大人抱歉了，老實講，我媽比你更適合北方大公的位置，而且你也不是大公，只是個公爵而已。

真的是喔，怎麼會有這種人類存在呢？怎麼有辦法身強體壯、擅長戰鬥，還很會工作呢？

如果說爸爸的工作模式像個沒有感情的機器，那媽媽的處理方式則可以說是一臺推土機——

她在部門重組及裁掉無用人員的部分，展現出了卓越能力……哇啊，完全稱得上是人事異動方面的鬼才吧？

所以是光看呈上來的報告就能立刻判斷要把哪邊裁掉的意思嗎？好想學喔，這真是我非常想請教的能力。

總之，我也因此鬆了口氣，今天一整天只要把邀請函送出去，再處理宴會細節的相關業務就好，綑繩也因為傑克的善心而換成一副漂亮手銬了。

這該死的手銬也真是漂亮，怎能鑲上這麼多亮晶晶的漂亮寶石呢，而且材質不知道用了哪個合金配方，是很美的玫瑰金色系，這個如果跟僕人說是飾品，應該也賣得動喔，真是手藝巧到很噁心的傑克．布朗。

「瑞姆．巴特！瑞姆．巴特人呢？這張樣品的色調不好看，重印！」

「呃啊啊！明明是羅莎莉特小姐把範例畫得像狗屎，怎麼能嫌成這樣呢！」

「喂！我的畫哪裡像狗屎了？妳這是什麼對上司講話的態度！」

「既然是狗屎，當然就稱它狗屎啊，不然要叫什麼？」

不要再一直狗屎來狗屎去了！

我跳起來打算揍她一頓，瑞姆立刻帶著樣品衝進印刷室把門關上，這小鬼真的是！是因為自己昨天立下功勞就開始蹺上天了嗎！

「羅莎莉特小姐，名單寫好了。」

喔好，到時候再把這些印在邀請函上吧。

只要等最終版本確定便能快速完成，然後再以急件寄出即可，至於業者就找跟公爵家有簽訂專屬契約的廠商配合吧。

在事情整理得差不多告一段落後，我還是很在意路克的狀況。這小子昨天沒吃晚餐，今天也沒吃早餐，光看他這種工作方式，應該也跳過午餐了。

那小不點難道就看不見在他身邊哽咽做著三明治的艾斯托嗎？

艾斯托從剛剛就戴著衛生手套不斷做三明治，先是將蔬菜和火腿夾進麵包，再塗上醬料，接著推到路克嘴邊，而當路克拒絕一次，她就會梨花帶淚地把那份三明治送到自己嘴裡，一邊咀嚼一邊做下一份三明治。

換作是我，也會因為覺得很煩而勉為其難吃個一口吧，這傢伙看起來好像是認真的……

我鬱悶地狂搔頭，又重新看了一次契約，突然發現路克提出的條件僅限於自殘與自殺而已。

「……」

喔？這意思是他殺並不包含在這內吧？那我只要收買一個人來殺我，動點手腳不就成了嗎？這小子看來是太過焦急才會沒想到這部分吧！

「里溫！我的印章呢？去把公爵繼承人的專用章拿來！」

「是，姐姐！」

在路克發現前我要趕緊蓋章，這孩子已經將近一天都沒吃飯，再這樣下去會餓死的。說白了，我會跑到這麼遙遠的星球，不就是因為他嗎？我可不想看到他餓昏的樣子。

我在契約項目中追加一條，也就是契約成立後，乙方不得再以是否攝取飲食作為威脅甲方的條件，接著便和兒子握手蓋章了。

我一寫下不會再自殘或自殺的保證書，辦公室立刻響起掌聲。莉莉、維奧萊特、傑克、里溫、葛倫少爺等人，都對我作出這個重大決定表示欣慰及驕傲，艾斯托則是因為總算能讓路克吃下三明治，一邊歡呼一邊開心地遞出食物。

路克大口咬下她遞上的營養滿分三明治，笑嘻嘻地對著我比來比去。

「總算上當了，羅莎莉特小姐！我終於贏一次了！」

什麼？什麼意思？我們有打賭嗎？贏什麼？

我表示困惑，但路克大概是真的很餓，連艾斯托遞給他的下一份三明治也吃光光後，才把一枚銀幣了拿出來。

「偽裝成他殺的狀況，您以為我沒想過嗎？」

……什麼？可是！不管正面還背面都沒寫到這條啊？我又不是第一次簽契約，檢查得超級仔細耶！

一見我露出慌張神色，路克自信滿滿地用銀幣刮開契約書的金箔裝飾。

就像刮刮樂一樣，金箔被刮開，上面出現「被發現偽裝為他殺時，增加違約金」的條款。

「這是詐騙！是詐騙！你這大騙子！」

「哎呀，所以說要好好讀契約啊，是沒看到這條明明白白印在上面的條款的羅莎莉特小姐的錯。」

「這明明就是欺騙別人的傢伙的問題！胡說八道！」

不顧我大聲反駁，身為兒子的傢伙專挑會激怒我的話講，他摀著耳朵說，既然都已經簽約蓋章，就必須遵守契約，並假裝沒聽見我說的話。

這臭小子雖然很惹人厭，但想到孩子成長到贏過我的地步，這個事實另一方面又讓我感到很欣慰……真是心情複雜啊。

「通常這種事，身為父母都會輸給孩子的，羅莎莉特小姐。」

「請展現出為人母的肚量，小姐。」

葛倫和傑克也都在偷笑，看到我被騙就這麼有趣嗎？

嗯……看到大家因為我一個人而一團亂，瑟琳的問題也還沒解決，我暫時也沒有想死的念頭啦……

「好啦好啦！是我輸了，就當成契約成立了吧！」

我舉起雙手投降，里溫和路克興奮地牽起手開始跳舞，艾斯托也很艾斯托地一邊爆哭一邊做三明治……

真是……很奇妙的光景。

「話說回來，傑克．布朗，既然我已經簽保證書，現在可以解開手銬了吧？」

「不行，我又不是第一天認識小姐，誰知道您會耍什麼小聰明？」

我好討厭你，你太懂我了，我一開始抱怨，葛倫又摀著嘴笑，接著才繼續進行宴會準備。

反正到時候一定會有跳舞環節，宴會場地就選在我們家最大的本館舞廳吧。昨天彼得把鏡子叼走了，只要趕緊施工補強那邊就好……

說到施工才想到，明天應該就能完成玄關樓梯修繕作業了吧？等爸爸從王宮會議回來，要趕緊讓媽媽回去當施工人力。

因為媽媽把我其他工作都攬去做，事情比預期中更早結束。開會回來的爸爸在晚餐時間大談他的英勇事蹟，說在他的嘮叨之下，終於讓國王陛下的淚奪眶而出，還痛快地哈哈大笑。媽媽在一旁幫腔說愛迪是她的驕傲，路克則是在睽違一天後終於好好吃了頓飯，傑克和艾斯托又拿食物在那邊吵架。

我人生中曾看過參與人數這麼多，氣氛又溫馨的洛克斯伯格家餐桌嗎？眼淚莫名在眼眶打轉，我用衣袖擦拭眼角。

葛倫少爺緊抓住我的手，或許是想安慰我吧，即便他沒辦法完全迎上我的視線，害羞之下卻也還是悄悄地用他的手疊住了我的……

要不是手銬的關係，我就會直接幹出在外頭難以啟齒的事了，我到底為什麼要這麼衝動呢，可惡，該拿這隻湯氏瞪羚如何是好啊！

我盤算著能不能在傑克·布朗的監督下，改讓葛倫跟我一起銬上這副手銬，最後搖了搖頭。今天要合宿，我又不能在家人齊聚一堂的場合做那種事，而且媽媽跟爸爸睽違二十年才重逢，現在也是因為我的關係才在克制自己。

所以我要忍，必須忍住，我只能忍了。

我唱著亞蘭國歌，平復我波濤洶湧的心情，高雅地吃完晚餐。用餐後果然又是為了監視我而準備合宿，大家身穿比昨天更正式的服裝開始了類似睡衣派對的活動，並聘請我們家唯一的黑魔法師瑞姆·巴特進行黑魔法講座。

有關何謂黑魔法、施展在我身上的黑魔法以何種模式運作的議題，雖然瑞姆講解得非常爛，但在爸爸的協助下，她的發言被重新詮釋為非常流暢的亞蘭語。

爸爸還一邊講一邊補充一些他覺得怪怪的地方。比如說，如果黑魔法師是在類似恍惚的精神狀態或強烈的自我催眠下，和異形存在簽訂契約，那不就跟拉爾古勒的神官差不多？

喔喔喔……對耶，我還真沒想到這部分。

這麼看來，神官的治癒之力也是強力的自我洗腦的成果，而異端的召喚神官，也同樣是用召喚的方式叫來異形怪物的吧。

若以一般魔法師都是因為生活經歷或魔力親和性而走上這條路來看……神官比起他們是更加接近黑魔法師的存在。搞不好這兩者之間有關係，或是擁有相同的脈絡也不一定。

理解這個事實後，最感到驚訝的人是瑞姆，她驚呼著「對耶」，使爸爸用看可憐東西的眼神望向那顆棉花糖，並抱著她反覆地說「可憐的東西，真可憐」。

目睹這幅光景而氣瘋的媽媽又吵吵鬧鬧地要把兩人分開，爸爸怒道「為什麼要對可憐的孩子做這種事」，然後媽媽又愛迪長愛迪短地垂下尾巴……

簡單總結來講呢，就是又變得一團亂的意思。

不管這些人吵不吵架，我和葛倫少爺已和睦地準備躺平。既然跟路克和好了，為了紀念這一刻，我拍拍我跟少爺之間空出來的床鋪空間。

「路克，今天就和爸爸媽媽一起睡吧！」

其實我一直很想嘗試這件事，也就是爸爸媽媽跟小孩以川字形的方式排列，一起睡覺。但我興奮的提議讓路克這小子又擺出了莫名的死魚眼，在傑克身邊找好位置後直接蓋被就寢。

「路克，路克，你有聽到媽媽說的話嗎？」

「是小姐的不對，就別再說了。」

不是啊為什麼又我不對？我抱怨著傑克最近對我未免也太刻薄，此時卻突然聽到公爵夫人輕快的聲音。她可能是精神不太正常，在爸爸跟她自己之間挪出了空位，接著拍拍那裡提議。

「羅西，那妳今天要跟爸爸媽媽一起睡嗎？這邊已經挪出妳的位置了唷。」

「葛倫少爺，關燈吧。」

胡說什麼東西，是瘋了嗎！

我叫葛倫把燈關掉然後蓋被睡覺，雖然好像有聽到媽媽的啜泣聲，但我努力地左耳進右耳出。

時光流逝，來到宴會當天下午，我纏著維奧萊特幫我在頭上別小鑽石、寶石，還把頭髮盤起來、替瀏海加捲度，最後再戴上花冠，才好不容易放她走。

因為我要跳舞，衣服和鞋子依照我的意願，以便利性為首要選擇，所以侍女就在我的髮型上特別傾注心力了。

我的頭好重，光是這些髮捲、髮片、裝飾品等等加起來應該有十公斤重吧？

這樣我空中旋轉的時候脖子應該會斷掉？我一表達不滿，維奧萊特及負責治裝的侍女都一致表示，要我別在宴會上做空中旋轉之類的動作。

不是，妳們這些人，我如果不做空中旋轉的話幹嘛跳舞啊？

「姐姐啊啊啊！」

對嘛，我就在想你怎麼還沒闖進來。

我預期里溫又要跟我衝撞身體，擺出了準備姿勢，但令人驚訝的是，這小不點是抓住我的腰將我抱起，然後開始瘋狂旋轉。

「您好漂亮啊啊啊——」

喂喂喂我頭要斷掉了，我的頭！

他現在是覺得自己長大了，就可以把我當成物品舉起來嗎？我叫里溫身邊的傑克・布朗阻止這孩子，這人立刻向里溫出拳。

里溫輕輕放下我，躲開傑克的攻擊，然後蹲下又立刻起身，朝著傑克腋下出擊，傑克則揮動手臂讓衝擊降到最小，再用另一隻手臂撐住地面作為軸心，朝里溫的脖子出腳。

因為是扭了一下身軀才勾腿出擊，為了回到原本姿勢的反作用力讓里溫的脖子瞬間彎了下去。

如果這招成功，里溫就可能丟掉性命，這讓我全身起了雞皮疙瘩，但他好像在表演什麼卡波耶拉[1]一樣，全身順著傑克扭脖的方向一轉，抵銷了攻勢。

「呿！」

「呃！」

喂喂你們不要覺得可惜好嗎？沒人受傷就已經很好了，為什麼會出現因為沒扭斷對方脖子而遺憾的神情！

1 Capoeira，亦譯為巴西戰舞，是一種十六世紀時由巴西黑奴發展出的文化藝術，介於舞蹈與武術之間。

「不要打架了……」

「我們沒有打架。」

「沒有打過架啊，姐姐！」

好喔……你們既然這麼說，那就是這樣吧……我也不知道了，就，要打架也隨便你們，反正不要受傷就好了。

「……」

這麼看來，這不是爸爸常講的話嗎？原來如此……跟布朗生活久了就會習慣講這些話了啊。

「對了，您欽點的東西已經做好了！」

呃嗯……真的做出來了嗎？

因為手銬之間的鍊子太短會讓我沒辦法跳舞，我氣得說如果沒辦法加長就要鬆綁，傑克便答應了我。

畢竟是出席宴會，我說如果鍊子不像玫瑰金這樣閃閃發光又漂亮，那我也不戴，沒想到才一天居然真的做出來了……這傢伙的手藝也未免太好了，可惡。

「羅西啊啊啊啊啊啊！」

天啊！前方有敵人！

我正想帶著孩子們去巡視大家作好迎接賓客的準備了沒，穿得非常非常華麗的媽媽出現在了我的正前方。

才一個早上的時間，是去哪裡找到這麼漂亮的禮服啊？反正流行是會不斷輪迴的，我猜應該是媽媽把以前穿過的衣服重新改過再穿出來……但不管怎麼看都覺得這個保存狀態也未免太好了吧！那個白金裝飾的劍是怎樣？太美了吧！為什麼就不幫我掛這種東西呢！

「里溫！傑克！錐形突破陣法！」

「是，姐姐！」

「是，小姐！」

我不能現在就被絆住，於是一如既往地向里溫和傑克下達指令，讓他們熱身。而所謂的突破陣法其實也沒什麼特別，就只是他們身先士卒拖住對方，讓我有時間脫身罷了。

在我準備的期間，里溫和傑克勇敢地朝著媽媽撲上去，跟之前不同的是，媽媽可能也意識到這兩人是她必須手下留情的對象，於是很克制地沒有痛下殺手，並在一來一往間找到空檔，用手掌推開兩人胸口。

在我看來雖然可能只是單純地推開而已，但孩子們都往後滾了個老遠，真是有夠離譜的，人的身體到底怎麼有辦法施展出這種力量呢？

「姐姐，趁現在！」

「好喔！」

里溫把雙手墊在一起充作踏板，我踩著他一跳，接著踩過傑克的肩膀再跳一次，最後抓住了媽媽的肩膀。在空中旋轉一圈才落地的我，頭上的鑽石寶石嘩啦啦地掉在地上，但對維奧萊特感到抱歉的事就以後再說了。

我用手銬繞過媽媽的脖子試圖拉扯，她可能預判到了我會嘗試勒擊，於是抓住鍊子試圖逃脫，然而她誤判了一件事——便是以為我的攻擊就只會這麼單調。

「指定事物！進攻術式！釋放！」

「啊啊啊啊啊！」

黃金的導電率是百分之七十一點八！何況玫瑰金還是銅合金！手銬沒有為我設置安全裝置，所以如果媽媽哇哇叫，我也會一樣地哇哇叫，但我跟媽媽之間還是存在著決定性差異。

那就是，我有同伴！

「里溫、傑克！快跑！走吧！」

「是，小姐！」

「是，姐姐！」

哎，現在總算能放心繞繞了，雖然聽到維奧萊特在我身後氣急敗壞地質問頭飾要怎麼辦，媽媽也哇哇大哭著說羅西都不陪她玩，可是這些坦白說都不干我的事，我要先去玩耍了。

好久沒有這麼多人齊聚一堂，還能跳舞，多棒啊。從今天白天到黑夜，直到嶄新的太陽升起為止，都是派對時刻！

如果我是迪◯尼公司員工，這個時間點應該在唱歌吧。今晚是睽違一年的跳舞派對，我肯定會唱著歌問大家要不要跳首藍調或是恰恰恰，雖然我其實全部都會跳一遍就是了。

「一！二！恰恰恰！」

去程也挺無聊的，那先來恰恰恰一下好了，我在前往舞廳的走廊上牽著里溫的手跳了一遍恰恰恰，沒有比恰恰恰更適合在直行路線跳了，速度都變快了呢。

我一邊跟已塞滿會場的賓客打招呼，一邊踩著舞步迅速穿越走廊，在路上還看到一個和舞會相當不搭的粉紅矮冬瓜，我擔心他是不是跟爸媽走失了才搭話，卻發現這個小不點居然是大海那端的鄰國四皇子。

他居然到現在都還在我家嗎？我是真心嚇到大叫，那個粉紅矮冬瓜氣沖沖地追上來說要殺了我，我立刻跳上里溫的背逃走。

是派對啊！太陽下山後正式展開舞技對決！

光是我發出去的邀請函就有三百張，再加上攜伴同行的人跟沒發邀請函也不請自來的旁系親戚，總數約有一千多人，遊樂場開張囉。

除了辦公區域外，本館開放了一半的空間，舞廳和庭院燈火通明，馬車專用停車場也水洩不通，僕人們忙得不可開交，不斷補上酒水和食物。

這已經不是派對等級的活動了，是慶典！回首過去數十年，就連王室也不曾舉辦如此規模的宴會。

雖說洛克斯伯格公爵夫人睽違二十年總算回家，的確是件非常值得高興的事，但還是不免擔心戰爭期間聚集這麼多人在這裡揮霍，真的沒關係嗎……沒想到此舉卻反過來穩定了民心，讓百姓們作出了「既然洛克斯伯格玩成這樣，那應該還不到國家有難的地步」的判斷。

也是啦，如果國家要亡，肯定會最先帶著家產逃走的洛克斯伯格家，現在卻在家玩成這個樣子，反而會讓大家安心吧。

該說是只要我們不出國境一步，就還算沒事的程度嗎……

「羅莎莉特小姐！」

哎呀，這又是誰啊！這不是珍妮特嗎！在她被桃樂絲小姐拖走以後，還以為她再也來不了我家了，居然這麼快又能再見到她！

她看起來應該是想跟我一起跳舞，我摸摸穿著褲裝跑來的珍妮特小姐的頭，詢問她的近況，珍妮特說她可是收集了十張乖寶寶貼紙才總算能來這裡。

嗯……好喔，雖然我非常好奇什麼是乖寶寶貼紙，但還是不要問好了。

「羅莎莉特小姐，您完成第一支舞了嗎？如果還沒，我想接下這曲！」

「嗯哼！這場宴會的主角都還沒開舞，我怎麼可以先下場呢？而且要按照順序來，我跟葛倫應該先跳才對。」

「那我當第二個！」

「已經被訂走了，里溫的速度很快的。」

「那第三個呢？」

「哎呀，真不巧，今天菲埃那勒小公爵也有出席。」

「……第四個呢？」

「這……我已經跟路克邀舞了，也不能撇下他……」

「第五個呢？」

「妳真是很死纏爛打耶。」

「第五個呢？」

「洛克斯伯格公爵大人。」

「第六個呢？」

「洛克斯伯格公爵夫人。」

「第七呢！」

「對耶！第七個還沒人預約！」

「那好，我要幸運七！」

好，妳覺得好那就好，好險。

我將珍妮特介紹給我們家的旁系小朋友認識，接著又繼續巡查。那個粉紅頭髮的小不點眼睛冒著火在尋找我們家艾斯托，可是艾斯托不知道躲去哪了，從一大早就不見人影。

早上一起床她就在我耳邊悄聲說，她不能被那個粉紅頭髮發現，所以會躲起來保護我，接著就消失得不見人影，甚至沒有任何動靜……這人到底還有多少隱藏才能啊？原以為這孩子不適合這個職業，結果她還能不發出任何呼吸聲藏身嗎？威爾應該會很想要這種人才吧？

「傑克・布朗。」

「是，小姐。」

「你知道艾斯托現在躲在哪嗎？」

「雖然這點讓我非常生氣，但我也不知道。」

艾斯托到底是做什麼的啊？我看準備好的宴會食物在某個瞬間突然少了很多，她肯定就在這裡的某個地方啊……

「喂！」

喔喔，這尖銳的聲音不是四小節嗎？在又被罵頑固前，要趕緊去服侍她才行。

儘管我本來就有預期她如果沒喝酒，應該會因為閒著沒事而出席，不過我也沒料到她居然會如此盛裝出席，甚至還帶著護衛。

四小節越靠近我，我的目光越不自覺地看向約翰。

什麼意思啊這個修長的男人？這是我人生中見過約翰．布朗最帥的時刻耶？

「孩子啊，約翰．布朗。」

「是？」

「喂！妳幹嘛忽略我！」

「為什麼連你也穿得這麼正式？頭髮又是怎麼回事？你有塗什麼嗎？難道是做了造型？」

「不是，那個……」

「喂！羅莎莉特．洛克斯伯格！妳沒聽到我講話嗎！」

「衣服也是平常沒見過的禮服，這是新訂做的嗎？」

「這倒不是……在任命典禮當天穿過一次，之後就沒穿過了……」

「妳這小頑固每次都不先跟我打招呼！」

啊啊啊！我的脛骨！那個矮冬瓜又踹我的脛骨了！

我抱著疼痛的腳跳個不停，抓住待在角落、正尋找艾斯托的涅爾瓦四皇子的手。

既然沒辦法揍四小節，那就只能這樣報仇了，不然還能怎麼辦。

「好了好了，我們四小節殿下別生氣了，我帶了一個跟您年紀差不多的朋友過來，你們一起玩得開心喔。」

「喂！妳是覺得我很可笑嗎？去哪裡帶來這種好像幼兒園剛畢業的小鬼！」

「妳從之前就已經對我非常不敬了！想說妳是艾斯托小姐的上司才給妳方便，妳到底是去哪找來這種巴掌般大的小姐！」

啊……雖然我也有想過，不管他國的落魄皇子是不是來我們國家逃難的，但他們畢竟對彼此毫無興趣，所以應該沒有互相打過招呼，但他們現在這樣，反而讓我更難為情了呢。

這該怎麼辦？應該要解釋的，唉……真的不能不解釋，可是我的心好疼啊，真心的。

「雖然他跟我們非常熟悉的那幅肖像畫長得有點不一樣，但這位是涅爾瓦・提亞努斯・拉爾古勒大人，比四小節殿下還年輕四歲。」

「……」

「……」

「這邊這位是四小節殿下，是亞蘭王國光榮的公主。」

「……」

「……」

兩個人先是看了我，再互相看了彼此，然後便深深嘆了一口氣，伸手狂抹自己的臉。兩位看起來腦中都有很多想法，而那些想法之中肯定有著深深的悔恨吧？所以說啊，誰叫你們都要用肖像畫騙人呢？

格雷絲殿下只要摘下眼鏡就跟肖像畫長得一模一樣，還不到詐騙水準，但涅爾瓦先生就真的是過分了，真的修太大了，到底有誰會把那幅肖像畫跟這個人聯想到一起呢？

「啊……那個……您本人……長得好看很多。」

「哈……那個，您非常童顏呢……」

對嘛，你們都好好反省一下，以後請注意自己的發言好嗎？而且既然都要注意發言了，最好是連那雙腿也多加注意，不要無聊就亂踢人，我脛骨真的要痛死了。

在兩個人尷尬互道姓名之際，宴會主角總算牽著爸爸的手登場了。踩在本人親自修繕的大理石階梯上的媽媽一出現，樂團就演奏起柔和的音樂，兩人走向舞廳的途中，掌聲與稱讚不絕於耳。

其中大致上都是些一級行政官回來了，洛克斯伯格未來二十年肯定走著康莊大道之類的話語，偶爾也會聽到稱讚媽媽很美的聲音，雖然只是非常一點點。

再加上那個，怎麼覺得……抛下公主一直跟著我走的約翰看起來很不尋常。這張呆呆的臉是怎麼回事？為什麼有種成年後再次遇到初戀的老師，回想那些美好過往時，臉頰泛起紅潮的純樸青年的感覺……

……對吼！說起來這孩子好像說過他覺得我媽最美吧！約翰，你難道喜歡我媽嗎？

「你喜歡我媽媽嗎？」

「請小聲一點，喜歡又不是罪。」

幹嘛喜歡有夫之婦啊你這笨蛋！為什麼要喜歡這世界上最沒機會實現戀情的對象呢！你之後不打算結婚成家了嗎？就因為你都不結婚，你底下的弟弟妹妹才都跟著你不結啊！難怪你今天會這麼盛裝出席！

我因為困惑及發瘋而狂拍約翰後背。

爸爸結束他的演說後，派對的第一支舞開始了，依照爸爸的喜好，是以探戈作為開場。現在不是理約翰的時候，要先去找葛倫少爺才行……

「噢……」

我應該要去找少爺在哪，目光卻無法從爸媽身上移開。儘管睽違了二十年才重逢，但他們默契還真好耶，好羨慕喔。看看那個下腰，要能遇到一個和自己跳舞這麼有默契的人也是福氣啊。

嘖嘖，這麼說來，在拉爾古勒跳皇室探戈時，我跟路西路西也是默契絕佳吧？真是的，要不是因為兩國各自忙得不可開交，還挺想偶爾和他約見面跳跳舞的，真可惜。

「羅莎莉特小姐。」

喔喔喔葛倫少爺！我絕對不是撇下你在想別的男人喔！

我心虛地準備發出甜甜的撒嬌聲，看向少爺。

啊，好可愛。

少爺戴著一個很大的蝴蝶結，戴著搭配我禮服顏色的藍絲絨大蝴蝶結的葛倫少爺看起來真是可愛斃了！難怪我今天頭上有冠冕，禮服也選了可愛風格的，現在是要告訴大家，我們是這個家的小孩擔當是吧？

「葛倫，你今天真可愛，平常像是淋雨的繡球花，今天則和勿忘我一樣可愛。」

「不、不要再開我玩笑了。」

「我哪裡開玩笑了？只是把我看到的如實說出口啊。」

我把葛倫拖到約翰和傑克面前，問他們不覺得少爺今天真的如勿忘我般青澀可愛嗎，兩個人都說我所言甚是，表示同意。

你看吧，我說的沒錯嘛。

「別再說了，因為羅莎莉特小姐是上司，傑克和約翰也只能附和啊。」

「怎麼可能？你們剛剛是為了讓我開心才說謊嗎？」

「哪有？葛倫先生真的很像勿忘我呀。」

「老實說，我不太清楚勿忘我是什麼，但是我也同意。」

「就是那個嘛，比繡球花的花小一點，很細密小巧又可愛的花。」

「啊，如果是我想像的那個，那葛倫先生確實跟勿忘我很像。」

看吧，我又沒講錯！

我得意洋洋地大笑，少爺則低著頭把我拉到舞廳中央。音樂不知不覺變成華爾滋了，我向為了今天作足準備的葛倫少爺進行最後確認。

「如果中途覺得累就隨時跟我說，不會有任何人怪你的。」

「沒關係，我進行了很多練習。」

嗯嗯嗯，真乖，即使腿部不方便，還是為了跟我玩而練習了是吧？華爾滋是比看起來更累的舞種，還得抓住平衡。

看著葛倫把枴杖丟給傑克，我走向他，和他靠得比平常更近，再一把摟住了他的腰，雖然這和華爾滋的基本姿勢有點落差，但葛倫會舒服一點吧。

爸媽依然在跳舞，並展現出了很讚的華爾滋舞步，我們則照自己的意思開始小小踩起步伐。

很好，跳得很棒，往後，然後在這邊把重心放到我身上。因為他看起來跟得還不錯，我試圖展示技巧施展跨步，葛倫摟著我的腰，一邊咬牙一邊支撐著我。

我因為他的表情太努力而忍不住竊笑，葛倫一臉生氣地說我每次都只顧著捉弄他。

不是啦，我不是故意的，是因為你很可愛才會這樣，是因為可愛！我又沒命令少爺要作為可愛生物出生，是少爺你自己隨心所欲地這麼可愛，這可不能怪我耶。

既然要捉弄他，我偷偷察看四下狀況，接著把臉湊到葛倫的耳邊，親了他的耳垂，還發出啾一聲。葛倫嚇了一大跳，指甲掐住我的肩膀。

路過看到這個場面的爸媽，對著我露出噁心的眼神，接收了混雜著「她喜歡做那種事啊」、「她怎麼會變成這樣」這麼多種情緒眼神的我，拖著用指甲掐著我肩膀和腰卻又在原地僵住的葛倫，走向舞池外圍。

傑克已經在那邊提前準備了椅子，還拿著要讓葛倫降溫的扇子。我把後面的事交給了他，隨後為了跳下一支舞而開始找人。

要跟我跳第二支舞的里溫說想雪恥，所以邀請我跳搖擺舞，他說其實在社交界出道那天，他是會跳搖擺舞的，只是為了裝模作樣才錯失機會，我在他身上感受到了深深的怨念。

那都什麼時候的事情了，到現在還記在心上嗎？一生氣就是記一輩子，真是不折不扣的洛克斯伯格。

我和里溫團團轉圈，偶爾也來幾次空中迴旋，在縱橫舞池之際，也對著依然在跳舞的爸爸媽媽發出牽制與挑釁的手勢。里溫和我這個組合應該有機會在舞蹈對決中贏過爸媽吧？

就這樣用舞蹈對決到快要打起來之際，我們家樂團指揮突然中斷音樂，讓我們沒能完成這場比試。

他看起來是對尬舞很敏感的人，應該是不允許自己的音樂被利用吧？反正喔，就是得摸清楚藝術家的脾氣才行哪。

我遺憾地送走里溫，接著牽起來自菲埃那勒的精靈青年的手，他又在我面前臭罵菲埃那勒公爵，還一直哀求我千萬別再當她的面提起他爸爸的事。

他說公爵雖然不特別表現出來，但那其實是她非常在意的部分……甚至她最近也開始漸漸懷疑老公是不是真的逃走了，對這部分有著非常重大的自卑情結……好吧，既然這樣，那我以後也只能多注意了。

在送走菲埃那勒小公爵後，爸媽不停歇地繼續跳舞，我把路克截走，跳起熱情的捷舞。

我真的好喜歡這個踩完步伐定點後把手抬起來的部分呀！因為很開心，還可以加入一堆即興舞步，我就在路克面前興奮地表演，這唯一的兒子卻皺著臉說我很吵，並對我脖子跟手腕佩戴的東西表示興趣。

我自己逛宴會場時有觀察大家的反應，聚在這邊的人好像都以為我被迫戴上的鎖鍊和手銬是飾品。既然這樣，那我是不是應該先拉攏貴金屬和金飾工廠的老闆比較好？尤其這個玫瑰金看起來就會爆紅。

相信洛克斯伯格百貨公司社長慧眼的我向他拍胸脯保證，自己會從傑克那裡問到合金配方，並承諾一定提供他全力支援。

如果要做玫瑰金，那就訂個玫瑰金日好了，比起玫瑰，送給心愛的人玫瑰金吧。

啊哈，這個口號真讚，這應該是能成功的營業項目喔，上上上，我們肯定可以發大財！

在樂曲結束之際，我遺憾地抓著路克的肩頭跳起來，讓兒子抱住我後再定點把手臂攤直，於是路克又說出他平常也會講的嘮叨。

「這樣會受傷的！」

哎，就不會受傷啊你幹嘛這樣？你哪時見過我跳舞跳到受傷了？

路克一邊碎碎念一邊放下我，我跟媽媽擊掌後交換舞伴，這次的舞伴是爸爸嗎？嘿嘿，那我就不能鬆懈囉。

「我來學一手了，公爵閣下。」

「要學也沒剩多少時間學了，盡情享受吧。」

啊啊啊，這句帶刺的話是什麼意思？該不會是因為媽媽回來，你就要立刻退休了吧？是嗎？你現在是要把我獨自丟在這個地獄，自己逃脫的意思嗎？

我有點誤上賊船之感地狂問個不停，爸爸卻陰險地只顧著笑，始終不回答我。不行，你不准走，至少未來十年都還不行，你乾脆殺了我吧！

我原封不動地說出剛剛那些話，爸爸似乎被最後一句話刺激到，在跳舞過程中也替我按摩耳朵，他不准我再說那天殺的去死之類的話，會讓他差點心臟病發……

嗯……原來如此，原來我自殺的消息讓爸爸差點心臟病發了是吧？其實要是爸爸心臟病發，我覺得自己的心跳也會跟著停止，那就當成我們扯平了好不好啊？

我才剛熱身完準備開口，媽媽已經跑來旁邊等著接下來換她了。爸爸表達自己會讓步的意願，並把我的手交給媽媽，媽媽開心地脫掉高跟鞋緊抱著我。

「您會跳男生的部分嗎？」

「那當然！我為了勾引愛迪的那六年，什麼都做過了！」

好喔……真是厲害……

但我現在好難呼吸喔，不要這麼用力勒緊我的腰，我快窒息而死了！

媽媽大概是覺得我掙扎搖晃的樣子很有趣，一面大笑一面扛著我轉圈。我試圖說服她照規矩跳舞，此時卻突然聽到舞廳大門口傳來很耳熟的乾癟老頭的聲音。

「女兒兒兒兒，我的女兒啊啊啊！」

什麼，這不是塞基先生的聲音嗎？但為什麼聲音聽起來這麼半死不活？他不是去真魔塔了嗎？

我嚇得看向舞廳入口，只見一副乞丐樣的兩位大魔法師拄著樹枝支撐身體，艱辛地走進來。

「女兒兒兒兒，我的女兒啊啊啊！」

哎，我好像該回應他耶，雖然很想立刻衝上前高喊一聲把拔，不過我現在是得看人臉色的立場啊……

問題出在媽媽。如果這個當下我喊塞基先生把拔，後面會有什麼可怕的事等著我呢？我十分害怕，想到媽媽殺氣騰騰質問我明明有個好好的爸爸，為什麼還要叫塞基把拔，就不禁心驚膽戰。

嗯，雖然是因為爸爸很好欺負，所以我才能一直叫塞基先生把拔，可是在媽媽面前會變得渺小，這就是為人女兒的心情。

「塞基叔叔？」

令人訝異的是，居然是媽媽先有了反應。媽媽停止跳舞並看向塞基先生，這些一身乞丐樣的大魔法師發現媽媽也是一陣驚訝。

「老太婆，那邊那個孩子，不是老太婆妳家的狗狗嗎？」

「哎，我的小狗狗啊！」

金瑟蕾娜小姐落魄又開心地跑過來，媽媽於是轉成有禮貌的殺氣騰騰模式。儘管很可怕，但感覺不是我造成的問題，於是我安心退開一步。

華麗的派對現場，到處都是穿著漂亮衣裳並散發好聞香味的人們，身處於這些之中的，卻是一副乞丐模樣的兩位大魔法師。

對於主辦這場派對的爸爸而言，這是非常令人感到不快的狀況，媽媽的憤怒值也非同小可。

「老太婆，就因為妳包庇那個瘋女人，妳知道我們羅西變成怎樣了嗎！」

啊？看來她抓狂的理由不是爸爸，而是我啊？不過我也只是在得到一堆提示後，卻因為對瑟蕾娜和瑟琳的理解度不足才失敗，也不至於這麼生氣啦……但我怕要是一個亂插手就可能遭受波及，所以決定要靜靜待著。

「不是啦，妳聽我說，妳搞出來的那孩子的事，我們都很清楚內情，也有盡全力幫忙……」

「別吵，老太婆！這一切都是你們害的，有什麼好炫耀自己哪裡做得好啊！」

生氣的媽媽好可怕，連原本還在嘻嘻哈哈的一千多人也會統統閉上嘴。

瑪麗亞．洛克斯伯格女士拿起掛在禮服上的劍。

她該不會要用它殺人吧？我內心擔心了一下，但好險事態沒有發展到最糟狀況。

媽媽晃了一下禮服裙襬，在眨眼間就移動到瑟蕾娜小姐身旁，接著便揮舞那把裝飾劍，重擊瑟蕾娜小姐的後腦勺。

鴉雀無聲的舞廳裡迴盪著後腦勺被重擊的聲音，就算沒有拿劍刺人，這種程度的重擊，也還是令人不免擔心會不會出人命啊。

不過看塞基先生迅速確認瑟蕾娜小姐是否斷氣又隨即安心的模樣，應該是還不到致命傷的程度。

然後塞基先生為了不被揍，也盡了他的全力。

「我一直都是站在羅莎莉特那邊的！」

聽了塞基先生的話，媽媽氣沖沖地看向我，嗯……塞基先生到目前為止都替我完成了我想做的東西，他能被我剝削的地方也都剝削得差不多了，在抓瑟琳的時候也有盡可能地幫我。

我點點頭表示塞基先生說的話沒錯，媽媽確認我的答案後，把裝飾劍綁回了禮服裙襬，然後跟僕人拿了一個紅酒杯高舉大喊。

「看來是流浪漢看到公爵家的華麗燈火走錯路了，派對繼續進行！」

接著她就豪放地一口乾了，僕人們則把昏倒的瑟蕾娜小姐和塞基先生拖出去，大家總算能安心地繼續享受這場派對。

因為還得看媽媽臉色，我只好先告訴被拖出去的塞基先生，他們接下來該採取什麼樣行動。

「你們先盥洗更衣，再假裝是受邀參加派對的人混進來吧，我會先跟僕人們說一聲。」

「女兒啊，女兒！我因為那個老太婆真的是喔，可惡！」

好啦好啦，我以後再聽你抱怨，先去洗澡吃飯吧！到底發生什麼事情了，你們也未免變得太落魄了吧？

兩位乞丐退場後的派對現場再次響起音樂，媽媽看起來就像不曾發生過任何事地抓著我旋轉，在我被轉到快暈眩的過程中，發現了一臉安心的珍妮特。

這孩子看來是非常擔心自己跳不到舞喔，所以說她就不該非要拿我開舞不可，應該隨便找其他人一起玩完再來找我啊，我都把妳帶去年紀相仿的朋友聚在一起的地方了。

反正喔，不管是里溫還是珍妮特都一樣，他們都太怕生，沒辦法輕鬆向陌生人搭話。我們家旁系的孩子雖然看起來脾氣很差，然而實際聊天後，就會發現他們其實都很善良……除了叔父家的孩子之外啦。不過他們家被我們家甩鍋了一堆工作，而且禁足令也沒解除，就算想來洛克斯伯格，也沒辦法。

哎，如果把路易斯叔父和班傑明放到這麼多人的派對裡來，他們到底會幹出什麼好事，我光想都覺得恐怖，隔天能好手好腳走出舞廳的人，搞不好不到受邀賓客的一半吧。

「羅西，妳什麼都別擔心，媽媽會解決一切的。」

不是啊，我只是因為太害怕才沒講而已，妳攬在身上處理的事到底有哪一件處理好了呀？哎唷，我的命啊，毫無對策地盲目追趕瑟琳才不是什麼上上策好嗎！重點是，那個女人會因為妳越追而越喜歡妳好不好！

被玩弄在對方股掌間數十年，現在才想要獨力解決嗎？真是太愚蠢了吧！唉，我媽這麼笨是要怎麼辦啦！

我在媽媽的懷抱中不斷嘆氣，她還以為我哪裡不舒服，大驚小怪地把我扛起來，放到至今還沒回神的葛倫身邊，叫我好好休息就離開，回去找爸爸繼續旋轉跳躍了。

那些人真的是……體力很好耶，太猛了，他們應該已經跳滿兩個小時了吧？

「那個……」

嗯？葛倫少爺你終於回神了嗎？我盡量用最溫柔的語氣詢問，他滿臉通紅地噘著嘴又低頭。居然在這麼一瞬間也能展現出如此多彩的面貌，少爺還真是才華洋溢呢。

「對不起，要不是我的腿這樣……」

啊，他該不會是把我偷瞄正在跳舞的爸媽一事，解讀成是羨慕吧？不不不，這是天大的誤會，我只是覺得夫妻之間默契很好，一起玩會很有趣而已。

「正因為葛倫少爺就是葛倫少爺，我才覺得這樣的你是最棒的，如果我真的是個愛跳舞愛到瘋狂的人，早就找一個專門的舞棍結婚啦。」

「但您確實是愛跳舞愛到瘋狂沒錯啊？」

哎？少爺居然也開我玩笑？我一瞇起眼睛，少爺便看出自己的玩笑話起了作用而哈哈笑。你這可惡的傢伙，吃我一記搔癢攻擊！

我朝著少爺本來就怕癢的部位狂戳，少爺立刻大喊饒命，傑克則叫我不要再丟人現眼。

不是啊，我哪裡丟人？沒禮貌的傑克．布朗！我讓嘻嘻笑的葛倫少爺笑出淚後，為了攻擊傑克而暗暗地活動起了我的手指。傑克誓死要我別靠近他，然後我聽到一個開朗的女聲。

「等好久了，羅莎莉特小姐！現在輪到我了！」

哎呀呀，我都忘了還跟珍妮特小姐約跳舞，向傑克打個手勢要他走著瞧後，傑克同樣以手勢回應我，表示才沒有需要走著瞧的事。

會不會有事需要走著瞧，就要等之後才知道囉，等派對結束後你就死定了！

我牽著珍妮特的手走向舞池中央等待演奏，正當內心期待著會出現什麼快樂歌曲時，卻傳來不知哪來的渾厚薩克斯風聲，會場內瞬間變成某種黏膩的氣氛。

等一下，這不是藍調嗎？嗯哼，這孩子是期待著跳舞時間才來到這裡，怎麼偏偏是這種沒什麼動靜的曲子啊？

「嘻嘻嘻，嘻！嘻嘻！」

什麼啊？她好恐怖。我正打算叫樂團指揮換一首爵士之類的輕快舞曲，珍妮特卻緊摟住我不放，然後在毫無任何商議的狀況下開始踩起舞步。

「珍妮特．愛達尼利。」

「是，羅莎莉特小姐。」

「妳的手太低了。」

「我覺得好像剛好啊？羅莎莉特小姐。」

「不，請妳把手放在我的腰上，那邊是我的屁股。」

「我分不清楚哪裡是屁股，哪裡是腰了，羅莎莉特小姐。」

喂，我的身體再怎麼沒有曲線，腰跟屁股也還是有區分的好嗎！就算妳自己身材堪比可樂曲線瓶也要有點禮貌吧，把別人看成只有頭胸肚三個區塊是怎樣！

我為了告訴珍妮特自己的腰在哪而抓住她的手，這小鬼卻死也不願把手往上挪，她的手黏在那裡完全不動，彷彿腰部延續到臀部的線條原本就在那一樣，結果最後衍生為里溫衝進舞池中央的事態。

「喂妳這瘋女人！妳到底有沒有腦啊，把妳的手放開！快點！」

「你胡說什麼！這裡就是我的位置！羅莎莉特小姐早就跟我約好這支舞的舞伴是我了！」

不是，那是兩回事，我可沒有允許妳摸我屁股啊，孩子。

死撐著的珍妮特讓騷動擴大了，最終連傑克都出手干涉，甚至葛倫也跑進舞池中央。然而即使我的丈夫登場，珍妮特也不改她原本的態度，最後是爸爸出馬給了她一記警告。

「我會把這件事轉告給愛達尼利公爵。」

「不！不行啊，公爵大人！拜託不要！」

「如此一來，妳的乖寶寶貼紙又會少一半吧？」

「不可以！」

爸爸知道乖寶寶貼紙是什麼嗎？那到底是什麼東西啊？是只有愛達尼利才有的系統嗎？

由於爸爸的一聲令下，公爵家士兵動起來了，原本頑強的珍妮特也因為乖寶寶貼紙的宣告而立即跳開，最後被丟進了我們家旁系孩子的人群裡。

啊……現在這狀況，好像不能把她丟在我們家旁系小孩那邊耶，她肯定會被嘲諷到不行，這樣又會讓洛克斯伯格旁系的名聲變差吧。他們平時是很善良沒錯，但在開嘲諷的時候可是會賭上性命的耶，別這樣吧。

「姐姐，那就由安全又無害的我代替珍妮特跟您跳這支舞吧。」

「好，先不管你是不是安全又無害，先跳舞吧。」

我跟抽了號碼牌的孩子們都跳完一輪後，開始自由自在地穿梭現場。起初我還帶著葛倫一起繞，但他看起來好像真的很累，所以我放他去休息後又開始重新尋覓自己的舞伴，隨後遠遠地就看到一名難得一見的帥氣中年男子昂首闊步走進舞廳。

豬毛色系的頭髮紮成細長的馬尾，即使身體有一半被雷擊中的疤痕所覆蓋，也仍與他帥氣的臉龐相得益彰，甚至還給人是特地紋身的錯覺，而且他還有著那看似主張自己是諾伊特倫旁系的神祕紅眼。

比我爸更帥的中年男子登場，讓派對現場出現一陣騷動。就算平常都弄成那副鬼樣子，但像這樣盛裝打扮真的……完全就是貴族系的帥啊！只要他不開口說話，女性應該不分老少都會發瘋地撲向他吧。

「女兒兒兒！我的女兒啊～我依約偷偷混進來了。」

是啊，他就是那張嘴有問題，一直以來都是那張嘴的問題。而且這哪裡叫偷偷混進來了？你以為你那瘦削的身姿和帥氣臉龐，有辦法混在人群之中嗎？

你看我爸，他現在不就正因為最帥中年男人的位置被搶走而氣得發抖？要是一個不小心，你可能會被趕出派對現場，還是快點去旁邊躲起來吧。

我一把抓住塞基先生的手，打算帶他到客人休息室，但這傢伙在被我拖走的路上還真是有很多好奇的事，比方說老太婆家的小狗狗怎麼會在這、聽說現在是戰爭期間為什麼還舉辦派對，以及最重要的是我脖子跟手腕上的東西是什麼等等。

我安撫著嘰嘰喳喳的塞基先生，表示之後會一併向他說明，不過我怎麼老覺得我們越走，跟在身後的人就好像越來越多啊。

首先發現我的里溫和傑克第一步跟上，而既然傑克來了，葛倫當然也探頭探腦地跟隨隊伍，結果我們的隊伍讓媽媽也因為好奇而跟隨在後，於是爸爸自然跟著移動的媽媽加入了隊伍。

總不能派對主辦人全家都待在客人休息室吧？我冷靜地站在房門口，說我們要談重要的事，請非相關人士回到舞廳，然而在場這些人的回答都非常令人嘆為觀止。

「姐姐，我們是一體的，不管去哪都要一起啊。」

「沒錯，我們如果分開，遇到緊急狀況時要應對處置可能就太遲了。」

你們說的對，里溫和傑克確實不能跟我分開，你們過關。

「我！我不是羅莎莉特小姐的丈夫嗎……夫……夫婦就是一心同體！」

嗯嗯，這麼聽起來也沒錯，葛倫少爺過關。

「這件事的最相關人員不就是我嗎，羅西？如果妳跟塞基叔叔有事要談，肯定是要談瑟琳的事吧？」

這……也沒錯，要安排對策肯定也需要媽媽的意見，那留下的人選就到此為止好了。

正當我想建議爸爸留在舞廳，繼續履行主辦人角色時，爸爸的臉色完全沒有變化，非常果斷地說：「這裡是我家，如果要撇下我一個人，那就出去。」

這老頭子真的很愛叫人滾耶，明明就因為說錯這一句話才寫了二十年的悔過書，現在為什麼又要這樣？

媽媽聽到後又是一陣恐慌湧上，邊發抖邊說著愛迪對不起，爸爸則是摟著她，向她道歉，表示這句話不是對瑪麗亞說的，是他錯了。

這家真的是喔，表現出來的樣子真是亂七八糟。

「女兒啊，妳不是想保密時間倒轉的事，這麼多人參加也沒關係嗎？」

「啊，關於這部分呢，除了我身分以外的事都已經曝光了，所以沒關係，這是因為在塞基先生離開後發生了一些不光彩的事情。」

「不光彩的事？發生什麼大事了嗎？」

啊……這個到底是要講還是不講呢？要是又把自殺這件事搬到檯面上，就會拖延正事的進度。正當我打算先糊弄過去並進休息室時，天花板的磁磚猛然掀開，嚇到的我一把抱住了葛倫少爺。

「這部分就由我來說明吧。」

威爾．布朗你為什麼會出現在那裡！他從連我也不知道的祕密通道突然冒出來，一躍而下且安全落地。里溫發出歡呼，傑克則是抱怨著灰塵很多。

這人又不是什麼忍者刺客，為什麼會從天花板跳下來啊？這是天花板耶！我真是要被嚇瘋了！

「沒搞清楚當前現狀的我們小主人說，她為了確認時間是否會倒轉，所以才弄出了自殺騷動，但最後失敗了。於是小主人在公爵領地內成了限制行為能力人，只有在被銬上手銬及一名以上監護人同行時才可移動。脖子上的鎖鍊則是因為遭受契約詐騙而成為下一顆電池的證據，但我對黑魔法不太清楚，詳細狀況我也不太了解。」

「什麼？女兒試圖自殺殺殺殺？」

唉，我就知道會變這樣。聽完威爾的簡單說明，塞基先生開始哇哇大哭狂打我的背，大罵我幹嘛要死，都講了等他回來再看看狀況如何，為什麼連這點時間都等不了？罵到最後，他抱著我哭哭啼啼的，公爵大人的表情則逐漸僵硬。

「哎唷，女兒啊，我唯一的女兒！沒有妳是要我怎麼辦，我要怎麼活下去啊？妳怎麼可以在我心頭釘上這麼個大釘子呢！」

先生請冷靜，我的親生父親現在可是瞪大雙眼，怒火中燒喔，你再繼續這樣女兒女兒地叫，搞不好連瑪麗亞小姐都會出動啊。

「到目前為止，我是因為你對羅莎莉特有利，才不斷忍耐的。」

「哎呀呀，我們先進去吧，反正把外頭交給威廉爵士跟布朗女士，活動應該也能好好進行下去吧！我們離開一下大概也沒人會在意，算了，也別管他們在不在意，來，大家快點進去，爸爸媽媽也進去吧！」

「妳就只有這種時候才會找爸爸！」

「天啊怎麼辦！羅西叫我媽媽了，愛迪！」

好啦，我就是只有自己需要時才會找爸爸的不孝女，不要鬧了，趕緊進去吧。

這些人也不是我要請就能請走的人，所以就全部都帶進休息室了。為了讓爸爸消氣，我讓他坐在最上座，接著詢問塞基先生有關他們兩位大魔法師的近況。

在場人員雖然都知道我回歸的事實，但他們不知道我是從外界來的下一任羅莎莉特，於是我請塞基先生說明時跳過這部分，他也欣然同意。

呼，真是慶幸這人沒心眼又善良，換作是別人，可能就會拿這件事威脅我去滿足自己的私人利益了，可是他卻只不斷點頭，表示講了會讓我的立場混亂，所以他當然不會說。

「首先，先從結果講起的話……」
「的話？」
「瑟琳逃走了。」
嗯……我看起來也是這樣，不然怎麼會出現兩位天下無敵的大魔法師以乞丐模樣出現在我家的狀況呢？重點不是結果，而是過程。
聽著這一切的爸爸也跟我有一樣的想法，他詢問那個叫瑟琳的女人是怎麼逃跑的。
「喂，公爵，你為什麼對我講話都不用敬語啊？我比你年紀大得多，雖然以前就拋棄爵位了，但也曾經是大貴族耶！」
「但現在不就只是個表演粗糙魔術的平民嗎？」
「才不是魔術，那是魔法！而且什麼平民？你覺得平民可笑嗎？一個國家如果沒有平民根本無法運作好嗎！」
「你以為我會不懂嗎？只是為了貶低你才使用這種形容的，連這點程度都不懂，我也大概能知道魔塔的人都是什麼水準了。」
「喂！你跟我出來打一架！」
啊，拜託你們這些老頭不要吵了！這些人是因為「第一屆三方會談」沒有得到結論才這樣嗎？只要找到機會就硬要吵耶。當時是塞基先生對爸爸放水，現在既然媽媽回來了，要是真的吵起來，肯定有一方會死。
「再繼續吵下去，我就讓我的全數財產給亞蘭王室收走了。」
聽到我的發言，爸爸立刻閉上嘴，不懂這是什麼意思的塞基先生在里溫的說明後，也露出慌張的神情並自動閉嘴。

很好，總算安靜了，終於可以開始和睦地進行討論了。

「那我先問第一個問題，讓瑟琳逃走的經過是？」

「可惡，有關這部分……」

塞基先生用力抓壞了侍女們傾注心血幫他做的貴族髮型，接著說下去。

「瑟蕾娜老太婆不是說她再也不會欠妳人情嗎？所以她表示要帶瑟琳給拉爾古勒神官看看後就去搭船了。」

「嗯，這部分我也有猜到。」

瑟琳看起來是亟需治療，而治療外傷沒人比得上拉爾古勒的神官，瑟蕾娜小姐的判斷相當合理。雖然他們一離開，拉爾古勒就宣戰了……但他們也不可能把去到神殿的病人趕走，加上我還給了塞基先生一筆挺豐厚的旅費，所以能塞給神殿的捐款應該也少不到哪去吧？

「可是瑟琳在接受治療後就立刻跳了起來，開始說自己是喬勒亞夫教的先知之類的鬼話。」

「嗯？」

「什麼？」

「什麼東西？」

「她說什麼？」

「這瘋女人？」

「這話是什麼意思？」

先知？如果是宗教層面的先知，不就是會轉告神所說的話的人嗎？那個女人跟喬勒亞夫教有關係？等等，這麼看來，爸爸是不是說過，他發現黑魔法的構造跟拉爾古勒神官使用神力的方式一樣？這兩者是有關的嗎？

「我本來以為，那孩子是鬼門關前走一遭醒來才在胡說八道，但喬勒亞夫教神官卻流著淚說先知回來了。」

「……為什麼？」

「聽說那個宗教的創教者是瑟琳。」

「……」

哇……怎麼還有這種破爛故事啊？延續了數百年的他國宗教，居然是一個人創造出來的？

「她笑著說自己只是試著模仿了一下觀測蹋躂，沒想到真的能成功……總而言之，為了逃出神官的老巢，我們歷經了生死關頭。」

嗯……肯定的吧，這也不是能責怪這兩位大魔法師的事，誰能料到為了治療而去的地方，竟然會是那女人的大本營？而且他們的信仰之心和自我洗腦能力都修習得很透澈，光憑瑟琳給出的幾項信物，就讓他們驚呼著先知歸來，還把她帶到教皇面前。

哈……那女人真是的，在瑟蕾娜小姐說不再欠我人情，要帶她去拉爾古勒時，她應該忍笑得很累吧？這就跟說要放她自由是一樣意思，心情肯定爽翻天了。

「但！那女人也沒辦法再施展其他魔法了！因為我在這次的拘束器傾注了畢生心血，除了我以外沒人能解開！」

那也要試過了才知道，那女人或許能想出什麼意想不到的招數。

總之呢，後來把拔跟瑟蕾娜小姐會變成一副乞丐模樣也就不難理解了。除了在拉爾古勒境內被神官追趕，還因為拉爾古勒突然向亞蘭開戰而沒船可搭，聽說最後是用瑟蕾娜小姐的力量，把海平面凍了幾天才終於抵達亞蘭，所以會變得這麼落魄也真的是不意外。

在塞基先生的補充說明結束後，休息室裡一片寂靜。

「這……拉爾古勒開戰根本不值得一提了呢。」

對吧？

最先開口的人是爸爸，我同意地點點頭。畢竟如果只是兩國間的戰爭問題，我們還能找到自己的出路。

但瑟琳對我們懷有惡意，她光黏在教皇身邊，就能對喬勒亞夫教的動向產生影響。即便無法施展魔法，這對瑟琳而言也是很大的力量。

畢竟喬勒亞夫的教皇擁有比皇帝更高的權威，如果他們試圖扼殺洛克斯伯格，那我們便無計可施了。

光看目前，路西路西已經在拿葛倫的枴杖作文章，要把殺害馬利烏斯的罪名嫁禍到洛克斯伯格上，要是再加上教皇出馬，就真的只能完蛋。

「首先，我不想被萊歐斯找到機會挑毛病，這件事就先隱瞞吧。」

嗯……這也是吼。

除了路西路西，要是連喬勒亞夫教的先知都鎖定洛克斯伯格，那萊歐斯陛下就會衡量我們的價值，評估保我們值不值得了。因為就算是反抗拉爾古勒皇室的人，也都還是喬勒亞夫教的信徒，喬勒亞夫教就是這麼可怕。

「威爾，尼美爾尼亞的援軍何時會到？」

「威爾・布朗，弗羅德和黛安娜有消息了嗎？」

「尼美爾尼亞的火槍手已和諾伊特倫會合，只要明天到達首都，很快就能利用鐵路抵達戰場。弗羅德拒絕了共同領主職，反倒要求準貴族的位置和更多的錢；黛安娜雖然願意接受領主之位，但拒絕成為貴族一員。」

這兩個傢伙都作出很符合他們風格的選擇呢，果然很難用一般的話術說服。我是為他們考慮，才想幫忙爭取位置，幹嘛踢掉自己滾進門的福氣呢！

不過說起黛安娜……看她平常做的那些事，確實死都不會願意跟貴族沾上邊就是了。

「這不是殺了瑟琳就能解決的事嗎？既然她被塞基叔叔的拘束器限制，沒辦法施展魔法，那只要一拳就能打倒她了，我很快就回來！」

又又又在天真了！我才在腦中想著要把捏住這女人的嘴巴，沒想到卻有人付諸行動。

爸爸雖然沒有像我想的那麼做，但他緊抓著對方肩膀說道：「洛克斯伯格公爵夫人，要不是現在……不對，正因為是現在，我有話要跟妳說。」

「什麼啊？愛迪你幹嘛這麼嚴肅？不過嚴肅的愛迪真的好帥喔，我暫時還得照顧羅西，你這樣子我會很辛苦的。」

「聽好了，儘管妳工作能力不錯，然而除此之外的其他領域真的很笨。」

「……愛迪？」

「是會出人命的那種笨，我第一次遇到妳的時候，真的以為妳是金魚的化身。」

「親愛的，愛迪？這裡這麼多人，羅西跟羅西的丈夫也在，你一定要現在講這種話嗎？」

「我的意思是，妳缺乏對人類的普遍性理解，沒有常識又笨，也不會臨機應變，我是不可能把這麼容易被他人話語糊弄過去的妳單獨送出去的。妳身為公爵夫人若想適才適所發揮能力，看是要緊跟著我或羅莎莉特都行，我們至少會需要兩名指揮官。這件事很重要，我再講一次，給我聽好了，妳，是真的真的很笨。」

「愛迪好壞！」

哇啊，愛迪真的好壞耶，怎麼有辦法把藏在我內心深處的話，用這麼堂堂正正的態度講出來呢？這之中應該也夾雜著二十年來深埋心底的怨念吧？要不然爸爸怎麼可能這麼直接罵別人……喔，有耶，這是常常對國王陛下做的事啊。

「羅西！」

看來她這回是把目標轉向我了，應該是想讓我安慰她不笨吧？但我是洛克斯伯格，對人的愚蠢絕不留情。

「公爵夫人是真的笨，我們該承認的還是要承認吧。如果您有在動腦，瑟琳這件事怎麼可能拖到六十年這麼久呢？」

「呃，羅西，妳拿這件事出來講就太卑鄙了。」

「不然呢，這不就是事實嗎？」

爸爸用憤怒的眼神點頭表示同意，葛倫則是一臉抱歉地附和，其他人可能是也都各有認同的部分而微微點頭。

「今天畢竟還得繼續玩下去，明天同一時刻再集合吧。」

「贊成！」

哇哈，爸爸說的話都是對的！我們自己在這裡討論半天有什麼用，該把黑魔法專家瑞姆，以及把這件事搞得這麼大條的瑟蕾娜小姐都找來討論才行。

在里溫跟我興奮地高喊贊成後，塞基先生一臉愁容地抱怨洛克斯伯格怎會到這地步了還想跳舞。他都在我們家住這麼久了，卻直到現在還不懂跳舞的偉大精妙，既然如此，也只能由我這個做女兒的挺身而出了。

「把拔，我們去跳舞吧，您必須成為我的舞伴。」

「咳咳，既然是女兒的要求，那我也沒辦法。」

明明也很開心，還在那邊裝。既然會議延後了，我正開心地拉著塞基先生的手想走出休息室，此時某個理解力偏慢的人終於聽懂了我們的稱呼，並表示疑惑。

「但是，塞基叔叔為什麼會稱呼我的女兒為女兒啊？羅西，妳爸不是愛迪嗎？為什麼叔叔是你的把拔？」

嗯……這個故事很長，有深深的隱情……若要現在解釋，可能會失去跳舞的機會，我就先逃再說了。

「傑克．布朗，抱著把拔跟上。」

「要抱一個老頭需要加價。」

「傑克．布朗，你這樣講，把拔會受傷的。」

「老人家身上不都有種特殊氣味嗎？」

你現在是覺得這句迂迴的話就能不讓人受傷嗎？你這不是把事實講得更明白了？現在狀況好像有點糟，把拔開始聞自己身上的味道，看起來快哭了。

不行了，我要趕緊逃，要趕快帶他出去，配合著開心的音樂讓他玩到忘我才行。

「你這傢伙要對老人家尊敬一點啊！我會付錢，但你接下來一個月都不准戴防毒面具！」

「什麼意思！您不是說我有發言的自由嗎！」

那你至少要懂得敬重老人家啊！你這乳臭未乾的小鬼也太沒禮貌了！

我臭罵了傑克一頓，帶著把拔逃到舞廳，其他人則被這段時間因為「把拔」這個稱呼有很多不滿的公爵閣下絆住，留下來聽他抱怨。

不過客觀來說，那應該不算是我的錯吧，所以我決定先享受今晚。

跳舞、吃喝、在華麗的燈光下跟其他人暢聊，討論亞蘭和拉爾古勒的戰局，開玩笑說著再這樣下去如果亞蘭戰敗，四小節就會變成亡國的最後一位公主，然後被臭罵一頓。

把今天當成亞蘭的最後一晚，玩瘋了的我隔天獲得的，就是預期中的地獄宿醉。

Touch
My Little Brother
and You're Dead

Touch
My Little Brother
and
You're Dead

第二十一次
#21 Round

二十三歲死於非命的羅莎莉特（1）

「呃喔喔喔，啊啊啊啊。」

我的頭靠在辦公室桌上，像殭屍般地哀號著尋找宿醉藥。

昨天整日都躲著四皇子的艾斯托大概是因為做了平常不會做的事，身體感到不適，導致她今天也沒來上班，依然是傑克．布朗守在我身邊。

「我不是叫您少喝一點了嗎？誰家的公爵繼承人會拿三十度的整瓶白蘭地對口喝啊？」

「喝的當下還好嘛，心情會超好耶！」

「就算被折磨得有夠慘，還是一直重蹈覆轍，您這樣跟公爵夫人有什麼差別？」

「哎呀！你幹嘛罵我！」

啊啊啊！我的頭！

在為了痛罵傑克而大聲的同時，我的頭頂到脊椎出現了足以破壞一切的疼痛，噁心感則是附贈的。眼前一陣天旋地轉，原本我還奮力從椅子站起身，卻突然失去力氣癱坐回去。

傑克無語地大嘆一口氣，拿了藥給我。

「嘴巴張開吧，吃藥。」

「嘔嘔！」

傑克．布朗這傢伙揪著我的下巴，強迫我張嘴，把藥倒進去後又把手指伸進我嘴裡讓我吞下。

什麼意思？你現在是把我當成狗了嗎？這不是餵動物吃藥才會用的方法嗎？

「嗯嗯嗯，喝水吧。」

喂，是你自己把手指塞進我喉嚨，怎麼好意思擺出一張有夠嫌棄的臉去洗手？是我心情更差好嗎！被迫咬住其他人手指的我心情更差好嗎！

「呃呃呃喔喔喔喔啊啊啊。」

但我頭痛得要死，罵不了人。

我一邊期望藥效快點上來，一邊環顧四周。

里溫同樣把頭抵在桌上，令人意外的是連葛倫也正這麼做，難道唯一清醒正常的只剩下喝幾杯就睡著的我兒子嗎？

「路克啊，路克啊，你抱抱馬麻好嗎？我好不舒服啊。」

「我把洛克斯伯格百貨公司和文化中心可撥用的金額整理出來了，我還要去處理公爵大人吩咐的事，先告辭。」

啊啊啊！我都說我不舒服了耶！

我氣得把手邊的回收紙揉成一團丟向路克，他卻只是有朝氣地向我鞠躬，並報告自己要前往公爵辦公室了。

臭小子，你這個比起媽媽更在乎家中掌權者的不孝子！

「姐姐，我可以代替外甥抱您唷，我的懷抱一直都是敞開的，姐——」

「你……身上有酒味，我不要。」

「嗚呃……」

啊，路克也是這種心情嗎？也是啦，他肯定也不喜歡被渾身酒氣的人纏著，那就沒辦法了，我這次就體諒他一回吧。

「羅莎……莉特小姐。」

喔？這回輪到葛倫少爺了嗎，你說說看吧？我想說少爺可能要講什麼要事，等了他一下，結果他沒能繼續說下去就昏倒了。

「我的懷……也敞開……」

他是在講什麼東西？不過這傢伙明明不會喝酒，昨天卻還邊哭邊喝，感覺是想配合我的步調一起喝下去……

真是讓人憐惜，在各種意義上，洛克斯伯格的基因就只是夠大膽，有能力過濾掉很多酒精而已，霍芬家那副身體想跟上肯定會出事的。

我皺眉看著昏厥的葛倫，呼叫了莉莉。可不能把他放著不管，要帶去休息室躺好，直到他恢復才行。

在我們重啟昨日的討論前，大家都維持著日常生活。工作、提供昨日因為宿醉而苦的客人們藥品、工作結束後就繼續做下一件事、把拿了藥的客人趕出客房、結束這件事再繼續做下一件。

結束今日業務的我們，接著才為了一同商討對策而邁開腳步。

我們決定在爸爸辦公室旁的溫室內繼續討論，在這個天花板和牆壁都是玻璃，生長著不合季節的水果之處，每個人都因為不冷不熱的氣溫而各自脫下外套入座。

畢竟是正式會議，桌上有滿滿的點心，椅子也按出席人員數擺放，現場還立著一張爸爸親筆寫下的「第一屆瑟琳事件對策會議」看板。

嗯……百忙之中也還是依照最低程度的儀式禮節辦理呢。

親筆寫下會議主題的誠意非常令人印象深刻，甚至還在一天內準備了這個場所，我的爸爸究竟有多麼優秀啊？

「那麼，在開始第一屆瑟琳事件對策會議前，先向各位介紹本次擔任顧問角色的瑞姆．巴特。」

爸爸一呼喚瑞姆，她便打開溫室的門登場，並一副得意洋洋的樣子，步伐充滿自信，鼻梁也翹得比之前高上許多，甚至還披著一條不知道從哪買來，看起來很偉大的人才會穿的斗篷。

因為只看著天空走路，邊裝模作樣假咳，邊把頭抬得老高的瑞姆沒注意到腳下，於是在被絆倒後哇哇大哭。

一臉憐憫地看著她的瑟蕾娜小姐輕聲詢問塞基先生。

「她是誰啊？怎麼好像有點笨。」

「她是那個……黑魔法師啦！只是她自己不清楚而已，但應該已經練到非常高深的境界了。」

「有這麼愚蠢的黑魔法師嗎？」

這孩子會這樣是有隱情的，不流淚是聽不下去的。雖然這輩子只見過瑟琳一個黑魔法師的瑟蕾娜小姐或媽媽，會覺得這故事很令人無言就是了……

但是等一下，剛剛是說瑞姆的境界很高深嗎？在我剛發現她的時候，她的魔力也差不多才三環耶？

「是？」

「瑞姆．巴特。」

不是啊，像現在這樣狂搔頭，回答時有夠像笨蛋的孩子……嗯……我真的不想認真思考這件事，我只是預防萬一才問的。

「妳來公爵家以後，也有繼續學習黑魔法嗎？」

「有啊！那還用說！我總得繼承家業嘛！」

喔……好喔……真是乖巧。在我最後一次看到妳施展魔法，用劇毒殺死好幾個人，妳看起來很有餘裕，我還以為這實力應該只是跟一般的二到三環法師差不多，原來妳還有繼續磨練自己是吧……

「那妳現在有辦法說明，妳目前的魔法能力大概到哪了嗎？」

「洛克斯伯格百貨公司牆面的全彩廣告只要一瞬間就能完成！」

「我不是說那個，嗯……儘管這是我不太想觸碰的議題，不過我是指殺傷力的部分。」

「洛克斯伯格百貨公司牆面寬度所能聚集的人數應該也能輕鬆解決吧。」

嗯……好喔，聚在我們家本館的所有人都可能被她毒害的意思是吧？我以後不會再調皮了。

如果還要折磨她就得小心下手才行了，我沒辦法發誓不折磨她，可是，就，要小力一點，在不被她懷恨在心的程度內。

因為今天的會議比起昨日，只新增了瑟蕾娜小姐一人而已，所以爸爸只簡潔地說明了昨天她離場後的情況，就迅速進入正題。

而這正是路克沒有來的原因，他是家裡最小的孩子，要是知道一切真相會過於衝擊的，於是爸爸才先交辦了事情讓他去跑腿。

至於聽聞我自殺騷動的瑟蕾娜小姐，則是顯得坐立難安，她一直用頭撞桌子，說是不是因為自己跟瑟琳的關係才會變成這樣……

畢竟我個人也對此有點懷恨在心，所以我才不阻止她呢，請給我好好反省。

「嗯哼！終於輪到我出馬了嗎？」

嗯……是啊，雖然我實在不信任妳，但這裡的黑魔法師就只有妳一個人，也只能相信妳了……但我們真的非相信她不可嗎？現在去把四小節家的黑魔法師帶來會不會更好啊？

「首先，羅莎莉特小姐！請將一切有關契約的事據實以告！」

「什麼？契約嗎？」

「對！契約是不會說謊的！所以搞不好能從之前簽的契約找到將羅莎莉特小姐從電池解放的線……那個……」

「線索。」

「對！可能找得到線索！」

妳真的……要是我爸不在，妳真的沒辦法自己好好講完一句話耶。

話說回來，契約不會說謊這句指的契約，應該是指我接觸的那把劍？意思是那把劍告訴我的話都是真的對吧？

之前玩真心話大冒險的時候，里溫說過那個女人曾試圖不讓我碰那把劍……是這個原因嗎？契約只會說真話，她擔心我會因此知道其他事情？

「喔……那個已經是太久以前的事了……」

雖然再碰一次那把劍最準，卻不能這麼魯莽。先前我最後一次碰它時，零號客服小姐就說是最後的機會了，機器人聲的契約也說電池的剩餘電量不足。

要是電量全部用光，身為預備電池的我就可能立刻被犧牲不是嗎？如果我死掉消失……從我的立場來看，這是最舒服的事情啦……

我滿心複雜地看向里溫、爸爸，最後再看向媽媽。過了六十多年才好不容易得知事情全貌與真相，有機會終結瑟琳事件的我如果在此放棄，那這些人會變成什麼樣子呢？

我的下一任肯定又要歷經艱辛，里溫又得經歷數十次的早夭，爸媽以後也會繼續痛苦下去。

就算要死，也得解開這些人身上的枷鎖再走吧？更何況我這個存在如果消失，路克又會一輩子被困在沙泰爾家，葛倫也會過著欣賞不到蒂亞蒙特領地以外美景的生活。

如果還有下次，我當然還能再把他們從困境裡撈出來，但這次是最後一次了，畢竟不知道我的下一任會有著怎樣的思想與原則……必須讓這件事在我手上終結才行。

我揪著頭試圖回憶過往。

可惡，都多少年前的事了，那時候她講了什麼啊？以本體時間為基準已經過了兩萬三千多天，喔對，我一開始的目標是要替里溫實現願望，但怎麼會突然出現這個主題呢？

「……實現簽約者的願望，本體就會被消滅。」

「就是這個！那個簽約者是誰？只要實現那個人的願望，契約就會被消滅！」

那個……簽約者是前任羅莎莉特，那個人的願望是實現阿斯特里溫的願望……但這個？我非得要？現在？說出口不可嗎？

我迷迷糊糊地看著里溫，反正也沒有其他可行辦法了，在我說出真相後，所有人的目光也都看了過去。

「簽約者的願望，就是實現阿斯特里溫的願望。」

「嗯？我嗎？」

對，就是你。

所以我才會為了實現你的願望撐到現在。

「……怎麼會這樣……」

得知真相的阿斯特里溫，在非常非常短暫的一瞬閃過受打擊的表情。當他得知我之所以會一直寵著哄著弟弟，並不單純只是基於對手足的疼愛，肯定會十分傷心。

可是！雖然不能否認有那層理由在！我也仍然是真心疼愛著里溫的！畢竟都一起生活了數十年，就算討厭也還是有感情……不對，我不是這意思，總之，我是愛他的！畢竟他是我唯一的噁心弟弟！

我擔心這小不點內心會出現不好的念頭，試圖安慰里溫，但他臉色忽然一變，用非常開朗的表情胡說八道。

「那我要結婚！我想跟姐姐結婚！」

「少胡說八道了，阿斯特里溫少爺。」

你幹嘛要跟我結婚啊？我們是二等親耶！你應該知道亞蘭法律規定四等親內不能通婚吧？

我因為這個意想不到的反應不知所措，傑克・布朗卻一副不意外的反應從位置上跳起來，脖子浮出青筋跟里溫吵架，然後里溫又再次作出爆炸性宣言。

「剛不是說那個契約只講真話嗎？那我跟姐姐結婚肯定也沒問題吧！因為我同時還是阿斯特里溫．克勞利嘛！」

喂，現在突然講什麼克勞利啊？克勞利不是不出席這次宴會的爸爸那邊的親戚嗎？然後……我記得……貝琪是那家的人……

貝琪、克勞利、阿斯特里溫，我突然想起第十一次人生，貝琪在我檸檬水下毒的那次。

假設瑟琳從那家把孩子帶來並捏造記憶呢？假設就像瑟琳施在把拔身上的魔法一樣，不小心被解除了呢？假設那次人生中，克勞利身上的扭曲記憶魔法解除了，所以他知道了里溫的身分呢？

就算現在跑來說想帶里溫回去，肯定也會被當成瘋子在說瘋話，所以他才會使出除掉我，好讓里溫成為洛克斯伯格繼承人的詭計。

喔……這樣的話……故事相當有邏輯耶？各個情節也太吻合了吧，就像拼拼圖一樣？這完全就是最後一塊拼圖啊！

貝琪只在眼下點一顆痣就回來作亂的事才剛發生而已，我因而得出應該要立刻去詢問克勞利伯爵的結論，但現下的恐怖光景嚇得我瞠目結舌。

爸爸正在哭泣。

其實爸爸的臉也不像在哭，只是豆大的淚珠不斷地落下而已，他用淡然的語調開口。

「所以說，我那天沒遭受任何事情嗎？」

啊啊啊啊啊！對吼！我爸也是瑟琳的受害者啊！

猶如深埋的化膿傷口破掉，爸爸的眼淚掉個不停，媽媽則開始哭訴是自己做錯了，不停道歉。里溫也說他從未想過那竟是如此深的傷痛，自己應該早點說出來而連聲懺悔……

真的是，一片淚海就沒辦法繼續開會了耶。

我想說在等待大家冷靜的同時先來寫封信，於是叫了威爾・布朗過來，打算寄給克勞利家，詢問伯爵是否知道這項事實，並希望能安排一個討論日後里溫待遇的場合。

結果爸爸突然擦了擦臉，走到旁邊把我手上的信紙撕爛。

擦乾眼淚的爸爸完全看不出是剛哭過的人，他的眼角沒有發紅，用平常的樣子大罵我一頓。

「阿斯特里溫是洛克斯伯格的人！誰允許妳把他送去克勞利了！」

啊……那個，雖然這句話很感人啦……但先生，克勞利那邊也存在著失去子女的傷痛好嗎？

「里溫是我的兒子！不管其他人怎麼說，就是這樣！」

「爸……爸爸！」

「兒子啊！」

哇啊……真的是，過了七年才終於開始互叫彼此爸爸跟兒子，實在太感人囉，所以我說克勞利那邊也有失去兒子的悲傷需要照顧好嗎！你真的完全不管別人死活耶？

爸爸和里溫抱著彼此痛哭，媽媽也為之感動，跟里溫說可以叫自己媽媽，這句話讓里溫哭得更慘了。以及即使不知原因為何，但瑞姆也痛哭著環抱爸爸和里溫。

葛倫少爺、塞基先生和金瑟蕾娜小姐都說這是感人的時刻，並用衣角拭去淚水，平常沒事就會揪著里溫領子大吵的傑克也一直盯著天花板看，我看他應該是在忍耐不要哭……

試圖用局外人立場，以客觀的態度，且與大家維持距離看待那美麗父子相擁的人，就只有我跟威爾而已，艾斯托看起來跟平常一樣沒什麼特別想法。

又又又要排擠我，說我沒有人性了。

那些人到底什麼時候才會停止哭泣呢？我一邊想著這件事，一邊在撕掉的信紙上塗鴉。

爸爸此時突然找回冷靜，壓低嗓音說：「你這輩子都會是洛克斯伯格，所以你不可能跟羅莎莉特結婚。」

「呃！」

喔……原來如此，原來這才是爸爸的計畫啊。

我內心不禁讚嘆，用手中的筆敲了幾下桌子，那現在可以回到正題了吧？我想要回來討論原本的主題了。

「嗯……契約應該會受理簽訂契約當下的願望，講現在的願望沒用。」

等一下，居然是這種系統嗎？所以我一直以來都想錯了嗎？

我活到現在第二十一次的人生，一直在想那孩子的願望到底是什麼，里溫什麼時候才會擁有像樣的願望，殫精竭慮、盡全力配合他脾性的那些行為，全都是做白工嗎？

我張口結舌地對過往歲月感到無力、無言且慌張，爸爸一邊輕拍里溫的背，一邊用像在看金魚的眼神看我。

不是，人也是有可能犯蠢的好嗎？怎麼可能每個人都像公爵大人一樣過著精準地只找標準答案去做的人生呢？

「我有辦法，姐姐！」

喔喔你說，雖然應該沒什麼用處，但你說說看。

畢竟從現在的情勢來看，還是得實現里溫最一開始的願望，魔法才可能解除，除此之外也沒其他更好辦法了。

我皺著眉頭，可是里溫的想法似乎不同，他一躍而起，不知道是不是想到了什麼有創意又天才的解決方法。

「我先去摸那把劍恢復剩下的記憶！這樣不就能知道我最初的願望是什麼了嗎？」

「等一下啊啊啊啊！」

你這小子還真會在一些沒用處的地方動腦筋！但是不可以！

現在根本不確定那把劍備份的里溫記憶，會是從我記得的第一次人生開始，或其實是從契約成立之前，也就是里溫仍過著與書中類似生活的那時開始。

再加上要是里溫恢復記憶，他必須面對的人生劫難可不是一兩個而已。

首先里溫就會徹底崩潰。爛男人桃花劫、挨路克的刀、和王子結婚、想跟馬利烏斯結婚卻被劈腿男捅刀、跟廚餘二號親嘴後自刎、在騎士團被排擠而死等等，要是讓他想起所有的不幸回憶，這小不點就不可能是現在的阿斯特里溫了。

這次人生的最大收穫之一，就是阿斯特里溫那強健無比的心態，要是讓他受到打擊，做出什麼衝動的事該怎麼辦？

雖然他也可能克服這一切，但可能性根本微乎其微。人的精神是很脆弱的，就連我也在第十四次人生開始自暴自棄，放下一切，要是沒在偶然間碰到黑化王者之劍、沒有獲得一丁點停止回歸的希望，我現在應該早就依瑟琳所願，成為下一顆電池了吧。

「不行！我不允許！你不能去！」

「幹嘛這樣，姐姐！也沒有比這更好的辦法了呀！」

「那個……電池！電池剩餘電量不是沒剩多少了嗎！要是你沒事又去碰它，把剩下的電量用完，那就輪到我了！」

「喔喔喔！我倒是沒想到這一塊！」

里溫用一臉真不愧是姐姐的尊敬眼神看我，我則接著把爸爸叫到角落去說悄悄話。如果是公爵，就可以命令塞基先生準確測量目前的剩餘電量了，然後我們再利用這段時間去思考接觸的方法。

也是因為如此，我只好和爸爸坦白以往所發生過的事，也就是我一直以來目睹的那段眾人皆可撲、湛藍星夜下的阿斯特里溫的歷史。

包括他與如今只要一見到面就會針鋒相對、爭吵不休的王子，當年曾走到怎樣的人生進度，還有他在馬利烏斯和某廚餘一號之間搞劈腿而挨刀致死的故事，以及曾遇到那個現在是洛克斯伯格家的可愛孩子、名為路克·沙泰爾的男人還被他拿刀捅死的事情，另外也講了約翰·布朗的猝死。

聽著我的說明，爸爸一臉憂傷。平常不太會有劇烈情緒變化的爸爸，今天真是難得又哭又生氣又難過的，出現好多種微妙的表情呢。

「我本來還只覺得里溫很噁心，看起來他真的有好好長大呢。」

「這次的出產的里溫是最讚的，如果又加了其他東西進去，他會完蛋的。」

雖然各方面都太優秀也讓人有點頭痛，但至少很堅強，小孩子嘛，積極正向又堅強是最重要的。雖然他的積極正向有點過頭，但反正也沒造成別人的困擾。

「知道了，我給里溫下一道不可接近契約之劍的禁令。」

「您真是賢明。」

哇哈，居然還替那把劍取了個這麼帥的名稱，我平常都只叫它黑化王者之劍或白化王者之劍，契約之劍……哇，一方面明確講出那把劍是什麼東西，一方面好聽又簡潔有力，莫名帥氣的感覺真的讚爆。

從會議名稱就看得出來，爸爸真是個在酷帥取名方面特別有才能的人呢。同理類推，在繼位公爵後，所有新增的法條也全都是爸爸腦中想出來的嗎？

我很喜歡善良瑪麗亞法喔，爸爸，雖然多少還是會想起好撒馬利亞人法啦，但總之，那是以爸爸在被怪人綁架，陷入危機之際，媽媽不僅沒有假裝沒看到，甚至還插手介入，拯救爸爸的故事為契機而法條化的法律啊。

我的天，這招真是浪漫又陰險耶，還能因此向學習法律常識的孩子跟一般百姓宣揚洛克斯伯格家的溫馨佳話，讓民眾留下好印象，爸爸真的讚爆了，我也要成為這種執政者。

「看來就算僅只是為了揭發所有真相，抑或牽制喬勒亞教，抓住瑟琳都是不可避免之事了。」

「我想……也只有這條路了。」

「知道了。」

嗯？公爵大人知道了什麼？我怎麼滿心不好的預感呢？

爸爸下了重大決心，回到議長席後堅定開口。聽完他說的話，是個可以理解的選擇，但掐頭去尾的說明非常令人大開眼界。

「現在起組成瑟琳逮捕大隊，由羅莎莉特·洛克斯伯格擔任隊長，為了解決此事件，我下放一切權力予羅莎莉特，瑟琳的生死權也交由羅莎莉特決定，為了解除契約，可不擇手段與方法執行。」

「遵命！」

「喂！臭公爵！你憑什麼決定誰能掌握一條生命的生死啊！」

「憑我們是被害者！」

爸爸一大聲說話，瑟蕾娜小姐的氣勢立刻被壓制而閉上嘴。對嘛……我看這裡根本就是瑟琳被害者聚會，身為她祖先的人開口，肯定是會被臭罵。

雖然方才只簡潔地表明了被害者身分，但爸爸考量到對方可能已經老糊塗了，首先指著我開始進行更詳細的說明。

「因為瑟琳而過著反覆六十年人生的生存者。」

接著指向媽媽。

「為了追捕瑟琳浪費了六十年歲月。」

然後，指著自己並表明這是重點之重點。

「公爵夫人明明活得好好的，卻獨守空閨六十年！」

原來喔……原來公爵大人最委屈的是這部分啊。

我開始覺得爸爸丟人而試圖閃避眼神，公爵大人又立刻恢復冷靜，繼續公布隊員名單。

「以羅莎莉特隊長為中心，艾斯托．布朗、傑克．布朗、阿斯特里溫．洛克斯伯格、金瑟蕾娜、塞基．奧斯華與她同行，再請魔塔積極提供協助。」

「只要女兒要去，我就會作為監護人同行的，你這人講話有必要這樣？」

「還能怎麼辦，誰叫我們是罪人啊。」

「哎？老太婆，妳話要講清楚喔，我哪是罪人了？罪人只有妳跟瑟琳才對吧？」

「呃呃！」

這話該有多一針見血，瑟蕾娜小姐甚至沒擰把拔的背，只一股勁把頭埋在桌上發出呻吟。

「威爾．布朗和葛倫、路克就留在亞蘭準備攔截，接下來要談的是最主要的議案。」

爸爸敲了桌子幾聲，讓大家注意，接著他提到喬勒亞夫教突擊隊的核心人物。

「用涅爾瓦四皇子作為與教皇接觸的誘餌吧，之前不是說瑟琳已經移轉到教皇根據地了嗎？只要能突破那個地方，瑪麗亞就能進行後續追蹤。」

「沒錯，愛迪！我就是因為追瑟琳追到變成這樣的，只要在附近，我就能掌握她的動靜！」

自信滿滿說出這番話的公爵夫人，為了討公爵大人歡心，把自己的整顆頭都探了出去，爸爸像在摸動物似地摸摸她的頭，還搔搔她的下巴。我看再這樣下去，媽媽都要發出呼嚕聲了吧。

真噁心，我為什麼得坐在這裡看這種場面啊？

「公爵大人，那個矮冬瓜肯定也知道要保命，他會乖乖照著我們的期望走嗎？」

「那傢伙也是有自己的盤算才會選擇投奔亞蘭，應該早預期到自己會被利用吧，但如果他是那種不顧一切躲在亞蘭，打算戰爭結束後再返回故國的笨蛋……」

那就只能先把涅爾瓦當成人質抓去跟教皇見面，事情辦完後再把他處理掉了。要是他連坐上談判桌的方法都不懂，就算幫助他登上皇位，肯定也無法溝通，不如早日鏟除才是上策。

「是那樣的話，就先把他當成跟教皇見面的道具，之後再把他處理成行蹤不明吧，石頭腦袋沒有活著的價值。」

對，尤其那又是萬人之上的位置，留他活口反而會對周遭人造成麻煩，不管是對日後的亞蘭或拉爾古勒都沒有好處。

我點頭對爸爸表達同意，但傑克・布朗、葛倫少爺、塞基先生和瑟蕾娜小姐都皺著一張臉看向我和爸爸。

「唉……我上輩子到底是犯了什麼罪才會出生在布朗家呢？」

「我以後會繼續努力工作的，雖然對兩位而言應該還有所不足……但我一定會盡全力的！」

「怎麼還有這種人啊……」

「女兒啊，妳別擔心，雖然妳人品有點……雖然各方面都有點糟糕，但把拔還是愛妳。」

什麼啊？怎麼了？這不是理所當然嗎？我跟爸爸只是作出了最合理的結論而已，

你們為什麼都是這種反應！

即使身處眾人的嘆息聲中，爸爸依舊獨自堅持把程序走完，在議長的獨斷之下結束會議，於是本次議程除了組成瑟琳討伐隊外，還編列了相關預算，並將現場交給我全權負責，賦予我在拉爾古勒所有行動的決定權，另外也完成了向涅爾瓦四皇子請求協助的文件。

把以上全部內容都寫下來的爸爸說事態緊急，指示大家即刻回到宅邸發送公文，並請瑞姆進行影印。

瑞姆擔心自己會不會被抽調成為戰鬥人員，不過我們招攬瑞姆，是要把她當成影印機來用，沒有讓她去當殺手的理由。

爸爸和我拿著跟瑞姆簽訂的契約向她解釋，瑞姆．巴特在洛克斯伯格家工作期間，只需盡到作為影印機的本分，其他事情一概無須在意，瑞姆這才安心下來，一臉放鬆地去用品室拿紙。

呼呼呼，這麼方便的孩子怎能拿去用在殺人這種事情上呢？

爸爸可能抱持著跟我相同的心情，偷偷向我伸出拳頭，我也握拳和他對碰，展現出我們的家族愛。

哎唷，好忙好忙啊，要帶隊員們前往拉爾古勒的話，我不僅得準備聖光明路西路西號，也得拜託菲埃那勒那邊的護衛在太陽下山前作好出航準備，還得獲得四皇子同意協助的約定。

或許是跟路西路西吵架的這些歲月沒白費，涅爾瓦小不點說只要能保障他的安全無虞，利用他跟教皇見面也無妨。

獨自狼狽逃進敵國，好不容易才留下一條命的狀況下，他確實也沒其他選擇了，但我還是答應他會盡可能保障他的安全。

畢竟萬一到了拉爾古勒軍隊攻進亞蘭的狀況，前者的內政可能也會遭受破壞，而能平定這個狀況的人物，或許就只剩涅爾瓦了。

我們在一天內作好一切準備，簡單打包了行李，再各自帶了厚厚的錢包。行囊要輕，錢包要重，這是旅行的鐵則！

跨上要和我一起進行這趟征程的愛駒伊莉莎白，我看向自己的所有隊員。

塞基先生騎著跟我們家借的漂亮馬匹、艾斯托和里溫也帶上各自的馬、涅爾瓦皇子則像橡皮糖一樣黏在艾斯托背後。

倒是瑟蕾娜小姐害怕騎馬，說要自己用魔法跟上我們……

傑克……應該又會騎彼得來吧，至於媽媽……

那看起來好像是威廉爵士的愛駒，但我還是不要多管閒事了，不然又要吵架。

我向送行的人們揮揮手，並在葛倫少爺身邊停下。

等我從拉爾古勒回來，不管是哪方面的事應該都會有所了結吧。不管是抓住瑟琳解除契約，或是變成電池本池，這趟旅途將決定我未來的人生方向。

所以，我呢！如果！活著回來，有件事一定要做！

「葛倫少爺。」

「是，羅莎莉特小姐！」

「如果平安回來，我有話要跟你說。」

「……」

嗯？什麼意思？這裡不是應該要很感動嗎？為什麼皺著一張臉？傑克似乎聽到我跟葛倫少爺的對話，他揪著彼得的毛跑來對我生氣。

「請不要講這種不吉利的話好嗎！」

「什麼啦！這哪裡不吉利了？」

「小姐的意思，跟如果從戰場活著回來，就要和青梅竹馬的未婚妻結婚的承諾有什麼不一樣啊！」

「啥，那是兩碼子事吧！」

可惡，你舉這種例子才不吉利好不好。反正我總歸是作出了某種程度的重大決心，跟葛倫擠眉弄眼了一番後，便帶著大家上路了。

一抵達菲埃那勒，我先走進一個不知道是海軍基地還是公爵宅邸範圍裡的某間幽靜小屋，叫醒公爵開始協商。

公爵家大部分都變成了辦公地點，獨自在簡陋小屋裡補眠的她，極力反對我突然說要去拉爾古勒的主張，但確認了無線電的品質後，態度又立刻一百八十度轉變。

「洛克斯伯格肯定都是計畫好的，那就好好地護送你們去拉爾古勒吧。」

如此這般大聲嚷嚷的公爵大人隨便用毛巾擦擦自己的眼屎，接著就到外面使喚著這傢伙那傢伙的，準備好能立刻啟航的船隻。

嗯……依我來看……要保護我們的應該不是正式亞蘭海軍，而是公爵大人的私掠艦隊吧？嗯……相較於正規軍，其實公爵大人私兵搭的船反而更好。

我是沒差啦，但這樣就不是作為亞蘭軍人，而是以私掠船船長身分出發了，看她講話的模樣真是跟海盜沒兩樣。

「臭小子們！走吧！上工囉！」

「好的，女士！」

……這就是海盜團啊。

我因為那女人的行為變得不安，在艾斯托身後黏緊緊的涅爾瓦也不安地發抖。他黏在艾斯托身後說雖然早有傳聞，不過那女人幹的事情真的跟流氓沒兩樣，於是居然鬼神般聽懂了他在說什麼的菲埃那勒公爵大人，氣得巴了涅爾瓦皇子的頭。

後面就……竟敢對高貴的拉爾古勒帝國什麼的，後略……一個流浪皇子跑來別人國家什麼的，後略……老公也跑了，後略……小不點怎麼敢在這裡放肆，後略……

先不管兩個水準差不多正在爭吵的人，我把塞基先生的兩名徒弟關進引擎室作為緊急動力，接著下達啟航命令。

我提出反正要去拉爾古勒，中間可以先繞去羅希爾吃點好料，也能在那裡的海邊玩水的意見，隊員大部分都表示贊同，瑟蕾娜小姐卻手抵著額頭。

但她終究無能為力，只能悠悠地接受大家的敬老優待，在溫暖的地方暖暖腰部，接受按摩，安心休息。

雖然之後在羅希爾的餐廳，艾斯托幹出了拿著菜單，氣勢凌人地要求從這邊到那邊全都給她來一份，結果因為出餐出不到一半而大鬧餐廳的事，但因為版面不足，以下省略。

這笨蛋肯定是看著依序用亞蘭語、拉爾古勒語、切雷皮亞語標示的菜單，以為出餐就是會照著那個排序來一輪吧。

真是丟人，因為太丟臉，我就不多講了。她明明有時候還挺聰明的，為什麼平常是這副德性呢？

聖光明路西路西號在菲埃那勒公爵大人的私掠艦隊護送下，順利朝著拉爾古勒國際港出發。

如同原先的預期，一靠近拉爾古勒邊境海域，就看到前方聚集了非常多的拉爾古勒海軍。

警笛聲彷彿在警告我們，繼續往前就會被視為敵人開火……但反正我有無敵菲埃那勒艦隊保護，沒什麼需要擔心的，只煩惱於要是被困在這裡，會很浪費時間……

「這裡就由我來處理吧。」

什麼？老太婆怎麼這麼突然？

戴著墨鏡，又一身在羅希爾穿上的度假洋裝，而且還躺在游泳池躺椅上喝著椰子汁的我，聞言立刻跳了起來，繼續用竹吸管吸著椰子汁。

我走上前問她有什麼想法，用巨型扇子努力替我搧風的艾斯托也在後面小碎步跟上，瑟蕾娜小姐則拜託我讓大家撤退。

「再這樣下去會有很多人員傷亡，乾脆來一次大的，把他們嚇跑比較好。」

「老太婆！妳該不會是要用那個吧？」

什麼啦，到底會發生什麼事？不要只有把拔你自己知道，也跟我解釋一下嘛！

然而兩位大魔法師沒把他人放在眼裡，已經形成兩人世界，把我排除在外。

「事態會發展至此，我也有責任。還是跟那小不點坦白，讓她清楚我準確的戰力在哪吧。」

「但這個……老太婆，妳的自尊……」

「快照我說的去做！」

你們為什麼在這邊獨自悲壯啦！

瑟蕾娜小姐一站到船頭，塞基先生就一臉悲壯地拜託我把大家都叫進船艙。他說瑟蕾娜小姐已下了重大決心，之後會把祕密全盤說出，可是只能讓我一個人知道……

「嗯……也不是多難的事，我就尊重你們吧。」

「謝謝，真的謝謝妳，女兒。」

我才曬太陽曬到一半，到底發生了什麼事啊？平常就很強調要敬老尊賢的我也只能聽從瑟蕾娜小姐的要求，把四皇子和我們家的人都叫進船艙內，僅留下能讓船隻繼續航行的最少人力，並讓他們依照塞基先生所說的把耳朵摀住，路西路西號的船員全都乖乖照做了。

什麼意思？為什麼要摀住耳朵？是類似獅子吼之類的嗎？那我如果沒摀耳朵不就也會有危險？

「抱歉了，女兒，請妳忍耐一下。」

「呃！」

但把拔是堵住我的嘴而不是我的耳朵，他說從現在起發生的一切都是機密，萬一我中途笑出來，會讓瑟蕾娜小姐心態炸裂，所以他才必須堵住我的嘴。

……啥？會笑？心態炸裂？現在哪有什麼我會覺得好笑的事？

「開始吧。」

喔喔喔，看來是瑟蕾娜小姐要施展一波大魔法了是吧？啊哈，所以剛剛說要親自出馬弄一波大的，嚇跑拉爾古勒，就是這個意思？

「深淵之王啊，請回應我的呼喚。」

「……」

「……」

什麼？什麼王？

是我聽錯了嗎？剛剛那位姐姐是在講什麼深淵之王對吧？

「雖然瑟蕾娜老太婆知道非詠唱魔法威力比較弱，但她平常都只用那類型的，不太使用需要啟動語的正式魔法。」

等一下，什麼意思？所以到目前為止施展的那些什麼會飛的魔法、把羅希爾會議現場結凍，或是把海葵關進永久冰河之類的地方，都只展現出她一丁點的實力而已嗎？

「我將成為你的深淵！渴求吧！渴求吧！渴求吧！唯有吞噬一切，才是你的本質！」

噗嗤！

噗哈！噗哈哈！噗哈哈哈哈！拜託別再念了，快來人把那個人的尼采搶走啊！那老太婆為什麼這麼喜歡深淵呢！

「魔法啟動語一旦確定，就不能再更改，老太婆也是年少不懂事，才會一時失誤搞這齣。」

「呃，噗！」

「看到那老太婆這樣，讓我下定了決心，啟動語要簡潔有力，要選五十年後也不會覺得丟臉的詞彙！」

原來這是把拔的魔法都很快速簡潔的原因嗎？只是為了不要以後覺得丟臉，才會開發只採用指定範圍和術式解放的簡略魔法嗎！你是不是瘋子啊！

「嗚響吧！滅亡的小夜曲！」

哇……怎麼會連最後一個詞都這麼丟臉啊？因為能徹底覺察到創作者的意圖，我的體內湧出了一股羞恥感。

可以感受到她是從自己的名字發想咒語，所以最後才硬要把「小夜曲[2]」加進去的意志。

畢竟小夜曲是歌曲，如果加進「響起」或「詠唱」這類動詞，不僅脈絡合理，聽起來也比較帥。但「響起」氣勢不夠，所以最終才硬是用了「嗚響」一詞，然後既然這是破壞型魔法，才會想說要加進滅亡之類的，感覺更酷吧。

因為能個別體會那些選詞的用意，我的手腳蜷曲著難以伸展，不過瑟蕾娜小姐結束所有詠唱後施展的魔法真的非常厲害。

在一陣嗚嗚聲後，大氣開始晃動。聚集的火焰劃出一道直線，將大海一分為二，再蒸發殆盡。

直到觸碰遠方的陸地，瑟蕾娜小姐的攻擊威力絲毫未減。

2　小夜曲一詞源自法語 Serenade，與瑟蕾娜同音。

海岸線因此改變，原本應該存在的陸地完全消失凹陷，被抹除的空間湧入了海水，掀起巨浪海嘯。

目睹這令人難以置信瞬間的拉爾古勒海軍，手忙腳亂地趕緊將船隻掉頭。

我則深呼吸了一口氣，優雅地放下塞基先生摀住我嘴巴的手，走向瑟蕾娜小姐。

這是非常具有威力的魔法，雖然過程有點恐怖，但更加強烈洶湧的感動撞擊著我的內心，讓我心潮澎湃。

只要有這個人在，根本不需要核武。我以請求和解之意向瑟蕾娜小姐伸出手。

「瑟蕾娜小姐。」

「呃嗯？」

「既然都這樣了，就幫他們把海岸線切成可愛的星星狀吧。」

大拉爾古勒帝國的海岸線以後將永遠是可可愛愛的星星形狀，讓他們一輩子都記得被區區一名亞蘭魔法師擊敗的恥辱，給這塊大地刻上無法復原的傷痕吧。

為了不笑場，我還邊自己摀住嘴巴，邊指點瑟蕾娜小姐要朝哪才能畫出漂亮的星星。

「啊就我年輕的時候很流行那個啊！嗚嗚嗚嗚！」

哎，老奶奶，那不也是五百多年前的事了嗎？

把海岸線切成星星模樣的我們，把聖光明路西路西號停在星狀海岸線某處的峭壁旁，接著找到居民都已經去緊急避難的某個村子。

這個拉爾古勒海岸村的人在目睹海岸線改變後只顧著逃命，手忙腳亂地就跑了，所以這邊幾乎都是空屋。於是我們找到旅宿設施後，在沒有主人的櫃檯放了預付款包棟便入住了。

而為了要讓船員能在我們去拜訪教皇時好好原地待命，我先是幫他們撥出了一筆預算，並隨後製作起萬一得躲避拉爾古勒軍，或麻煩菲埃那勒公爵家的狀況時所用的指南。

瑟蕾娜小姐則是獨自在旁飲酒，這也就是我為什麼能推斷出她一直反覆在講的那些當年流行的魔法咒語究竟出於哪個年代。畢竟她一邊酗酒，一邊說深淵一詞在亞蘭王國誕生前很流行，既然我也對亞蘭王國的歷史瞭如指掌，就不可能不知道她是在講何時的事。

「你們！你們不可以笑我！當時是真的很流行！拿著鑲有超大紅色魔水晶的枴杖也是！以前很流行！比我更誇張的人甚至還會鑲上翅膀！」

「哎呀，老太婆，沒有人笑妳啊。女兒，妳沒笑吧！」

「沒錯，瑟蕾娜小姐，如果還有其他故事，我還想多聽一點唷！」

「這不就是覺得好笑的意思嗎！」

呿，被發現了，但是！只要聽過一次深淵系列，不就會很想確認還有什麼其他的嗎？從瑟蕾娜小姐的魔力屬性，或是深淵愛好者的屬性來看，不覺得應該還會有什麼九層地獄或七宗罪之類的系列嗎？

再加上熟悉以後……也並非不能感受到帥氣啦……首先呢，里溫肯定會很喜歡吧，我莫名覺得里溫跟威爾應該會超喜歡。

「羅西，那老太婆怎麼回事？她怎麼從剛剛就一直在喝酒？」

喔？這件事連媽媽都不知道嗎？

哇啊啊，如果瑟蕾娜小姐與深淵陷入愛情的故事連媽媽都不曉得，那真的是藏得非常好耶，難怪會說是跟我講了一個天大的祕密！

「孩子們，指南完成了，幫我傳下去。」

「是！小主人！」

好，船員的指南製作完了……接下來輪到四皇子一行人的指南嗎？真是的，雖然這是爸爸跟涅爾瓦商量過的內容，但對其他人來說還是……因為還有些他們應該會強烈反彈的事還沒講。

我們獲得喬勒亞夫正教全面支持的尊貴的涅爾瓦說，他知道拉爾古勒首都外圍通往喬勒亞夫教本殿的祕密通道的位置。

雖然這是個非常讓人感興趣的消息，可是路西路西應該不可能不知道這件事……我知道的消息，對方肯定也知道，要以這個認知為前提進行後續安排才是最安全的，所以我提議分組。

爸爸看起來是因為我的安全問題而有點猶豫，不過既然我自己先開口了，他一方面覺得放下心來，另一方面又感到有點複雜，態度十分微妙。

「涅爾瓦大人有準備禮服假髮對吧？」

「雖然有準備……但我有穿戴它們的必要嗎？」

「有。」

「為什麼？」

「因為很搞笑。」

哈哈哈哈哈哈哈哈，這矮冬瓜動作也未免太遲緩，我一下躲開涅爾瓦這笨蛋要踹我椅腳的攻勢，站起來搖晃紙張讓墨水風乾。

一樣都是矮冬瓜，爆發力這塊還是四小節壓倒性獲勝，她是真的沒給任何閃躲時間，直接一腳命中的那種。

「把拔！里溫！傑克．布朗！我有話跟你們說，我們出去一下吧。」

我挑出平常會找來替里溫進行創傷治療的小組成員，儘管艾斯托和媽媽也纏著我說想跟，不過這可是有機率會對心思細膩的里溫產生影響的事，我不可能帶兩個沒神經又遲鈍的人一起去。她們聽到我這麼說，雖然還是有點意見，卻仍被說服了。

至少……她們知道自己沒神經又遲鈍啊，好險。

我在搖晃著第二份指南，把墨水風乾後動身。即使我們本來就是要做危險的事才離開亞蘭，但因為跟我一起的里溫和傑克可能會遭逢更巨大的危險，所以我必須先取得他們的諒解才行。

月色皎潔，懸崖陡峭，海浪不斷嘩啦嘩啦拍打著海岸，很適合晚上出來透透氣。

我把伊莉莎白和彼得一起叫來展開一場散步大會，在星星峭壁附近徘徊。

刻意搭著聖光明路西路西號過來，還帶了一票菲埃那勒的人，接著又隨便把船停泊在海岸線，就是希望我們抵達的事盡早傳到首都。也託了瑟蕾娜小姐把海岸線打造成星星形狀的福，消息應該傳得更快了。

「女兒，特地跑來這邊是要講什麼祕密啊？」

「首先，先收下指南吧。」

我遞出剛剛寫好的指南，把拔快速瀏覽一遍後，皺起整張臉。

「不是，這樣不就只有妳會陷入危險嗎？」

嗯……得想盡辦法牽制彼此，又要盡可能互相保護，不知不覺就變成這樣了，不然還有什麼辦法呢？

「傑克和里溫，你們得跟我一起共生死了。」

「哇啊啊，講得好像我們之前沒有差點一起死翹翹一樣。」

「就算是地獄我也會一起去的，姐姐！」

「我才不要！地獄你們兩位自己去，我要去好地方。」

哎呀，既然是這麼盡忠職守的臣子，我要下地獄時肯定會牽著你的手一起走的，傑克．布朗啊。

我緊抓著傑克這麼說，傑克起雞皮疙瘩地甩掉我，再用彼得的毛用力擦拭自己的手。

呼……好喔，我居然把這種人當成自己的護衛帶著跑。

「別開玩笑了妳這小鬼！也讓我同行吧，我沒辦法只讓你們三個去！」

「如果缺了把拔跟公爵夫人之中任何一人，就沒辦法阻止可能改變心意的瑟蕾娜小姐了！」

這是我跟爸爸考慮再三才分好的隊伍，不會有比這個完美的組合了。

首先，如果要找出瑟琳，媽媽的瑟琳感知能力不可或缺，但還需要有塞基先生和瑟琳娜小姐來協助這個笨媽媽。而且為了預防瑟蕾娜小姐又臨時心軟想袒護瑟琳，也需要媽媽和塞基先生的戰力。

然後作為與教皇接觸的道具，四皇子的存在也是必要的，為了控制這個男人，艾斯托也同樣得在場才行。

把抓捕瑟琳所需的這五人綁成一組後，雖然可運用四皇子知道的祕密通道直接前往喬勒亞夫本殿，不過以防萬一，還是需要先送誘餌進去，讓誘餌大鬧一場，轉移拉爾古勒皇室的注意力，再趁亂到本殿跟教皇接觸。

當然，那個誘餌就是我啦。就是為了要讓對方知道洛克斯伯格又在作秀，我才會刻意搭聖光明路西路西號來到這裡。

儘管我們的主要目標是瑟琳，但路西路西那邊肯定不知道還有這層內情，只會以為我是為了打侵入戰而進來潛伏。

至於瑟琳跟皇室聯手的可能性……真到了那時候再說吧，只要折磨路西路西讓他招供瑟琳的位置就好。

呼呼，光是知道路西路西對我們洛克斯伯格超級滿意這點就夠了，尤其我可是從幾年前開始就一直被他挖角去當皇后的人，他肯定不會想把我殺死的。

因為！我！雖然也搞不清楚是怎樣！但我在路西路西的心中！好像是個非常非常有力的皇后人選！

「不是！妳以為那是什麼地方，還想要你們幾個小不點自己去？我不允許！也帶我去！」

「你想想啊把拔，如果少了你，就會只有瑟蕾娜小姐、公爵夫人、涅爾瓦和艾斯托這四個人跟瑟琳碰面耶。」

「……」

「來，所以哪邊更嚴重呢？」

「呃，嗯……」

是吧，明白了吧，光用想的就亂七八糟吧。

聽完我說的話，把拔終於被我說服，緊閉著眼把指南傳給了里溫。指南上面寫著當分成誘餌隊和本殿隊的策略失敗時，後續該如何是好的行動綱領。

傑克和里溫都沒什麼反彈，我想是因為我們三人會一起行動這點，讓他們都大大放心了吧。

「反正這個組合是不可能死的啦。」

「到地獄我也會守護您的，姐姐！」

「您不要再講什麼地獄了，少觸楣頭！」

喂喂喂，這兩個又開始吵架了。

因為他們又開始互揪頭髮吵架，我打算上前阻止，把拔卻突然將我攬進懷裡。真是的，弟弟跟護衛都在場的狀況下，幹嘛做這麼讓人難為情的事？

「別受傷了，有危險就趕緊逃，就算妳失敗逃跑也不會有人怪妳的。」

「我知道。」

哎唷，把拔幹嘛一直講這種肉麻話？但我想說既然剛好氣氛如此，把拔抱我多緊，我就也多用力地抱回去拍拍他的肩。

這次真的會順利的，這真的是最後一次，要真真真正地從回歸解脫了。

作出如此決心的我結束這場散步聚會回到住處，一覺醒來時發現拉爾古勒軍已快速包圍村莊。

我們以瑟蕾娜小姐和媽媽打頭陣，一邊摧毀一切，一邊朝首都進攻。

在涅爾瓦皇子提到的祕密通道所在地區附近，和全體隊員一起度過最後一晚之後，我帶著里溫和傑克早一步出發，後面的事就只能相信把拔和指南的力量了。

涅爾瓦四皇子提到的祕密通道，是由如今已沒在使用的水源地延伸的水路，看它有點微傾，會讓水往低處流的構造，以前應該是作為上水道使用……

要是現在還有在使用，只要把瑞姆．巴特泡進去再撈出來，這遊戲就結束了呢，真是遺憾。

「姐姐，看到盡頭了。」

嗯？這麼快？

讓彼得堵在水路入口，只要有人過來，就先讓牠擋一下的決定真是太正確了，這樣才不會一下就被抓。

雖然是天色未亮的凌晨，但薄薄牆壁的另一頭傳來了腳步聲。與作為舊有水路的磚瓦不同，只有這邊的磚瓦有新砌的痕跡，應該就是涅爾瓦所說的祕密通道了。

可是……要說這是祕密通道……哪裡有通道啊？只是一道堵著水路的新牆面而已，那不就只能摧毀它嗎？

「會不會是那個矮冬瓜說謊啊？我看這得要破壞才能過耶？」

喂，你不要跟我有一樣的想法，很可怕。

既然都已經到了這裡，也只能破牆而入了，先把這裡破壞掉，更有利於悄聲無息地潛入本殿。

「先等等。」

為了確認這裡有沒有魔法或神聖力形成的術式，我開始調查魔力的動向，目前看起來沒什麼詭異的動靜……

「……」

喔喔？等一下！這不就跟我夢想中的地城探險很像嗎？兩個物理攻擊加上一個魔法師的組合也很均衡，我竟有種莫名的撲通撲通興奮感。

「都這時候了怎麼還嘻嘻哈哈的啊？看了心情真差。」

「傑克．布朗，你可以尊敬一下我嗎？」

「我有在尊敬您啊！」

「不是，真的尊敬才不會講出讓主人心情不好的話。」

哎唷，你不要露出真心慌張無措的樣子好嗎，我會受傷！

「姐姐，您先退下，我先破牆。」

喔喔喔里溫，終於到了你能派上用場的時刻了嗎？

阿斯特里溫帥氣拔劍，發動劍氣，他敏捷揮動著發出紫光的劍，將牆壁砍成碎片後又多砍了幾下，接著才耍帥地收劍入鞘。

然後，我們在倒塌的牆後看到的是……

「……」

「……」

「……」

正在換穿象徵喬勒亞夫教禮拜服的超——多神官。

『有變態！』

『是、是痴漢啊！』

誰是痴漢啊！給我講清楚！是誰！我真的，這種時候，一般，不是遇到警衛，或是聖騎士，就是正在巡邏的人之類的嗎！總之照情節來看，不是應該要遇到那些人才正常嗎？

為什麼是更衣室啊！為什麼現在閒置的水道會跟更衣室連在一起！

『放肆！』

里溫的聲音在更衣室裡傳開，那些脫了個精光的男人各自忙著彆扭地遮住重要部位。

喔對，我是來這裡當誘餌的，要趕快進入狀況才對，現在我必須振作。

『你們可知道這位是誰嗎！』

啊，那個，拉爾古勒帝國的一介神官，怎麼可能知道住在亞蘭王國洛克斯伯格公爵家的公爵繼承人是誰呢，里溫？

但我決定接受里溫這個自信爆棚的狀態，向前一步站在傑克和他之前，奮力揚起下巴。

立正站好的我，以優雅的手勢指著自己。

『大家注意禮貌，我是以後要成為拉爾古勒國母的人！』

嗯，好像怪怪的，我的自我介紹應該很完美才是啊？

我在眾多神官面前堂堂正正說出路西路西挖角我的事實，他們卻呼叫了神殿騎士，隨後我、里溫和傑克一起被抓進了喬勒亞夫教審問異端的監獄。

畢竟是關異端的地方，設施相當簡陋，不僅陽光照不進來，沒有窗戶也無法通風，導致現場飄散著刺鼻的惡臭。

我從傑克包包裡搶走了防毒面具戴上，大口呼吸。

「拉爾古勒的國母到底是什麼意思？您就沒有更正常的說服方式嗎！」

「還會是什麼意思？路西路西纏著我，要我當拉爾古勒皇后多少年了，我只是說出事實啊。」

「那個人也不是什麼省油的燈，哪會是真心的啊？肯定是為了讓小姐心情好才口頭美言幾句吧。」

「喂，你為什麼不相信我說的話？我都說是真的了！拉爾古勒發的公文裡也有寫到，只要把洛克斯伯格一家交出去就會撤軍啊！」

「那是因為公爵大人太優秀了，才想招攬他過去嘛！小姐哪有什麼厲害的……」

「你要跟我打一架嗎？」

「我幹嘛打註定會輸的架啊？」

那你幹嘛一直找我碴！

正當我揪著傑克．布朗的領子大發脾氣時，獄卒大概是嫌我們吵，靠過來敲了幾下鐵窗。

『安靜，瘋子！』

「姐姐，要殺了他嗎？」

喂，你夠了，我很清楚你用一根樹枝就能和彼得抗衡，但拜託你冷靜。

我擔心里溫又闖禍，於是趕緊抱住他，讓他冷靜下來。直到氣呼呼的阿斯特里溫變回乖巧的小里溫，輕拍著他的我才從綁在禮服內側的小錦囊拿出一顆寶石給獄卒。

『你收下這個，幫我跟路西路西傳話，說羅莎莉特．洛克斯伯格來了，我只是想要靜靜待著而已。』

『路西路西是誰啊？只要是住在拉爾古勒首都的人就沒問題。』

『我是指這個國家的皇太子，路基烏斯．埃德莫克．拉爾古勒殿下。』

『……妳這女人瘋了嗎？』

「姐姐！我還是殺了他吧！」

哎唷，不可以啊里溫！

我緊抓著里溫的腰，此時卻在意想不到之處出現了鐵器聲，傑克．布朗又給我偷帶什麼來啦？

傑克從腰帶掏出軟劍，用它在鐵門框上劈砍出痕跡後，又接著使出了一記踢腿，堅固的牢門便乾脆地倒下了。呆頭呆腦站在原地的獄卒被門直接砸中，鼻血直流。

「小姐，您如果不想看到我發瘋，還是快點叫他照您說的話去做吧。」

啊……嗯，好的，你眼睛不要瞪這麼大啦，好恐怖。職業是拷問官的他光是站在那邊殺氣騰騰地擺臉色，就連我都要嚇死了。

『喂，我在叫你。我再多給你一把寶石，你去幫我傳話，報出我的名字就好，我們真的只是想要安靜待一陣子就走。』

『我也不能親自覲見到皇室，別太期待了。』

『好喔，請務必幫忙傳話，就說羅莎莉特．洛克斯伯格來了，或是講羅斯羅斯來了也可以。』

哎唷喂，怎麼把這好好的門給毀了呢。

我在里溫的協助下扛起鐵門，將它大致擺回原本該在的位置。雖然黏不回去了，但這樣放比較有監獄的感覺，才像是被關押在此處，很有氣氛呢。

「你又沉不住氣了！」

「還不是因為那傢伙先罵了小姐！」

「罵人的話就聽得懂？」

「用感覺多少能聽懂啊。」

好喔，你棒棒，聽到我被罵還會替我出氣，怎會有這麼善良的護衛呢！

我拍拍傑克的屁股稱讚他，他嚇得立刻跳離我身邊，大聲嚷嚷著我性騷擾。

啊……好吧，這部分是我的錯，你會心情不好也可以理解，我只是覺得傑克太乖又太棒了才會這樣。

「姐姐。」

「別說了，阿斯特里溫。」

「也拍拍我的屁股吧。」

「我不要，阿斯特里溫。」

你不行，不管我發生什麼事，都絕對不能在你身上做這件事。

我果斷拒絕里溫的請求。在路西路西來找我之前，我們決定一起玩字尾接龍，字尾接龍玩膩了則開始接字首，之後又趁勝追擊玩了團康遊戲，甚至即使才三個人而已也玩了狼人殺，還背九九乘法表、玩草莓遊戲等等。

在傑克因為輸了而正被我們暴打後背時，稍早離開的獄卒回來了，顫抖地呼喊著我。

『出來吧，皇太子殿下親自蒞臨了。』

『喔？路西路西這麼快就來啦？』

『我已經出去三個小時了耶。』

『……』

時間竟然過得這麼快嗎？哎呀，玩遊戲玩得太開心了，都沒注意時間的流逝。

當我驚訝地跟孩子們表示，我們已經玩遊戲玩了三小時的時候，里溫和傑克都覺得對方是瘋子，互相對著彼此捧腹大笑。

『看來你們真的是一群瘋子吧……』

你剛剛都已經失言噴鼻血了，怎麼又犯老毛病了呢？我想說自己去一下就回來，但傑克．布朗又拿限制行為能力人的事出來講，主張他也要同行。

你……都已經讓我戴上手銬了，還是很焦慮嗎？不過話說回來，在洛克斯伯格領地以外，限制行為能力人這件事應該是無效的吧？你不用跟也沒關係啊。

「我太無知了，不懂什麼法律。」

喔……你都笑著說自己無知了，我還真的不知道要說什麼才好。

雖然獄卒看起來是希望我自己行動，可是在這個蝦兵蟹將聚集的空間裡，沒有半個人能阻擋傑克。

然而或許是滿足於傑克安分的表現，獄卒還是帶著我和他前往了接見室。

接見室聚集了一票神殿騎士，正中央則設有一道厚厚的玻璃，上頭有幾個孔洞，另一邊則站著路西路西和神殿一行人。

『噢！路西路西！您都沒寫信給我，看來過得不錯喔？』

『來人啊，快點調查。』

喂，你幹嘛忽視我講的話！

路西路西一向神官下令，身穿最漂亮衣服的神官大叔便瞇起細長的眼睛盯著我，用充滿神聖力的魔力慢悠悠地在我身上進行探索。

呃，我在探索別人時還不曉得，現在立場反過來，真的讓人很不悅耶。

但我能猜到路西路西的意圖為何，大概是在懷疑我是不是假冒的羅莎莉特．洛克斯伯格吧。

畢竟我們在那座孤島上，曾碰過試圖撲倒泰奧多爾的壞蛋魔法師，換作是我，肯定也會進行這道程序，所以我決定忍耐這個既漫長又讓人心情不好的感覺。

『只有那女人小指上的戒指和胸針有魔力跡象……沒有其他異常。』

『所以她真的是羅斯羅斯？』

『應該……呃，我不知道誰是羅斯羅斯，可是應該是殿下認識的人沒錯……』

嗯……看來路西路西還在懷疑我，那我就要來給他一劑強心針了。

『坦白說，我有懼高症。』

『……』

『住口。』

『為了表示歉意，就由我來代替羅斯羅斯的先生來一曲吧。』

嗯哼，讚喔，總算是相信我了吧。

我欣慰地翹起鼻尖，心中得意洋洋，路西路西大概是生氣了，他緊皺著額頭，露出很扭曲的表情。

『所以說，羅斯羅斯為什麼會在這裡？』

『不是路西路西要我來的嗎？』

『……我嗎？』

『你不是說只要我流亡來這裡就會撤軍嗎？』

『……』

『……』

路西路西露出比剛剛更詭異的表情，看著天花板嘆口氣，再看著地面嘆口氣，接著又看我一眼嘆口氣，才再度開口。

『妳現在是要我相信這句話嗎？』

『當然要相信啊，不然呢？』

『亞蘭的洛克斯伯格全面投降，願意當我的臣子？』

『是。』

『妳現在是要我相信這句話嗎？』

『為什麼一直跳針啊，是上了年紀老人痴呆嗎？』

『妳這女人也太放肆無禮！』

這位大叔你剛掃描過我就可以了，插什麼嘴啊？我的眉毛抽動了一下，露出不悅的神情，路西路西於是立刻舉起手，巴了那個神官大叔的頭。

『對方是亞蘭的洛克斯伯格公爵繼承人，說話小心點。』

『可是殿下，她可是將來會成為拉爾古勒從屬國一分子的女人，必須好好管教才行啊。』

哎唷？管教？我的眉毛又抽了一下，路西路西再次高舉起手巴神官大叔的頭，發出清脆響亮的聲音。

『她是即將成為皇太子妃的人，小心說話。』

嗯……雖然我只把皇太子妃當成垃圾話啦……但聽起來心情還不錯呢？

我發出低哼，把笑聲吞下肚，繼而下巴抬得老高，威風堂堂地說。

『我是為了要給您獵頭的正面答覆才來的，趕快帶我走吧。』

『妳一副好幾天沒洗澡的樣子，講話卻有夠威風呢。』

『就算好幾天沒盥洗，也藏不住我的美貌啊。』

『在我看來就只是個好幾天沒梳洗的女人而已。』

『給我住口，快去替我準備花飾馬車吧。』

『一定要花飾馬車才行嗎？』

『對。』

『為什麼？』

『我就覺得該要是花飾馬車。』

『好吧……那我去努力看看。』

你為什麼這麼心不甘情不願啊！是覺得我可憐嗎？看我可憐才決定聽從我的拜託嗎？

我一抱怨，路西路西就用很怪的眼神斜眼看我，搖搖頭後又看著天空嘆了口氣，再看著地面嘆口氣，最終才嘆口氣，再次搖搖頭看著我說。
『但妳那個……雖然我是真的非常不想問這個問題。』
『什麼事？』
『妳脖子的鎖鍊和手上的手銬是怎麼回事？』
『這是洛克斯伯格的最新流行。』
『哈哈。』
什麼啊？什麼意思？這可是洛克斯伯格式的笑話耶。不管說什麼都好，你吐槽一下好嗎？為什麼只短笑兩聲就要走啊？喂！你這樣我會很無地自容，臭小子！
『好喔，那……等花飾馬車備好了就會過來。』
語氣非常不情願的路西路西說他還有事就離開了接見室，於是我和傑克又被迫回到監獄，等待花飾馬車抵達。
等我們收到皇室為我準備的馬車抵達的通知，踏出異端審問所的那一刻，卻只看見一輛上頭有著花紋的超沒誠意皇室馬車在等著我們。
這不是我想要的花飾馬車，我在洛克斯伯格領地遊行時也不會搭這種粗製濫造的馬車！我以前都是搭用鮮花裝飾，真的真的超漂亮的馬車耶！
我一邊抱怨一邊拒絕搭乘，皇室所屬騎士乾脆直接把我扛了進去，並協助傑克和里溫也乘上馬車。
不知道傑克是為了什麼，一臉抱歉地不斷跟皇室騎士道歉。
哇啊啊，我這是睽違幾年才又來到這啊？

我看著沒有任何變化的皇宮哼歌，最後一次來的時候應該是十八歲吧……居然已經過了五年嗎？

這段時間，我們亞蘭王宮在每個地方都鋪設了明亮路燈，每棟建築物也都設置了為僕人與侍女準備的公共洗衣機，拉爾古勒皇宮卻毫無進步，就是這點讓我不自覺地哼起小調。

而里溫和傑克比起為皇宮規模之大所震懾，似乎也是對古文物能保存至今的部分感到更加驚訝，他們應該有種來遺址觀光的感覺吧。

畢竟亞蘭宜居的區域較小，所以有事沒事就會拆掉重新開發，基本上不到魔水晶礦山附近，是很難找到古早的人文景致的……喔，那他們會覺得神奇確實不意外。

「姐姐！您看那個！這是手動幫浦耶！這裡居然還在用手動幫浦？」

「少爺小時候不也用這個做過家事嗎？」

「你在講什麼時候的事！」

「嗯哼，這不也是為了保留懷舊情趣嗎？這是文化差異啦，文化差異。」

「但不管怎樣，手動幫浦還是太過分了，這是人類的敵人耶！」

看來里溫你對手動幫浦很敏感喔，也是啦，以前好像有次……我也忘記是第幾次人生了，他還曾經因為冬天要手洗衣服很辛苦而哭呢。

那應該是比我回歸起點十六歲更早以前的事了，兒時回憶肯定到現在都還占據他心裡一角……確實是會挺傷心的。

「不過我之前來的時候，皇族也都是使用最新型的設備，住在這邊應該不會到非常不方便啦。」

「不是啊，怎麼這麼小氣，都他們自己用而已？這樣不會出現叛亂嗎？」

「拉爾古勒皇權非常強大啊，雖然就我們而言是很難想像的事……但只要在皇帝面前說錯一句話，人頭就有可能不保。」

「這也還是太過分了，僕人不也是人嗎？」

「根據我在讀鄰國歷史看到的資料……應該不算是人喔。」

「喔喔，我還真不曉得，路西路西是個很厲害的人呢。」

你該不會直到現在都以為拉爾古勒大皇子是什麼沒出息的人吧？

嗯……這麼看來，傑克實在很令人擔心呢。

在這裡就算內心有所不滿，也得往肚裡吞，畢竟一旦在皇宮內失言，是真的有可能小命不保。

里溫應該會自己好好注意分際……傑克這小子我就真的不放心了。

「傑克．布朗，雖然很抱歉，但在皇宮內我要先剝奪你的發言自由。」

「為什麼！」

「我怕放任下去，你會死。」

「不是，這裡有很多像塞基先生那樣的人嗎？」

倒也不是啦……只是在跟瑟琳討伐隊集合之前，我們都必須閉嘴安靜待著才行。

我緩慢說明原因，勸他安分一點，傑克即使一臉生氣，卻還是點頭同意了。

「等到瑪麗亞小姐和魔法師過來，我就會隨心所欲了喔，我會把想說的話都記著。」

「好的好的，這部分我不會阻止你。」

這小子到底打算累積多少東西在心裡啊？

我們一邊天南地北地閒聊，一邊踏進以前路西路西住過的大皇子宮殿，發現有些地方跟以前不太一樣了。

不只是玄關前堆了非常多禮盒，庭院的噴水池也都換成了昂貴的款式。看來他成為皇太子後，起居待遇有變好吧？那些禮盒怎麼看都像是賄賂用的。

路西路西成為皇太子，唯一政敵四皇子又失蹤了，現在的他權勢一飛沖天，除了貴族之外，還有喬勒亞夫教和異端分子，想搭上他這條線的人應該多到爆炸，打算從四皇子勢力跳槽過來的人肯定也是蜂擁而至。

侵略遠得要命的他國，然後在這裡享受自己的世界啊。

我發出嘖嘖聲走下馬車，大皇子宮殿的人抓住里溫和傑克，將我們分開。

『這兩位必須在完成身分調查和解除武裝後才能進入，請小姐先進去休息。』

嗯……就皇宮立場而言，肯定會對里溫和傑克抱持懷疑，雖然這是很正當合理的程序……但你沒見過我嗎，居然叫我小姐？我看你應該是奉路西路西之命而來的，連我的姓名都不知道。

雖然感到非常不愉快，可是既然已經決定要在皇宮安分待著，那我就不跟他計較了，不過有件事還是得講清楚才行。

『我不是小姐，我是有夫之婦。』

『……』

『他叫葛倫．霍芬．洛克斯伯格，是個敦厚的丈夫。』

『奉殿下之命，已經先替您準備好洗澡水了。』

喂，你幹嘛假裝沒聽見我說的話啊！

可惡，不管是剛剛那個神官大叔，還是這個侍女阿姨，帝國人民為什麼都這麼沒禮貌！

但！我是！不會生氣的！因為我跟把拔約好了，在我們重逢之前，我會乖乖待著！

我硬是壓抑住湧上的怒氣，搖搖手跟里溫和傑克說待會見，接著就在侍女的引導下進入宮殿。這裡的服飾還是一樣，既復古又很有印度風，真是讓人摸不著頭緒。

『這裡。』

喔喔對了，我記得拉爾古勒的水很不錯，路西路西之前還成天炫耀拉爾古勒任何地方的水都是免費的。

這塊大陸的地下水質是真的滿好的。不同於亞蘭的水大部分都是掘地而來的石灰水，必須先淨水才能飲用，拉爾古勒毋須經過淨水程序就有乾淨水源。而且拿這樣的水洗澡，只要一次，肌膚就能變得柔嫩亮滑。

這次到訪，我最期待的就是在此處享受不亞於洛克斯伯格領地ＳＰＡ中心的沐浴體驗，再加上我之前來是住客房，沒機會鑑賞大浴池，這次我一定要泡一泡再走。

如同路西路西所說，我還真的好幾天沒洗澡了，當我因為想要快點洗澡而展開雙臂，導致手銬發出鏗鏘聲時，侍女之間傳來了竊笑。

『不幫我把衣服脫下來還在幹嘛？』

『對不起，因為之前沒接觸過亞蘭的服裝……』

『妳們該不會是來這裡跟我炫耀自己的無知吧？』

不是啊，我真的沒看過這麼沒文化的女人耶？十八歲來這邊時所遇到的侍女明明動作都很快速俐落，怎麼僕人品質在這段時間下降這麼多？這人是成了皇太子之後才趕緊招了新人進來嗎？

我是認真好奇而發問，一位沒笑的侍女挺身而出，協助我進行脫衣。

嗯哼，看來還是有配置一名老鳥吧，我的手這麼不方便，差點就要自己把衣服撕爛跳進水裡了。

於是在侍女的幫助下，我把前後衣物都脫了下來，遇到脫不掉的部分就稍微用剪的，接著將內衣也摘下，才進到大浴池。

讓侍女服侍我洗個暢快的澡，再鏘啷一聲和手銬一起進到水池，沒有比這更像天堂的地方了。

「喔喔喔，好舒服！」

哎呀呀，大清早就在水道裡跑來跑去，真以為要累死了，泡著澡才總算有疲勞逐漸解除的感覺。

但這些浴池裡的花是怎樣？我開口要求花飾馬車的時候不幫我準備，卻在水裡搞這齣？

水面漂浮著各種散發香氣的花，有菊花也有玫瑰，我在其中悠悠地仰泳，直到聽見有人開門的聲音，便把身體往我入浴時所使用的階梯方向轉去。

我將手臂掛在欄杆上，腦袋探出水面朝外看，剛剛說有事先去忙的路西路西正在靠近。

『喔喔！路西路西！您要忙的事情忙完了嗎？』

所以才會來參觀我洗澡吧？

這樣想著的我舉起手開始揮動，他來到我面前蹲坐了下來，露出很詭異的表情。

『我從之前就一直在想，羅斯羅斯……妳都沒有所謂的羞恥心嗎？』

『現在是我必須感到羞恥的時刻嗎？』

『……一般來說是吧？都老大不小了還裸著身體？不應該覺得羞恥嗎？』

『關於這部分，我已經是有夫之婦了，沒關係的。』

『喔……』

不是，為什麼你又露出一副厭世的表情？

路西路西看著把手靠在欄杆上，且不斷跺著腳的我，先是大大地嘆了口氣，然後才又露出剛剛那不悅的表情。

『那個……現在這裡只有我跟妳兩個人。』

『如果侍女都退下了，那確實是啊。』

『所謂的危機感……這種東西……』

……啊哈！我終於聽懂他要講什麼了！

喔，啊，好，ＯＫ，我懂了，你說的對，這部分啊，嗯。

成年男女獨處一室，女性全身赤裸，洗澡水的熱氣則讓兩人間的氣氛火熱了起來，開始有粉紅泡泡的部分是吧！

我懂了！我現在完全聽懂了！我可是一點就通的。

路西路西基於各種原因而看起來非常無力，我揪住他的衣領，邊發出費勁的聲音，邊將他往水裡拉。

一時沒有防備的他撲通跌了進來，還咕嚕咕嚕吞了好幾口玫瑰水，氣得大罵我在幹什麼。

還能是幹什麼？就是要火熱起來呀。

好不容易平衡身子後，我爬向靠在浴池牆面的男人，並坐到他的膝上，一副落水老鼠模樣的路西路西再度一臉詭異地看著我。

『不是要讓我當皇后嗎？這哪裡是危機了？』

我就說他是個搞笑的傢伙啦，明明是自己向我提議當皇后的，為什麼沒預想過會出現這種狀況？就是因為這樣，才會結婚兩次還沒生出半個皇孫啊！

額頭抵著路西路西濕漉漉的髮絲，我嬉笑地這般說著。

路西路西此時突然將手臂環住我的腰並吻了我，本就張開的口中於是闖進熱呼呼的一團肉，撞擊著敏感部位。

我將自己的舌與他的交纏，接受愛撫，路西路西因此嚇了一跳，在嚥了下口水後才接著探往我的更深處。

糾纏的水聲持續了好一陣子，我們彼此的手和唇都逐漸在往下摸索親吻著，男人卻不知道在想什麼，突然用牙齒大力地敲我鎖骨一記，發出喀的一聲，然後移開了嘴。

『妳在打什麼歪腦筋？』

『您有見過心懷鬼胎的人會四處張揚自己在打什麼主意嗎？』

『真無趣，羅斯羅斯。』

『您的美言還真好聽呢，路西路西。』

啊啊！好痛！你幹嘛一直咬我！

不曉得路西路西到底是在不滿什麼，他使勁往我頸子咬出痕跡，接著以抱著我的狀態往外面走去。

『幹嘛啊？你要出去就自己走，我還想多泡一下。』

『太委屈了，我不要。』

『到底是誰在沒禮貌沒水準？』

『這是什麼跟大拉爾古勒帝國皇太子講話的態度？』

『哈哈。』

很好，就用這個把剛剛的債一筆勾銷吧。我的嗤之以鼻包含了無言與嘲笑，他似乎被我激怒了，一把將我丟給隨侍，只留下一句晚餐時間再一起見洛克斯伯格家的人就走了。

嗯哼……看來他今天的工作還沒做完啊。也是啦，就算兩國首都目前都還算和平，但畢竟是戰爭時期，肯定有很多需要注意的事，他晚餐時間願意撥個空就很好了。

果不其然，他皇后獵頭的提案是真心的，不然怎麼可能在辦公時間硬擠空檔給我呢？等之後遇到傑克那小子，我鐵定要跟他說清楚講明白，路西路西的皇后提案是真心的！

我在侍女的幫助下把身體和頭髮擦乾，為了光澤髮絲還抹了層髮油，接著輪到更衣時間。

傑克和里溫仍不見蹤影，應該是還沒被釋放，所以我也沒辦法解開手銬，只能把衣服的縫線剪開，以先把衣服披在身上再進行假縫的方式著裝。

拉爾古勒傳統服飾是飄逸的綢緞裝束，看不出來到底是拜占庭、印尼還是蘇美文明風，總之我花了非常多時間才穿上，但穿上之後還有一條頭紗在等著我。

『嗯……』

但是……我應該不能戴頭紗吧？雖然已經先被介紹為未來的皇太子妃了，不過我現在還是客人的身分吧？

「姐姐──」

正當我要指責這是否又是新手侍女犯的錯誤時，里溫那個叫苦連天的聲音遠遠地傳來，他跑來一把打開我的房門，隨後就開始尖叫。

「好美啊！」

你……鐵定不是為了說這句話才特地跑過來的，還是快點講重點吧，我的美貌我自己也很清楚。

「居然有辦法駕馭拉爾古勒的傳統服飾！怎麼會，姐姐，您難道是女神嗎？是美的女神嗎？怎麼會在該遮的地方都遮住的狀態下，也散發出如此絕頂的魅力呢？駑鈍又低等的我實在是難以理解！高等存在！姐姐是所謂的高等存在嗎？」

「里溫，你冷靜。」

「是。」

不是，也不要這麼突然冷靜下來啊，很恐怖。

今天的里溫也很奇怪呢，至少我自己要打起精神才行。在我打算詢問傑克狀況如何時，里溫突然瞪大雙眼，一把搶過侍女手上的頭紗。

他完全沒有控制力道，侍女被里溫的指甲劃出一道長長的傷口，鮮血瞬間湧出。

「里溫，怎麼可以弄傷別人？」

「姐姐！這些女人現在是想幫您戴頭紗嗎？」

「嗯……這部分應該是有點誤會。」

「在這種皇宮怎麼可能會有誤會？」

啊啊？就，新人時期也是有可能發生的呀，新人沒有前輩帶領，沒辦法把事情做好，我們就睜一隻眼閉一隻眼個幾次，這才是上司該有的樣子吧。

「在皇室，頭紗是沒辦法取得嬪妃之位的妾，或是連妾都稱不上的情人在戴的東西！有著因為覺得丟人而不准在皇宮拋頭露面的意義。這些人現在拿頭紗給您，不就是覺得您不是皇宮正式成員，但因為看起來跟路西路西有發生過什麼事，才要您搞清楚分寸和知道羞恥的意思嗎！以上，證明完畢。」

「喔喔喔……這樣說好像挺合理的，不過也可能是里溫你想得太深了？」

「怎麼可能！我都已經搞這種勾當幾年了！」

嗯？你哪有什麼經歷這種後宮鬥爭的機會？怎麼回事？我上次人生死後，他在王室有經歷過什麼事情嗎？

我不安地再三詢問里溫，這小不點卻支支吾吾地說得不清不楚，然後再度發飆。

「反正，重點不是這個！現在必須處理這些傢伙！」

那個……你說得對，但我現在就是個客人嘛，未經皇族同意之下，我要怎麼處理皇宮僕人？

「我們預計會在晚餐時間跟路西路西見面，到時候我再去獲得處理下人的許可，你別太生氣了。」

「就算！不想！生氣！但她們就是看不起您啊！」

哎唷，好啦，原來你是傷心這部分嗎？我抱著這個因為委屈，甚至雙眼淚汪汪的笨蛋弟弟，摸摸他的頭。

好啦，你都會玩洋娃娃或公爵角色遊戲了，也可能有看宮鬥戲的興趣啦，我這個做姐姐的都能理解，我懂。

在我安慰里溫的同時，也對聽得懂亞蘭語且被說中心事的幾名侍女說。

「如果敢逃，妳們的下場會更難看。」

不逃的話，只要見一次傑克就好，逃了卻得要見他兩次，而且我還會叫路西路西幫我找神官來。

只要找神官來，那肯定就能使用治療魔法了，有治療魔法，傷口就會好，那傑克就能開開心心地上工很多次喔。

真是的，我的命怎麼會變成這樣啊，大老遠跑來他國，還在幫傑克．布朗找事情做。

「但這裡沒有傑克的寶貝工具箱該怎麼辦啊？他比較喜歡自己慣用的道具吧。」

「沒有就自己做啊，別擔心這部分了，姐姐。」

也是，傑克跟你的手都很巧嘛，那我就替你們準備足夠的材料。

去煩一下路西路西，應該能爭取到些什麼吧，我可是被挖角來當這個國家皇后的人喔，里溫。

我在好不容易冷靜下來的里溫雙頰上親了幾口，接著拜託他乖乖待著，然後在問到他把傑克丟在哪為何自己回來時，得到一個毫不意外的答案。

「因為傑克身上被搜到源源不絕的暗器，目前還被留在拷問室。」

嗯……我想也是。

又見到傑克和里溫時，是在路西路西提議的晚餐時間。

那兩人跟本來的我一樣都沒得洗澡，不對，他們看起來更髒，所以洗澡時間也只能拉長了。

而且因為他們一邊洗一邊吵，擦乾身體在吵，穿衣服也吵，穿上拉爾古勒正裝後，又互相取笑對方適合不適合，所以花費許多時間。

當然，那個適合到爆的人是里溫，超級不適合到甚至想幫他洗乾淨原本衣服讓他重新穿上的那位是傑克．布朗。

我們在搞不清楚狀況而只能乾笑的僕人引導下走進餐廳，率先抵達的路西路西一邊嚼著開胃菜，一邊看著手上的紙。

我好奇地跳到路西路西身邊。

『殿——下——』

什麼啊？那是機密嗎？拉爾古勒軍的機密嗎？我也要看，分我看！

我用很可愛的語氣呼喊著路西路西，試圖抱住他，他卻超沒禮貌地抓住我的臉，讓我無法再靠近一步，接著把文件藏到自己的屁股下。

『羅斯羅斯，妳的位置在那，別白費工夫了。』

『太過分了，我只是因為見到路西路西太開心才跑過來的耶。』

『要是讓妳開心個兩遍，豈不是得坐在我腿上吃飯了？』

『這樣您就會給我看那份文件了嗎？』

『不會。』

『嘖。』

『妳剛剛是咂嘴了嗎？』

『哪有？』

看來上了年紀連聽力也變差啦。我呵呵笑地坐在他指定的位置，路西路西瞄了我這邊一眼，發現里溫時嚇得瞪大雙目。

『你難道就是洛克斯伯格公爵說的那個……』

『我不是當皇后的料。』

『原來是皇后人選阿斯特里溫啊，你好。』

『我不是皇后人選。』

『羅斯羅斯家的成員看來是個比想像中更無趣的孩子呢，他真的是洛克斯伯格家的人嗎？』

哎呀，你怎麼對這部分特別敏銳啊？

我全力保護我親愛的弟弟里溫，極力主張阿斯特里溫的確是洛克斯伯格家的人沒錯，路西路西反而翹著嘴，抱怨我幹嘛這麼敏感。

那是因為……你戳中了痛處啊，心臟都要被你嚇到跳出來了。

「小姐，快點問那個！」

這小子剛剛聽說了那消息以後，好像就很期待喔？坐在正對面的傑克似乎餓了，喝光一盤濃湯就立刻提起方才的話題。

僕人不把我放在眼裡是一回事，不過沒有管好下人的部分，對路西路西也是個大問題。

我想應該是因為他登上皇太子之位，接著甚至還向亞蘭宣戰，過程中有太多事要處理，才會沒有餘力觀察家中每個角落吧。

路西路西幾乎等同是下任皇帝，肯定也有幾位被提名為皇太子妃的人選，結果天外突然飛來一個洛克斯伯格家千金，就她們的立場，肯定也不會太喜歡我。

『侍女們剛剛打算幫我戴頭紗。』

但那是你們家的事，我只想舒服待一陣子再走而已，跟我無關。

我向路西路西提議，將此事全權委託給我，他就不用再管這些，我會自己處理好，他卻不滿地皺起眉頭。

『把那些不敬的傢伙處死不就行了嗎？』

『幹嘛要殺幹活的人呢？要重新培養新人也很花時間跟成本。』

『我們與亞蘭王室不同，這裡不窮。』

『我可以理解您因為戰爭問題不想理會小事，但這是總有一天需要解決的問題。』

『這麼早就擺出皇后的樣子了嗎？』

『陛下還如此硬朗，您這話太不敬了，我只是假扮一下皇太子妃而已。』

我扠了一塊作為主餐的牛肉放進口中，路西路西大笑幾聲，皺著眉說這一點都不好笑。

『別越線了，我可還沒相信妳。』

『還真是多疑。』

『要我相信羅斯羅斯，我不如相信我那死去的母親。』

『這話也未免太過分了吧？』

路西路西大概也覺得自己講得過分了，咀嚼著嘴裡的肉好一會，吞下去後才開口。

『我可沒覺得過分。』

『我討厭路西路西。』

『這才是我想說的話。』

享受著嘻嘻哈哈用餐時間的我，為傑克要求了一些用來製作和改造工具的用品，並炫耀了一把我們家拷問官的實力，哈哈大笑地吹噓著不可能有誰能在傑克面前說謊，就算是平常寡言的人，只要站到他面前，就會瞬間變得能言善道。

此時突然有個沒被邀請的客人開門現身。

『陛下怎麼會來這裡……』

『坐吧，我有事找你。』

皇帝為什麼會突然闖進來啦！

聽到路西路西說出陛下二字，我嚇得手忙腳亂連忙站起身，然後眼神立刻往上，這該死的大拉爾古勒帝國皇帝陛下跟五年前相比，竟然完全沒長皺紋，身體似乎也變得比之前更壯了。

果然是馬利烏斯的爸爸，看那緊實強壯的肌肉以及高大的身軀，可被稱之為巨漢的男人一把將我扛起，笑哈哈地說。

『妳是當時那個羅莎莉特嗎？原本只有巴掌大的孩子長大了不少呢！』

『好久不見了，陛下，我羅莎莉特．洛克斯伯格這次也帶著好消息來訪啦！』

『這次也是嗎？』

『沒錯，這次也是。』

『哈哈哈哈哈！』

我好暈，不要一直把我往空中拋！

雖然想抵抗，但對方實在讓我不敢吭聲。我只能拋的時候被拋、抱的時候被抱，不然還能怎麼辦？

儘管里溫和傑克擺出立刻就會發動攻擊的姿勢，可是我使了眼色讓他們冷靜。如果攻擊皇帝我們就完蛋了，真的會完全死透的那種完蛋，拜託乖乖的啊。

『像妳這種急性子，要怎麼等到那傢伙當上皇帝啊？別當皇太子妃了，要不要來我這啊？』

『陛下！』

路西路西嗓門也夠大了，我在被拋得天旋地轉之際，只希望他們乾脆吵起來，然後兩個都去死好了。

『陛下，這玩笑話太過分了！而且怎能這麼輕易把要成為我妻子的人……』

『嗯？但你們還沒結婚不是嗎？』

『……什麼？』

『既然還沒結婚就沒問題啦，立刻打開皇后宮殿讓她進去不就得了？』

『什麼……您也說點像樣的話吧。』

『皇帝之命哪有什麼像不像樣的問題？真是無禮，羅莎莉特，走吧，我介紹妳見見我的嬪妃。』

哇啊，這人絲毫不把別人說的話聽進去的性格一點都沒變耶，雖然也是因為這樣，我十八歲那時才能只專心應付皇帝陛下就好。

只要專心哄騙、誘拐、吹捧他，就可以獲得不少外交收入。萬一這人當初把宰相或其他長老的意見聽進去，當時我能帶回亞蘭的好消息應該會少一大半吧。

「里溫！傑克！你們都給我乖乖待著，我不在的時候盡量聽路西路西的話！」

「什麼意思？你們剛到底在講什麼？」

『哈哈哈哈！路基烏斯！這是皇命，你要是跟上來，就作好死的覺悟吧！』

是很擔心別人不知道你們是父子嗎？個性很爛這點有夠像耶。

男人一把將我扛在肩上，走出建築物，騎上和他本人很像的馬匹。

我們家伊莉莎白雖然也算健壯了，卻根本小巫見大巫。

那是匹非常完美的戰馬，不僅長相凶狠，即使載著比我們家威廉更大塊頭的皇帝和我，也仍舊非常有餘裕。

『好，要去哪呢？可以去參觀嬪妃住處，但如果不怕跟我獨處，也可以照原本的規劃去皇后宮。』

『反正您最後都還是會讓大家退下不是嗎？就簡單講重點吧。』

『你們這些亞蘭的傢伙真是難對付。』

『畢竟我在家裡就是這麼學的。』

『唉，愛德華．洛克斯伯格這個臭小偷。』

什麼？你認識我爸嗎？我一提問，陛下便帶著個人情緒打了我的頭頂幾下，開始說起愛迪的壞話。

『那傢伙三十年前作為外交大使前來，裝出一副什麼都會給的樣子，結果騙走火藥製造業者和一打神官就回去了。』

『……』

『害我在先皇駕崩前一直被揍。』

難怪爸爸這麼懂喬勒亞夫教，之前他提過如果教皇有能力治好四小節的眼睛，就會先醫治沙泰爾家主的糖尿病，然後教皇也講了一模一樣的話……

這麼看來，他在亞蘭積極嘗試要讓宗教生根萌芽，該不會出於本人的經驗談吧？他是拿從別國偷來的神官作實驗嗎？這豈不是強盜？

『嗯……早知如此，平常就多給下人一點薪水……』

『可惡，真不愧是強盜的女兒。』

『呃啊！』

很痛啦！不要打我！你的手跟鐵鍋蓋差不多耶！

我沒辦法抱怨，只能一直哀號，接著身體又懸起，被移到皇帝的肩上。

這裡是剛剛提到的皇后宮殿嗎？雖然看起來是很乾淨，但沒開半盞燈，總覺得會有鬼跑出來。

『在尤莉婭死後，我就沒再讓任何人進來，變成空屋也已經二十年了。』

就是因為你這樣子，後宮才會殺得你死我活啊！

無論是過往權勢很高的提亞努斯皇妃或埃德莫克皇妃，你都不給她們皇后的位置，可是如果讓其中一人上來整頓綱紀，皇室就不會這麼腥風血雨，結果最後這兩個都死了，兒子們也都各有各的辛苦之處，搞什麼嘛！

一個身為皇帝的傢伙，因為難忘舊情人而把家裡搞成這模樣，真是好棒棒喔。儘管非常想當面送上這句話，可是我基於性命寶貴而沒有開口，直到最後才好不容易對我腳踩的某間臥室裝潢作出評價。

『從窗簾到床罩都非常古典呢，看來陛下的喜好完全表露在此了吧？』

『如果妳是因為相信我的兒子才敢這樣猖狂，小心妳的人頭不保。』

『您是真心的嗎？您覺得……您的子女……有值得信任的地方嗎？』

『妳就是這麼愛耍嘴皮子，不管是爸爸還是女兒都一樣！』

『如果公爵大人知道了肯定會很開心。』

『有夠狂妄，狂妄極了。』

『呃啊！』

這大叔又打我的頭了！好痛！

他坐在床上，用他的大手打開一個小抽屜，拿出裡面的酒瓶，接著拍拍自己身邊的位置。

『您坐吧，不用開燈嗎？』

『別開，妳這樣路基烏斯很快就會找來。』

『您不是說他敢跟上來就會死還怎樣的嗎？』

『以那傢伙的個性，肯定會作好必死的覺悟而來，到他作出覺悟大概需要三十分鐘吧。』

哇……這個性好爛，不管是爸爸還是兒子都是。

總而言之，皇帝下令，豈有拒絕的道理。於是我在大塊頭大叔身邊坐下，他砰一聲打開酒瓶瓶蓋，咕嚕咕嚕嚥下裡頭的酒液。

『我想路基烏斯應該也問過了，但妳為什麼要來這裡？』

『因為路西路西說要讓我當皇太子妃。』

『嗯……要死的時候，妳會比較喜歡喝藥嗎？我們國家還有烹刑跟車裂刑喔。』

『是路西路西說只要洛克斯伯格從亞蘭流亡就會撤軍的！為什麼一直糾纏我呢？』

『換作是妳，亞蘭的洛克斯伯格這麼愛說謊話，妳有辦法相信？』

『不會！』

『那妳幹嘛明知故問？』

『哈哈哈哈，也是！』

『呵呵呵呵。』

皇帝大叔跟我邊拍打床鋪邊笑，然後他又揪著我的頭打。

『趁我還願意講好好說話的時候如實招來，我不像我兒子那麼隨和，妳這種女人明天就弄死一兩個也無所謂。』

『我是真心的！亞蘭那邊也沒有送我來的官方紀錄，這是洛克斯伯格私自的獨斷決定。』

『還順便把別人國家的海岸線切成星星狀是吧？』

『那是因為我們基於突然被侵略的立場，多少有點生氣才會報仇的。』

『最好是生氣，這肯定是要讓消息直通皇宮的手段。』
『既然您都知道，為什麼要問呢？』
『就是因為這樣我才不喜歡洛克斯伯格。』
『呃啊！』
又打我！這大叔又打我了！
而且這人在打人之後又給福利，他把酒瓶遞給我。
哎……雖然有點介意用同一個酒瓶對口喝，但我也不想因為拒絕又讓他不高興，這大叔看起來好像也有點妳再囂張看看的意思。
思及此，我不動聲色地欣然接過酒瓶。
『……咳咳。』
呃啊啊啊啊！感覺像威士忌，可是度數也太高了吧！還以為我喉嚨要燒起來了！這到底是放了幾年啊！
我一邊咳嗽一邊拍打胸口，大叔哇哈哈大笑幾聲，拍拍我的背。
哇，這個性真的太爛了，跟這皇帝在五年前見面時，我也是忙著應付他脾氣，搞得很辛苦，怎麼感覺他在這段時間，人品好像變得更糟糕了？
『亞蘭這邊已決定全力投入戰爭，也和尼美爾尼亞準備以聯姻締結同盟，我們家的笨王儲和尼美爾尼亞的娜塔莉公主不久後就會成婚。』
『嗯，尼美爾尼亞啊……那邊近來的動向確實不尋常。』
『當然，洛克斯伯格和愛達尼利不是非常滿意這個決定，但因軍權掌握在菲埃那勒和諾伊特倫手上……』

『不滿意？為什麼？』

『您這是明知故問嗎？』

這人明明什麼都懂還硬要我說明耶，我在月光下用手指比出一個明確的圓圈。在這個戰爭期間最怕死的是誰？當然就是擁有魔水晶礦山的人啊。

『不管這場戰爭是贏是輸，亞蘭只會更加衰退，就算拉爾古勒因為兵糧問題撤軍，我們在財源被掏空的狀況下也很難重建。最重要的是，切雷皮亞哪可能放過這個機會？肯定會從諾伊特倫附近開始南下進攻吧。』

『我已經收到妳是在菲埃那勒的護衛之下來到拉爾古勒的報告，這部分要怎麼解釋？』

『我騙對方說，洛克斯伯格因為拉爾古勒皇太子對我表示好感，所以要假裝流亡至此，實則搗亂皇室，竊取機密。』

『像蝙蝠一樣一下投靠這邊，一下投靠那邊，然後贏的那邊就是我的陣營嗎？』

『沒錯。』

『什麼鬼，真是一群壞蛋。』

『呃啊！』

要是被你打到變笨怎麼辦！一抗議為什麼專挑我的頭打，這大叔就一把截走我手上的酒瓶，喝了一口後鄭重地說。

『合情合理，但是整個故事太沒有其他廢話了。』

『我一個人是能在這麼大的皇宮裡搞什麼？打從一開始就是以人質身分被抓來的，在戰爭結束之前，您把我們關在監獄也無妨。』

『認真？妳要去監獄嗎？』

『不是啦，等等！既然都這樣了，不要去監獄……希望可以在日照充足、床鋪鬆軟，還按時供應三餐的地方……』

既然如此，也希望能給點有趣的玩具和書籍。我們家規定一天要有一次散步時間，也希望可以滿足這個要求……如果要我再貪心一點，我也挺想學拉爾古勒的舞蹈。

我認真想了想，發現有很多覺得遺憾的東西，所以越講越多，大叔用力地拉扯我的雙頰唉聲嘆氣。

『那傢伙怎麼會生出跟他自己一模一樣的人啊？小不點，妳有媽媽嗎？真的不是愛德華・洛克斯伯格自己生的嗎？』

我有媽媽！她叫瑪麗亞・洛克斯伯格，那個比怪物更過分的女人就是我媽！

我在閉不上嘴巴的狀態下嗯嗯啊啊地回答，皇帝大叔突然一個放鬆躺倒在床上。

『如果照妳所說，這是腳踏兩條船的流亡，那皇后這個職位不是更合妳胃口嗎？不要再拿渺茫的希望折磨他人了。』

『啊，但我個人也有喜好問題嘛。』

『……喜好？』

大叔一臉不知所措，用非常不悅的語氣反問。

『喜好的部分是指……那方面的喜好嗎？』

『對。』

『路基烏斯是妳的菜？』

『不覺得路西路西很可愛嗎？』

『……啥？』

怎麼了？有什麼問題嗎？我也跟著大叔一起不知所措，結果這人突然從床上坐起，一把抓著我的肩膀。

『路基烏斯可愛？妳覺得我兒子可愛？妳是瘋了嗎？』

『怎麼了嗎？路西路西很可愛啊？』

『哪裡！』

不是，他做的事大致上都挺可愛的吧，但如果非要舉例不可……

『嗯……例如以為我一點都不喜歡路西路西，又忍不住想弄清楚我的心意，在那邊自己鑽牛角尖的部分嗎？』

『啊？』

『我在浴池裡也是想要搞出什麼事情才刻意貼上去，結果他以為我在打鬼主意就逃走了。』

稍早是真的很好笑，如果要我當皇太子妃，以當下的狀況來看，碰我才是正常的，他卻因為搞不懂我到底在打什麼主意，只好逃之夭夭的模樣，真的令人嘆為觀止。

或許是因為在皇宮長大的關係，他的心態扭曲成這樣真的是很糟糕。

如果對他沒有絲毫好感，在我們當筆友互通書信時，我就不可能寫滿自己的近況跟他分享啦，肯定只會在維持最低限度禮儀的前提下問候幾句而已吧。

如果沒有好感，我也不可能準備他的生日禮物，不可能說出自己結婚要他送禮的話；如果沒有好感，就算他帶著約會券來，我也不可能會參考斟酌他或許會有興趣的行程，不會安排這種得絞盡腦汁的約會計畫，更不可能擔心他受傷。

最讓我傷心的是路西路西的態度好不好，那傢伙才是真的一點都沒喜歡我吧！別看我這樣，我好歹也是在獲得許多關愛下長大的，對於他人的好感也算敏感耶。

所以我才會知道雖然平常傑克愛頂嘴，但他還是很喜歡我，葛倫少爺更不用說，一樣超喜歡我，另外艾斯托、珍妮特、媽媽、爸爸和把拔也同樣都是如此，我都有切身感受到。

至於里溫……雖然有點奇怪啦，不過總而言之，他也是喜歡我的。

反正呢，儘管我能感受和明白這些人對我的喜歡，我在路西路西身上卻完全感受不到那種對我有好感且尊重、尊敬我的感覺。

他真是壞透了，因為太壞了，我一個勁地向皇帝陛下抱怨，這大叔用自己的頭敲了我的頭幾下，接著說出奇怪的話。

『妳，你們！我兒子跟妳到底有什麼問題？』

『沒有任何問題啊，令郎性格扭曲才是問題。』

『哎唷，我的胸口啊，我要火燒心啦。』

什麼？怎麼了嗎？是消化不良嗎？要不要我去拿藥來？

這裡已經好一陣子沒有使用，可以吃本來就擺在這的胃藥嗎？我一說要去附近隨便一棟建築拿胃藥過來，皇帝陛下大叔又像發作似地扭了幾下身體。

這……看來應該是出大事了，我心想著如果是急性消化不良，應該要趕緊替他的手扎針放血，於是連忙找起哪裡有針，此時卻突然聽到砰的一聲，路西路西撞開門闖了進來。

現。

『羅斯羅斯，妳還好嗎？』

哇……這人真的抱著必死的決心來了耶，而且還比皇帝陛下預測的半小時更早出

陛下大叔內心的想法可能跟我一樣，拿出口袋裡的懷表看了一眼，確認時間是否超過三十分鐘後，又比剛剛更劇烈地扭動著身體。

『出大事了，路西路西！陛下好像是消化不良！』

『……什麼？』

『夠了，給我閉嘴，拜託妳一句話都不要說，兩個臭小鬼！』

什麼啦，大叔你要去哪？消化不良就要吃胃藥啊！

我一直嚷嚷著胃藥，結果陛下又打我的頭，然後下了一道很稀奇的詔令。

『我暫時將後宮最高職權授予妳，在路基烏斯北伐期間，妳給我好好整頓整個宮廷，需要什麼貴族和神官的資料我統統給妳，妳的處分就看妳的實績如何再談！』

『陛下！我想我應該還是比較適合監獄生活！』

『給我閉嘴好好工作，洛克斯伯格。』

呃啊啊！我為什麼來這裡也得工作啊！

我倒在床上發出嗚嗚哭聲，陛下焦躁地說他要去後宮就離開了，此時里溫和傑克也進門關心我的安危。

「姐姐，您還好嗎？有沒有哪裡受傷？」

「如果受傷了，肯定也是做了會被打的事吧，我看看，瘀青的話要好幾天才會好唷！」

我被打的地方就只有頭而已！你就算搜遍我全身也找不到的，這些笨蛋！

我因為死也不想工作而奮力掙扎，正在檢查我的手腳四肢有沒有瘀青痕跡的傑克・布朗突然發出可愛的驚叫聲，跳離我身邊。

而沉默注視著當前狀況的路西路西，好不容易才說了一句話。

『現在這是……怎麼回事？』

沒錯，這整件事是因為我說願意皇太子妃之位，跑來拉爾古勒流亡才會發生的問題，那只要離開這裡應該就沒問題了吧？反正我只是吸引注意力用的，也確實爭取到了不少時間，瑟琳討伐隊若要和教皇接觸，應該早就碰頭了。

感覺還沒有任何騷動，進行得或許還算順利。既然我該做的事已經做完，只要回去異端審問所就行了吧？我之所以來這裡，只是想讓自己過得舒服一點，但如果連在這邊也要工作，那就是兩回事了。

比起來，監獄實在好太多了，只要威脅一下那邊的獄卒，他應該也會讓我出去散步才是。

『路西路西，您聽好了，不管是流亡或皇太子妃的事我都願意吞，請讓我在戰爭結束以前都待在異端審問所吧。』

『……』

『我怎麼想都覺得……還是監獄比較適合我。』

沒錯，剛剛玩遊戲的時候，時間也過得很快啊，監獄最棒了，我要回去那裡！

『羅斯羅斯，聽好。』

『是。』

『既然成了後宮的負責人，在沒有皇命的狀況下，妳不能離開皇宮。』

『戀父情結！』

『誰說我是了！』

『如果這輩子都無法忤逆爸爸，這不是戀父情結是什麼！』

『他在是我爸之前，是皇帝耶！』

我不管啦，我是個一言不合就會忤逆公爵命令的人啊你這個戀父情結！

我邊罵邊抱怨，路西路西又一臉受不了地把我扛上肩頭回到大皇子宮殿。他把因為死也不想工作而摀著臉的我丟在客房床上，接著打算向里溫和傑克介紹房間，不過即使他態度還算有禮，兩人卻都鄭重拒絕了他，只要求提供多的棉被。

「少爺，請跟對方說我們會在這邊睡覺。」

『我們會睡在這裡，請您離開，也請您準備兩組枕頭棉被，路西路西殿下。』

『……你們要一起在羅斯羅斯的臥室睡覺？』

怎麼？這不是理所當然的事嗎？也不想想這是哪裡，我怎麼可能自己睡在這還安安穩穩的？搞不好我半夜就會死於非命了耶？

我說起跨海聽聞的拉爾古勒皇宮恐怖怪談，並以此主張要和孩子們同寢，里溫認同地點點頭，傑克則可能是因為怪談中也包含鬼故事的關係，全身起了雞皮疙瘩，但總之也是同意。

幸好路西路西尊重我們的意見，讓侍女在我的床鋪旁邊多鋪了兩床寢具就離開了。

傑克、里溫和我簡單盥洗刷牙後，又看著彼此穿睡衣的樣子取笑一波，接著還打了一陣枕頭仗才睡。

「姐姐，如果空虛請跟我說，我會馬上上床的。」

「別說鬼話了。」

「你在姐姐面前講話怎麼這麼沒禮貌！」

「別發瘋了，快睡吧，少爺。」

「你是打從一開始就想罵這句了吧！」

里濕啊……我現在也搞不懂你的價值觀了。

他原本也不是這樣的孩子，到底是哪裡出了錯呢？

我非常短暫地思考了一下，但還是只能作出不應該怪我的結論，跟他們說了聲晚安便熄燈。

今天活動量不小，疲倦也讓我興起一股睡意，此時身邊卻突然一沉，似乎有誰爬進了被窩裡。

里濕你這傢伙，因為隔壁的隔壁很吵，就非要爬上來是嗎？

我無奈地摟著他，拍拍他的胸口，安撫他入睡，但怎麼總覺得這孩子的胸膛比平常更有線條也更柔軟了呢？

感覺差不多早上了，我卻喘不過氣來，只覺得身體很沉重，好像有什麼東西很用力地摟著我。

我試圖掙扎逃離那個懷抱，就看到傑克．布朗出現在模糊的視線內，他似乎早就盥洗完畢，脖子上還披著毛巾，看著我大嘆口氣後開始臭罵。

「該死……」

哎唷！你對主人講話也太沒禮貌了吧！從昨天開始，不管是對里溫或對我，還真的是沒有不敢講的話耶！

我一大早就怒氣沖沖，坐起身的同時，原本緊摟著我的手臂也往旁邊落下。

這個手臂顏色……一看就知道不是里溫。

嗯……就算我還沒完全清醒，怎麼看也覺得這個比愛達尼利人更深的膚色，應該屬於多數拉爾古勒人……

「我要告訴葛倫少爺。」

喂，你要講什麼！總要真有發生什麼，我才不冤枉啊！

我說這一看也知道肯定是大半夜把彼此當成枕頭，才會摟在一起睡，傑克聞言後不尋常地扭曲起他的嘴巴，接著指向自己的脖子和鎖骨。

什麼？脖子？鎖骨？啊，你是說我嗎？

我心想著不會吧，但還是摸了摸脖子。昨天路西路西留下的齒印還在，接著我拉開睡衣看向裡面，四處都五顏六色的。

哇啊……這臭小子，是趁我不知道的時候把過敏原移植到我身上了嗎？別人看了豈不是會以為我這是過敏性皮膚？這麼想就突然覺得癢了。

「等我回去，發言自由。」

不可以！不准，你這瘋子！

我一心想阻止這件事，立刻跳下床糾纏著傑克。

這小子要破壞他人家庭和諧也要有點分寸，這種事情幹嘛跟少爺說啊！我們葛倫少爺的心靈本來就已經夠脆弱了！

「傑克·布朗，你昨天應該也有聽到，我暫時被授予後宮最高職權了吧？」

「有的。」

「既然是後宮最高職權，就表示皇宮人員的處罰權也在我手上了吧？」

「是……嗎？」

「所以說啊，身為我親信中的親信，又是我所認識的人當中，最強的拷問官及私刑執行人，除了你還有誰？」

「……」

「……」

我冷靜地向傑克伸出手，傑克也悄悄握住我的手搖晃了一下。我們這不是應該要先找出那些放肆的侍女的幕後主謀是誰嗎？

表明我的想法後，傑克滿意地笑了，也更用力地搖晃我的手。

「首先呢，路西路西太可惡了，先把里溫塞進我原本躺的位置吧。」

「折磨別人這種事，您真是天才呢。」

為了處理這些愛賴床的傢伙，我們決定結為同盟，在確認路西路西和阿斯特里溫已經擁抱住彼此，我和傑克便快樂地手牽手進入另一個房間，整裝準備出門了。

在我打扮好，傑克也拿了工具後，似乎從某處傳來了兩名成人男子的慘叫聲。我們忍住心痛，召集了大皇子宮殿的所有下人。

要想召集僕人與侍女需要經過很多手續，我先是問了侍從長和侍女長在哪，但沒有人要告訴我們，所以需要傑克教育一下。

然後我們讓被教育過的孩子走在前頭，帶路去找侍從長，並要侍從長集合所有僕人與侍女，可是對方又說大家都有各自要做的事，而且我不是可以下命令的身分，所以我又只能讓傑克教育一下對方。

就這樣，讓雙手滴著血的幾位侍女和侍從長帶路繞了大皇子宮殿一大圈，從整理床單的人到顧馬廄的人都統統喊來後，才終於把各類型的下人都集合到大皇子宮殿玄關前。

這些下人懼怕傑克的暴力，卻還是露出了不滿的神情。就我來說，我雖然想多花點時間精力慢慢處理這種事，但礙於陛下的命令，只能趕緊做出實績。

而若想一一了解這些僕人侍女各自分屬哪些派系，還是全部集合起來整理編號最有效率。

『羅斯羅斯！妳到底在我睡覺的時候開了什麼玩笑……』

不是啊，玩笑明明是你先開的，跟我發什麼脾氣啊？正當我想要頂嘴時，僕人和侍女大舉移動，讓我跟路西路西沒辦法對話。

大皇子宮殿的人一見到大拉爾古勒帝國慈愛的皇太子殿下，全都衝向他求饒，把我誣陷成殘忍無道的女人。這員工教育實在是荒謬透頂，我也只能皺著臉看著這幅光景。

就算要向主人哭訴自己的冤屈，也必須由侍從長和侍女長稟報才對，這樣統統擁上去找主人，只是給主人丟臉。

哇啊……這裡到底有多少沒有工作資歷的空降部隊啊？大皇子宮殿有三分之一的人都沒有在崗位上，除了我之外，就連傑克．布朗也是張大嘴巴，難掩驚愕。

就算主人能對下人開玩笑，相處模式比較大剌剌，但身為一個至少在呈報體制十分明確的洛克斯伯格宅邸高層，此時此刻的狀況幾乎等同於他始料未及，也從未想像過的災難。

路西路西應該也深知這是件丟臉的事，臉色一陣青一陣白。

『很抱歉，是我把這件事想得太簡單了，在正式皇命下達之前，我先把皇太子宮殿的管理權限委任給妳。』

『對於您這懂得反省的姿態，我給予高度評價。道歉我就欣然接受了，殿下。』

『……以後給我走著瞧。』

哪有什麼以後才要走著瞧的問題啊，我們等等就會再見啦？送了自覺丟臉而逃出宮的路西路西離開後，我接著向大皇子宮的高層下令。

『還想活命就立刻按照各自派系站好。』

這些人的生殺大權被路西路西委任予我，而我身邊站著象徵著暴力與苦痛的傑克．布朗，大皇子宮殿的人員出現了我前所未見的超高效率。

「阿斯特里溫！」

這小子到底什麼時候才要從打擊中走出來啊！快點來工作！

光是要把這些人所屬的派系寫下來就要寫好久，傑克不懂拉爾古勒語也派不上用場，因為幫不上忙，只能使喚他去搬桌椅和紙筆過來。遠處看到幾名僕人侍女都各自零散站著，沒有站進隊伍。

其中還有昨天幫我更衣的幾名侍女，我先把她們叫來詢問。在大浴池不帶一絲笑容服侍我的侍女叫作蓮，而在更衣時負責煩人針線活的則是卡蜜蕾。

這些沒派系的是路西路西大皇子時期就開始在此服侍的人，沒有特別的影響力，只是剛好在換血時沒被趕出去。

簡單來說呢……就是邊緣人。不互鬥，默默做好分內事，但其實都算是僕人和侍女的模範。

我記住她們的長相與名字，吩咐了必要之事。剛剛路西路西是將全權都委任予我才走的，我現在就等同於這座皇太子宮殿的主人。

我一說完，這些善良又沒心機的小鬼們立刻遵命表示服從。

『蓮和卡蜜蕾，妳們等傑克回來當紀錄，妳們應該會寫字吧？』

『是的，遵命。』

『遵命，但是，請問我們應該怎麼稱呼您……』

『羅莎莉特小姐就可以了，畢竟我現在也還不是什麼嬪妃身分。』

『是，羅莎莉特小姐。』

很好很好，我本來還擔心要獨自從頭做到尾，如今有一個派得上用場的團隊了。

阿斯特里溫姍姍來遲地跑來，我原想臭罵他一頓，但看到這孩子還打包了便當過來，所以我決定放過他。

也是啦，早餐很重要，而且他除了我的份，還準備了傑克的呢，孩子長大了，懂事了啊。

雖然我後來才知道，他給傑克的三明治裡夾了滿滿的茄子，不過至少是帶吃了不會死的食物過來，已經很不錯了。

我覺得里溫很乖，大力稱讚和疼愛了他一番，才開始接下來的記錄。

派系大致上可分四派，第一派是為了掌握皇太子動向，由現任皇帝的後宮派來的人，第二組是神殿派來的人，第三組則是受皇帝陛下之命，為了報告路西路西近況才安插的高層人士……看來我不能碰這一塊了，要趕緊讓侍從長和侍女長，以及直屬於他們的部下立刻回歸崗位才行。

然後，最後一組是……

『……』

這些人怎麼都快死了還不開口啊，和路基烏斯．埃德莫克．拉爾古勒有淵源、對於本人所屬派系難以啟齒，雖然我也大概能猜到是誰，但我還是想從這些人口中聽到真相。

我先讓這些笨孩子開始幹活真是正確的選擇，正當我覺得該來的人應該差不多要出現，因而看向庭院時，還真的就看到有好幾匹馬拖著一個巨大湯鍋進來。昨天皇帝大叔一直說什麼烹刑的，我就知道這裡果然有那個。

「傑克．布朗，生火！」

「是！小姐！」

這小子還真興奮。傑克對著僕人比手畫腳要他們備水，接著在鍋子底下塞了超多木柴點火，煙霧繚繞之際，我向里溫搖搖手。

「里溫，丟吧！」

「是，姐姐！」

阿斯特里溫強行把男男女女都丟進湯鍋中，隨後便出現了此起彼落的哀號聲。水還要好一陣子才會滾，現在應該什麼感覺都沒有才對，也太快開始裝可憐了吧。

『剛剛跑向路西路西的人是下一批，你們先等等，卡蜜蕾先把昨天跟妳待在一起的孩子都叫出來。』

拿頭紗給我的孩子就是第三批。給我走著瞧，畢竟這個湯鍋不夠大，沒辦法一次就全部讓你們下鍋煮。

『蓮。』

『是，羅莎莉特小姐。』

『妳跟我下盤棋吧。』

『……什麼？』

『不是有拉爾古勒棋嗎？很像西洋棋的那個，有棋盤吧？』

『啊，是，當然有。』

拿來吧，等水滾之前，我要玩遊戲。

拉爾古勒棋跟西洋棋長得很像，但規則有點不同。

一定要區分的話，應該是跟西洋棋的源頭波斯象棋更相近吧，甚至這還不只能兩個人下，可以把棋盤展開，最多四個人一起下，真的很好玩。我先跟蓮下幾盤，之後再教傑克和里溫，到時候要四個人一起玩。

我叫那些笨蛋把遮陽傘和木床搬來，讓他們拿扇子搧風，享受了下棋的樂趣。

隸屬各派系的僕人站在烈日下大汗淋漓，鍋裡的水也逐漸變燙，接著出現此起彼落的求饒聲。

『……我認輸了，羅莎莉特小姐。』

『什麼？不要放水，妳認真下啊，我不是會因為這種輸贏生氣的人。』

『不是，我是真的已經沒地方下了……』

『妳認真看看，這邊犧牲一隻象，再五步之後兵就可以升級了。』

『天啊！』

妳是真的不知道嗎？哈哈哈真是的，我平常都只跟四小節下棋，哪會知道一般人水準到哪啊？

『羅莎莉特小姐！饒命啊！我會說的！但不能在這裡說！』

幸好傑克和里溫的學習速度夠快，一方面也是因為拉爾古勒棋的規則和西洋棋很像就是了，反正這兩人說已經能自己下棋了，並要求擴張棋盤。

很好，總算能玩四人賽了，我從以前就真的超想玩一次這個了！

『我們是真正的喬勒亞夫信徒！』

「傑克·布朗，你把他們撈出來，關進皇太子宮殿監獄再回來，不能送去異端審問所喔。」

「是。」

『里溫，你先把第二批丟進去。』

『我馬上回來，姐姐！』

哎唷，這些哀號聲好難聽，要是有蓋子，我真的想整鍋蓋住耶。

因為從剛剛就在加熱，現在一丟進水裡會立刻有感，求饒的聲音比剛剛更加淒厲。

大家都在瞎操心耶，我只是不想讓他們太好過而已，沒禮貌了點又不是死罪不是嗎？重點是，拉爾古勒有這麼多神官，只會讓你們痛死但不會真的死，別擔心啦。

『恕我冒昧，羅莎莉特小姐。』

『嗯，雖然冒昧，但你說說看。』

侍從長雙手滴著血，是又想吐露什麼？雖說是皇帝派來的人啦，但這人個性真的是喔……該說是很有原則嗎？就是因為這樣，皇宮的人才都不長命啊。

『如果即將成為妃子的人如此殘暴的謠言傳開，對羅莎莉特小姐沒有任何好處。』

『反正現在還不是妃子，沒關係。』

『……但不久後不就會上位了嗎？』

『我如果成為妃子，不就等於成為路西路西的妻子嗎？那就表示我會成為皇宮內最高權力者了吧？』

『……』

『目前是因為陛下沒有能協助整頓後宮的皇妃，才把這些工作丟給我處理，我看你很喜歡名分或身分之類的東西，不久後，陛下將後宮最高權限下放予我的敕書就會送來，他昨天就是這麼拜託我的。』

『那至少從今天下午開始，您就要小心周遭安全了，我先聯繫神殿重新安排神官。』

『好喔，幸好你還是個能溝通的人。』

侍從長總算理解我的意思，雙手滴著鮮血又回去工作了。

這人也真是的，雖然我從傑克處理他時，他強忍著一聲不吭就已經明白了，不過他這性格還真的是不一般啊。

「姐姐！有一個人載浮載沉！」

「在死之前把他撈出來！」

「是，姐姐！」

看到有人快死了就要趕緊撈出來啊，幹嘛還先問我！

我讓里溫把撈出來的人整整齊齊地一個個躺好，接著叫那些笨傢伙去喊神官過來。

不像我們國家值得信任的人只有瑪卡翁，這裡有很多神官還真不錯。所以路西路西才會根本沒想要追加兵力，只策畫了一次性的登陸作戰吧，畢竟就算兵力折損，讓神官治療一下再送回戰場就沒事了。

所以問題還是在軍糧嗎……路西路西應該就是為此，才在北伐侵略吃了不少苦頭吧。他也不是笨蛋，總不會萌生在侵略途中掠奪亞蘭民居填飽肚子這種蠢念頭吧？

雖說某個時代的某個國家曾幹過這種事，但畢竟那位首領是晚年老糊塗了，暫且不提。

儘管下下策大概是掠奪亞蘭軍隊的軍糧，不過我們國家目前正徹底地在執行游擊戰策略，他們也沒辦法稱心如意。同時拉爾古勒應該也會想要保有完整的魔水晶礦山，哈哈，路西路西肯定頭痛死了。

『饒命啊！皇太子妃殿下！』

『嗯？就說了我不是皇太子妃呀。』

『羅莎莉特小姐，饒命啊！昨天是我們太囂張了。』

『最晚到的人，下鍋兩次！』

準備完畢！

我興奮大喊，即將下鍋的第三組人開始死命地跑，邊跑邊被自己的衣角絆倒，還又打又推地妨礙旁人，真的是亂七八糟。太有趣了，好好玩啊。

哈哈哈哈哈哈哈哈哈。

他們奮力掙扎的樣子實在太好笑，我捧著肚子笑不停，親愛的弟弟給其他僕人侍女使了眼色後，大家才一一跟著我笑起來。

唉，這些人都還算有腦，非常社會化，看看卡蜜蕾和蓮，就只會一臉嚴肅看著我。

「小姐，依照您的吩咐，我把他們關起來了！」

「好喔！那快點回來玩遊戲吧！」

啊，四人遊戲真是太讓人期待了，我讓那些受罰的孩子繼續受罰，坐在木床的陰影下，邊吹著下人搧的風邊移動自己的棋子。

單純比輸贏就太無趣了，一訂下最輸的人要去噴水池把全身弄濕的處罰，大家都開始使出渾身解數。

同時，有個自稱是大臣的人帶著皇帝敕書前來，我跪著接受後宮最高權限的委任。往來皇宮的主要貴族及神官資料也一起送來了，我為了確認內容只得退出這場遊戲，由卡蜜蕾補位，他們幾個剛好就能在相同水準之下玩得很開心。

不過，該怎麼說呢……因為卡蜜蕾知道里溫和傑克的弱點，所以在最後關頭，也就只有里溫和傑克兩人得接連去噴水池了。

只是我個人也滿介意那部分的啦，所以實在沒辦法取笑他們。

因為拉爾古勒棋擔任「車」這個角色的棋子叫路克，要把它當成棄子用實在是太心痛了，下不了手。

里溫和傑克在被我指責這一點後，立刻說與其要拋棄外甥或小少爺，那不如進噴水池，然後就自己下去噴水池了。

對嘛……路克是不能拋棄的，誰捨得拋棄啊。

『今天先到這，大家都先回到各自崗位，從陛下嬪妃住所來的孩子們也回去你們主子身邊。如果我不忙，是很想帶著你們一起生活的，但我現在真的沒空。』

如果我會一直住在這邊還好說，不過我目前只需要快速展現出實績，也沒有非得利用他們不可的必要，看是要回去接受各自主人的處罰或去死都好。

聽懂我意思的幾個人雖然發出慘叫聲，我卻也沒有想特別責怪他們。

現在起，我將變得非常忙碌，里溫跟傑克也都會忙碌起來，我們該一起絞盡腦汁，衡量處罰的必要性多寡，並排出確切的次序。

儘管想想原本的目的，我其實不用這麼努力工作……但人的事情很難講嘛，亞蘭搞不好真的會完蛋啊！哇啊，這樣的話，爸爸跟笨蛋殿下的身分會變得比我更低嗎？也太有趣了吧！

雖然……基本上這種事是不太可能發生的。

「看來是我想得太簡單了，從路西路西不知道下人的狀況來看，之前應該是埃德莫克皇妃把這些雜事都辦了……但那位已經去世了就……」

「如果還有值得信任的血親在身邊會輕鬆很多，就像我這樣。」

「就是說啊，別看馬利烏斯殿下那樣，他的聲望其實還不錯，路西路西跟四皇子那傢伙爭得頭破血流，也難怪他的傳聞都不好。」

「您現在把少爺那些噁心發言當耳邊風的能力也越來越厲害了呢。」

「什麼耳邊風，姐姐會傾聽並理解我的每一句話，只是因為這些內容都太理所當然了，才會沒有反應。」

「噢……這邊的過度正向思考也同樣很厲害。」

你們又要吵架了嗎？好啦，就隨你們吵吧，小孩子都是邊吵邊長大的。

我坐在木床上，叫下人拿可以當成紙鎮用的東西過來，並決定在這裡解決午餐和午茶時間。既然人手變少了，就要趕緊催促陛下添補人手，還要找空檔去向異端和正神教套話，問問他們知不知道一個叫瑟琳的女人。

然後，我不管怎麼想都覺得……

「要在最短時間內獲得實績，幫路西路西提升價值，並穩固我的根基，就只剩下那個方法了，里溫。」

「那個方法是指？」

「外戚之亂！」

「這表示我也能得到一個位置嗎？姐姐！」

對啊！真不愧是我弟，理解得真快。我如果想在皇宮內表現出自己很紅的樣子，身為弟弟的你是不是該坐上大位啊！

『卡蜜蕾！妳趕緊去確認路西路西人在哪！』

『是，好的！羅莎莉特小姐！』

嘿嘿嘿，在路西路西工作時華麗登場，叫他給我弟弟添點面子，那麼我就算不想出名也得出名了。

正當我和里溫一起抱頭思考要討哪個位置比較好時，傑克突然插嘴。

「我沒有嗎？」

「傑克，你也想要逞威風嗎？」

「我不趁這時候，哪還有機會坐坐高位呢？」

也是，布朗家的孩子出乎意料地都對這種事挺在意的，他們原本是不在乎這些的人，但在艾斯托明白騎士爵位是什麼之後，大家就開始有興趣了。

這個呢……我就挑明說了，布朗家七兄妹中，只有約翰和艾斯托有騎士爵位。騎士這個身分就是個爵位，也是作為準貴族的意思，從禮法來看的話其實……尚、威爾、卡爾、奎爾和傑克，都應該要恭敬侍奉約翰和艾斯托才對。

雖然在洛克斯伯格領地，他們還可以大喊「喂，你這臭小子」互扯頭髮大吵，可是在正式場合，他們並不平等。

這可說是身分制度造成的悲劇，所以只要是王室主辦的紀念儀式或派對，這些孩子都是死也不會跟艾斯托一起出席的。

從艾斯托明白自己是準貴族這件事後，已經過去……半年了嗎？還是三個月？總之，因為她在公眾場合非常趾高氣揚的關係，其他人只要看到身穿禮服的艾斯托，就不會在她附近出沒。

這部分應該在傑克內心扎了根刺，也留下了遺憾吧。

好吧，我完全能理解你的心情。

「後宮最高掌權者的護衛騎士如何？也可以簡單辦個任命儀式。」

「哇啊啊！我也是騎士了！」

小鬼，這讓你這麼開心嗎？所以說人就是要有權力才行，這樣才能照顧自己人，看到乖巧的孩子也才能賞他一點甜頭。我或爸爸就算任命了騎士，適用範圍也僅限於洛克斯伯格領地內，這點令我相當心痛。

現在這個時機點正好，反正這邊也沒什麼複雜的程序，只要搞定那個至高無上的存在就好，我去跟皇帝大叔吵鬧一下，應該能給我一個騎士爵位吧？

「姐姐，我想當皇宮禁軍長！我路過的時候有看到，我穿上那件禮服肯定會很好看！」

「好！那你就是禁軍長了！」

「哇啊啊！我是禁軍長！」

『羅莎莉特小姐！路西路西殿下現在……不是，對不起！皇太子殿下目前人在軍部！』

哇呼，是軍部！我現在就要立刻闖進去參觀軍事會議！

「里溫！傑克！我們去大撈一波囉！」

除了傑克和里溫，我還帶著一批侍女一同前往軍部。在拉爾古勒，皇宮內的交通工具是牛車，上頭有用綢緞做的遮陽簾幕垂下，好別緻啊。

『殿——下！』

我讓傑克里溫走在前頭，橫切整個軍部進入會議現場。一打開大門，軍隊相關人員急忙開始藏資料，路西路西則是攤開雙臂用全身死命擋住某張地圖。

既然他都擺出這個姿勢，那我也跳上前撲進他的懷抱，作為我的回答。

『好想您啊——』

『妳瘋了嗎？』

『我們已經分開四小時又二十六分了呀！』

『這又是在打什麼鬼主意？』

『小女子想念殿下想得心焦啊！』

『小女子？誰？』

『您不會因為想到小女子而無心工作嗎？』

『那個語氣又是去哪學的？拉爾古勒經典文學？』

這個老海盜眼罩鬼，拒絕我的話語真是一針見血。我不再假裝啜泣，把臉從路西路西的胸口轉開，打算用眼角餘光掃視現場，結果這人居然直接把手放在我的頭頂，不讓我轉頭。

『您這是在做什麼呢？路西路西，小女子好疼啊。』

『妳只看我就好了吧，不是說很想見我嗎？』

『已見到人便足矣，幸好您還健康。既然即將成為您的內人，小女子總該向和您一起共事的人打聲招呼吧？』

『那個語氣不是隨便加個小女子就可以用的。』

『不然來教我啊。』

『終於露出本色啦，妳這油嘴滑舌的女人。』

『小女子如果是油嘴滑舌，那路西路西就是油到滑倒囉。』

『不要自己造詞！』

好痛，先放手啦！我找到折衷方式，決定繼續把臉埋在路西路西胸膛，才把他的手從我頭頂甩開。

『如果您覺得小女子漂亮可愛又討人喜歡，那也下放一些重責大任給小女子幫忙吧，看到我的弟弟都這把年紀了，還在皇太子宮殿吃喝玩樂，您都不覺得很可憐嗎？』

『我昨天才第一次見到妳弟。』

『希望您也能給小女子器重的護衛一個騎士爵位，孩子總要體面一點，怎能沒個職銜就在外頭跑呢？』

『那位我之前就見過了，但我從來沒感覺到妳器重他啊？』

『我很器重傑克的！幹嘛這樣！』

『先出去再說吧！』

為什麼！我才不要！我不要出去！

雖然我死撐著抓住路西路西，這傢伙卻一把將我扛起，向各位重要幹部道歉後離開會場。一關上門，他便先張望四周，接著用力扯了我的耳朵。

『啊啊啊啊啊！』

『妳給我老實講，為什麼來這裡？』

『我不是說過了嗎！』

『妳怎麼可能因為那種事就跑來？』

『這都是為了您好才這麼做的，放手啦！』

啊啊啊啊，好痛啦啊啊！

我揉著耳朵轉過身，里溫攙扶著我插嘴道。

『姐姐與在下真的只是因為替路西路西著想而來的，對於軍事策略什麼的一點興趣也沒有！』

『我收回之前說你不像洛克斯伯格的話，還真是比誰都洛克斯伯格呢。』

『謝謝您的稱讚。』

『這不是稱讚。』

路西路西開始深呼吸，看來他應該不是普通地惱火。他看著天花板嘆口氣，看著地上嘆口氣，又看著我嘆口氣，然後才說會相信我對拉爾古勒軍隊的移動路線沒有興趣，只要告訴他到底幹嘛來這裡就好。

『馬利烏斯大人的死對路西路西而言是個好機會。』

『……』

『在這個只對你有利的狀況下，總會有人產生懷疑，也會有人對此感到不滿。』

『這……』

『所以你會需要一個被罵的擋箭牌。』

從拉爾古勒的角度來想，家裡要是發生不好的事，統統怪罪給女人是最簡單的方法，如果對方甚至是個滾進家裡的石頭，那就更適合了。

所以說，與亞蘭和切雷皮亞不同，拉爾古勒有很多干預國政、破壞家庭的惡女故事，我要確保個人處境的策略也可說是出於這項考量。

我只是短暫停留而已，如果要做出讓皇帝大叔滿意的實績，並抑制路西路西相關的醜聞，還要讓自己也過得輕鬆，這是最好的方法。

我一邊說明一邊聳肩，路西路西則露出茫然的表情，吶吶地問。

『妳，到底是……』

『到底是怎樣？』

『也沒要妳做到這地步，為什麼要這麼努力？』

嗯……也是吼？為什麼呢？這是為什麼？我也變得跟路西路西一樣茫然張著嘴，然後腦中閃過一個想法。

『因為……不工作就會不安？』

我好不容易才說出這句話，里溫立刻露出哀傷的神情，然後依照洛克斯伯格的指南擁抱我。里溫一抱我，傑克也跟著抱我，路西路西看了看兩人，也跟著抱我。

『陛下想將羅斯羅斯介紹給波拉維亞皇妃認識，你們也一起出席晚餐吧。』

波拉維亞皇妃……依據資料來看，是埃德莫克皇妃死後最受寵的皇妃。我明白了我被賦予的責任，那也只能參加了。

我決定先行撤退，等晚餐時間再替孩子們爭取一次職位。向里溫和傑克下達離開命令，準備就此說拜拜的我，看到附近有幾個人經過時，又停下了自己的腳步。

『路西路西，請您稍微彎個腰。』

『幹嘛？又要講什麼廢話？』

路西路西可能以為我想講悄悄話，彎下腰把耳朵對著我，我出其不意地在他臉頰親了一口，然後轉身離開。

在工作時間還搞男女私情，不就是搞垮一個國家的必須要件嗎？

達成目的的我欣慰地勾著傑克和里溫的手臂離開。

到晚餐之前還有充裕時間，我去打通了一下正神教的人脈和處理異端，雖然在打聽瑟琳行蹤的部分毫無進展，不過倒是有從異端口中聽到出謎題的面具女之類的事……

這連瑞姆．巴特用膝蓋聽，也能聽出這是在講瑟琳，所以我要他們多講一些，他們說召喚那隻魷魚和海葵，也就是拉爾古勒下位神的方法，是瑟琳教給他們的。

等一下，這又是什麼浩大狗血故事的開場啊？總之雖然喬勒亞夫異端從很久以前就存在了，卻被擁有強大神官軍團的正教所排擠，導致勢力無法擴張。

這時候，隔著一座海的亞蘭因為魔水晶而快速進步，切雷皮亞聯邦則按照聯邦各國的發展，積累出了機械文明，在他們擔心自己是否會就此被推進歷史洪流中時，面具女出現，並教了他們已失傳很久的下位神召喚法。

儘管每召喚一位下位神，就需要犧牲許多人命，又或是具有象徵性的高層，但下位神擁有極為強大的力量，所以他們仍以此為基礎培養勢力，就連皇宮也有辦法搭橋牽線。

而過去與皇宮搭橋的角色是由埃德莫克皇妃擔任，現在則是路西路西，下略。

難怪這傢伙在巨大魷魚出現前就寫了一張密室逃脫的紙條給我！原來是因為他知道自己的媽要送魷魚過來了！這沒用的小孩，原來不只有戀父情結，居然還有戀母情結嗎？我的老天！哪來這種超級廚餘啊！

「唔……」

嗯……也不是說聽父母話的乖孩子都很壞啦。

我從為人父母的立場來看，肯定也會覺得路西路西是個孝子，可我畢竟不是路西路西的爸媽呀，唉，我怎會跟這種超級廚餘糾纏在一起。

「呃嗯……」

不過呢，從正向積極的角度來想也不壞啦，要是沒有父母，不就會聽老婆的話了嗎？皇妃不在了，現在只剩下皇帝大叔而已。

「姐姐！這個人沒呼吸了，該怎麼辦？」

「先把他帶去神官那邊吧。」

「是的！姐姐！」

如果死掉那也沒辦法囉。早知道這樣，又何必硬撐著死也不說呢，努力裝義氣有什麼用，旁邊的其他異端都全招了。

感覺衣服會沾到味道，我該去換一換，準備和皇帝大叔見面了……

「嘻嘻，咿嘻嘻，嘻嘻嘻嘻！」

傑克．布朗那傢伙恐怖到我不敢搭話了，好一段時間沒給他事做，一口氣給這麼一堆，感覺他現在已經煞車失靈。

雖然我輕聲喚了傑克的名字，但這傢伙連假裝聽到也不願意，那就隨便他吧。

既然這麼開心，就隨他去了，畢竟要是錯過此時，又不知道下次機會何時才會再來……

我決定只帶里溫出席，並接受卡蜜蕾的服侍更衣。她因為這副手銬的關係，已經拆過好幾次衣服又重新縫合，技術越來越熟練，甚至還會在針線縫補處別上花朵裝飾，再加上提前刺繡好的布，讓服裝變得相當時尚。

『卡蜜蕾，妳可以把拉爾古勒地毯編織法教給里溫嗎？』

『什麼？』

『我弟非常有興趣，他本來就對裁縫和刺繡很有興趣。』

『是，這並非難事，不過……』

那就夠了，里溫學東西的速度很快，只要教他基礎，剩下的他能自己學會，看來里溫這小子不久後就會泡在直線與橫線交錯的世界裡囉。

準備完畢的我和換裝也很快的里溫碰面，互相稱讚彼此美貌後，就坐著牛車前往皇帝大叔等待我們之處了。

我們抵達的地方是波拉維亞皇妃的住處，路西路西家至少還有桌椅存在，還算是我比較熟悉的布置，這裡卻真的是復古到了極點。

地上鋪著密密麻麻的地毯，大家都墊著很厚的墊子席地而坐，那位皇妃則是幾乎要坐在皇帝陛下的腿上了。

真尷尬耶，我是說文化差異的部分。

這就是文化鴻溝吧，之前馬爾汀和馬利烏斯殿下來亞蘭還搞不清楚狀況的時候，我都會臭罵他們，現在我自己碰上這種事了，還真是眼前一片昏暗。

哇……好不適應，此時此刻的我該做什麼才不會被罵呢？

『看來陛下昨晚安寧健康，我也心滿意足了，陛下還如此硬朗，我看下一個繼承帝位的人得是皇孫了吧。』

『哈哈哈哈！那妳未來的老公要怎麼辦？妳以後會被路基烏斯臭罵的。』

『哎，如果會被罵，那我也是沒有遺憾囉。』

『哈哈哈哈哈，路基烏斯你怎麼辦？我看你應該一輩子都會被她牽著鼻子走了喔！』

我一揮動褲管，路西路西大概是因為覺得自己視線被遮擋了，掃視我的臉一眼後，拍拍自己身旁的座位。

嗯，很順利。挑了幾句大叔會喜歡的話講感覺挺有用的，反正那位大叔從以前就很喜歡聽這種不三不四的笑話。

『旁邊那位是羅莎莉特的弟弟嗎？你們長得一模一樣耶？』

『初次見面，陛下，我是想沾姐姐的光，硬要跟來的阿斯特里溫．洛克斯伯格，我已經作好耍寶的準備了。』

『哈！還真是個令人頭痛的孩子呢。』

美麗的里溫面無表情做出耍寶手勢，看皇帝大叔捧腹大笑的樣子，感覺又正中他的下懷了。

很好，非常好，既然氣氛不錯，那我就趁機要一個禁軍長和騎士職缺吧！

『來，接酒吧，總要先喝一杯才吃得下飯吧！』

『啊呀呀，能接陛下倒的酒，真是家族的榮耀。』

『是家族的榮耀！』

『我還以為只有他很奇怪而已，原來是每個人都怪怪的嗎？』

皇帝大叔說期待見洛克斯伯格公爵的日子並跟我們乾杯，我回應了幾句並笑著把酒喝下肚。

雖然這輩子不可能出現大叔跟我爸見面的機會，但還是要想辦法虛應故事幾句，這不就是當人下屬的宿命嗎？

『陛下，您何時才要介紹我呢？』

『喔對，真是抱歉，各位！這位貌美的女子是波拉維亞皇妃。』

呃啊啊……終於到了這個時間嗎？

儘管心情如坐針氈，我還是用盡全力擺出表情點點頭，旁邊的里溫似乎也看懂了我的心思，立即轉過頭，晚餐桌上一陣微妙的沉默。

『看來是有點怕生啊？我是這座宮殿的主人，拉賓娜．波拉維亞。』

『我是羅莎莉特．洛克斯伯格。』

對不起喔，不害臊的皇妃，沒事。

對方因為我的簡答而輕咬了一下嘴唇，又夾了一塊食物送進陛下口中，才接著呵呵哈哈地開始抱怨，指責路西路西和我非常無聊，接著撲進陛下懷裡。

嗯……雖然這是工作，但我真的看不下去了。

『即將成為皇太子妃的人，是不是太客氣了呀？我們都是一家人了，可以自在一點沒關係。』

『哈哈，畢竟我是即將成為太子妃的人，總要保持體面嘛。』

身為後宮的妳再多做點那種事吧，我抱持這個心情笑了笑，里溫不小心發出聲音摀住嘴。

我也搞不清楚這孩子到底是在配合我，還是真的在笑，不過看他肩膀狂抖的樣子，感覺是真的在笑。

『……陛下，我好像有點醉了，就先行告退了。』

『拉賓娜？』

終於要開始了嗎？皇妃開始故作哭泣，並作勢要離開晚餐現場，皇帝大叔先是皺著一張臉看向我說抱歉，還搓著雙手求饒，接著便開始大聲喝斥。

『羅莎莉特妳這小鬼！真是肆無忌憚！』

『小的惶恐，陛下，我不是那個意思！』

『別吵了！』

『呀啊啊！』

等一下，你要求的難度也未免太高了吧！

在大叔重重一拍時，我尖叫了聲並嚐唧一聲昏倒在地，這位大叔隨即起身，準備跟皇妃一起離去。

『等等我啊，拉賓娜！我會好好教訓一下這小鬼的！』

唉……這位大叔還真辛苦。在地上打滾了一陣的我拍拍衣服，坐回位置上。

從剛剛就一直小口啜飲著酒的路西路西一臉不悅地開口。

『妳跟陛下還真是默契十足喔。』

『演場戲就拿到後宮最高職權，很划算了吧！』

『怎麼不乾脆去當皇后？你們看起來很配啊。』

『您在吃醋嗎？』

喔喔喔天啊，這人是真的生氣了嗎！

我看路西路西一句話也不說只顧喝酒，才問他是不是吃醋，結果這人居然板起一張臉不看我。

這實在很有趣，我又故意戳他側腰，追問他是不是生氣了，他氣得轉頭要我別再開玩笑。

『別擔心啦，陛下很……肉體上，嗯……雖然很不錯……但我才不會招惹有對象的人。』

『如果沒對象就會去當皇后？』

『對。』

啊啊啊！開玩笑啦！你不懂什麼是玩笑嗎？不要扯我耳朵！很痛耶臭小子！

路西路西又想扯我耳朵，我從墊子上一躍而起逃開，並為了躲開他的魔手而死命逃跑，這人不知道在想什麼，居然追著我也跑了起來。

在跑步這方面我還算有信心，但再這樣下去肯定會被逮住。這人平常到底都在做什麼運動，身體也未免太輕盈了吧？

我在晚餐會場外跑了兩圈才被抓住，路西路西似乎想報復剛才被我戳腰的仇，對著我的腰和腋下搔起癢來。

『呃哈哈哈哈！對不起！是我錯了！哈哈！好了啦！』

『妳想要的話，我現在就能去跟陛下請求，給妳皇后之位喔。』

『我才不要！我不幹！我不要當皇后！』

不要再搔我癢了，我要死了！

我雙腿無力地癱坐在地，這傢伙也是不死心地跟著撲了過來，他爬到我身上，看起來是下定決心要認真整死我，讓我毛骨悚然。

此時，里溫放下手上的酒杯高喊。

『姐姐！我的禁軍長呢？』

對吼，我們是來討職缺的耶。我立刻清醒過來，拍了路西路西的大腿幾下要他讓開，但他直勾勾地盯著里溫，擠出一個虛假的笑容。

『你剛剛明明那麼會察言觀色，現在這是怎麼回事？』

『我聽不懂您在說什麼。』

『還能是說什麼？我看你應該都聽懂啦。』

『對不起，我的拉爾古勒語不夠好。』

這傢伙的外語講不好，憑什麼還這麼自信滿滿啊？我莫名感到不好意思，向路西路西道歉，他卻看著我露出很可怕的表情，說以後要我走著瞧。

嗯……現在說就好了，為什麼每個人都一直跟我說以後走著瞧啊？那些以後才要講的事難道會有變化嗎？

路西路西讓開後，我好不容易能起身，用過晚餐之後我們終於討論起了要給里溫和傑克的職缺。

因為陛下給了我後宮最高職權，肯定會有許多嬪妃心生不滿，但要是像今天這樣演場戲，喝斥我一番再給我處分，她們肯定只會覺得大快人心。

真的非常有效率，既讓後宮們開心，也不用花半毛錢。他當皇帝不是一兩天了，這個手腕真是不一般。

『我今天幫了陛下的忙，他肯定會欣然提供區區騎士爵位和禁軍長職位的，你只要去幫我把職缺要回來就行了。』

『我是怎麼回事才會跟這種女人……』

『不想要也可以拒絕，我回去當個平凡的公爵繼承人就好。』
『不想要也沒用啊，都已經約好了。』
『不一定吧，討厭的話就別做啦？』
喂，你不要只顧喝酒，回答啊！
我一直追問，路西路西卻只顧著邊嘆氣邊喝酒，而里溫也嘆了口氣喝著酒，我看大家都在喝，就也只能跟著喝了。
真的不是因為我想喝才喝的，是因為大家都在喝，氣氛使然，是基於這種不可抗力因素。
我們把不知道是晚餐還是下酒菜的食物都吃光後，手牽手唱著歌，搭上牛車回到皇太子宮殿。三個人都醉得迷迷糊糊的，在侍女的幫助下，才好不容易換上睡衣準備去睡覺，路西路西此時卻很自然地跟著我走進了房間。
『路西路西，您又要跟我一起睡嗎？』
『怎麼，有什麼不滿嗎？』
『沒有，也不到不滿啦。』
旁邊有人我更好睡，路西路西也沒不好的睡覺習慣，是沒什麼關係啦。
我要他自己看著辦就先爬上床了，路西路西於是躺在我旁邊，里溫則是頭一沾到枕頭就昏迷了。
然後在地下室做了某種行為解除壓力，看起來一臉痛快的傑克·布朗瞟了我一眼，皺起眉頭。
「兩位離遠一點吧，很熱。」

「是很熱。」

「所以我說離遠一點啊。」

這人是醉了嗎？聽不懂人話？

路西路西隨心所欲地把我的手臂拿去當枕頭枕著，手則是蠢蠢欲動摸著我的腰，然後試圖往上。我伸手拍了幾下罵他，他卻只是靜靜笑著，也沒停止動作。

孩子們都在場，這個行為實在不妥，我用腳狂踹他的脛骨。因為棉被摩擦的聲音覺得吵，原本躺下來準備要睡的傑克．布朗又坐起身。

「真是夠了！」

傑克大吼才讓路西路西停止動作，他似乎是稍微酒醒了，又躺回正常姿勢小小乾咳幾聲。

「裝傻裝得越來越過分了耶！」

傑克生氣了，這孩子邊抱怨邊把被子拉到蓋住頭。

路西路西無地自容地緊閉著眼，努力讓自己睡著，真是好險這人還懂什麼叫丟臉耶。我替他向傑克道歉，拍了拍枕頭後就睡了。

睡醒之後，借給路西路西躺的手臂非常痲。

之後，正如我的預期，我收到反省處分，在皇太子宮禁足了一段時間，傑克獲得夢寐以求的騎士爵位，里溫則是勉為其難地得到皇宮榮譽禁軍長一職。

阿斯特里溫帶著我的光環，趾高氣揚地去禁軍上班，並因為這十分經典的戲碼被講了不少閒話，也收到很多決鬥申請。

當然，結果都是里溫大勝，雖然他沒有使用劍氣，但對方還是身受重傷到需要找神官的地步。我們才進宮不到兩天就確立了自身地位，每天都有絡繹不絕的賄賂隊伍排排站在門口。

這些人都不是來找路西路西，全是來送禮討好我和里溫的。我把可以吃的東西統統挑出來退還，並用魔力探測，找出混有奇怪東西的禮物，個別選出後予以處分，我的威名與惡名自此同時傳開。

我在皇宮獲得盲目的擁戴，皇帝與我一搭一唱、後宮嬪妃對我低頭，甚至連貴族都為了見我一面，在皇太子宮殿門口趴跪在地等待。

我的人生宛如走在康莊大道上，現在就等舉行儀式，這場遊戲就結束了。生個皇孫再當到太后，我的名字就會被留在世界史冊裡吧？

看路西路西的面相感覺就會早夭，我還是早點準備垂簾聽政比較好。

哼著歌翻閱婚禮要穿的禮服目錄，我的權威厲害到他們甚至得把等比尺寸的款式送來皇太子宮庭院，為我一一展出設計圖。

前幾天才因人手不夠向陛下求助而已，現在來了超級多人呢，我於是體驗到了生平第一次經歷的使喚人手方式。

首先，像我這樣尊貴的人，腳可不能離地，所以出現了床型轎子，並配有扛轎的轎夫；同樣地，像我這樣尊貴的人，也不能直接曬到太陽，所以有了專門扛遮蔭棚的僕人，還有負責搧扇子的侍女，跟擔心我嘴饞，專門負責採水果餵食的負責人。

啊啊，好幸福，好舒服喔！

沉浸在這種享受之中，讓人根本不想起來，畢竟只要動一根手指，侍女就會拿下一張結婚禮服的圖過來；只要我張口，侍女就會摘一顆葡萄送進我嘴裡啊。

『這套挺漂亮的，但我有點懷疑能不能襯托出我的美麗。』

『您說的是，殿下。下一套！』

哇哈哈哈，他叫我殿下耶！我活這麼久還真的什麼都碰上了，羅莎莉特・洛克斯伯格要笑死了！

實在太搞笑了，我捧著肚子狂笑，周圍僕人們為了我的安危呼叫了神官。我搖搖手說不是拉肚子沒關係，大家這才退下。

身穿尊貴服飾的傑克・布朗走向我。

「小姐，我覺得一切都很好，不過您應該沒有忘記我們原本的目的吧？」

「啊？原本的目的？」

「哇……我會瘋掉。」

我以用手撐著頭側躺的姿勢再吃了顆葡萄，一邊咀嚼，一邊要傑克靠近一點，他繼續在我耳邊跟我說悄悄話。

「瑟琳啊！您難道忘了面具女的事嗎？」

「老天！」

對吼！我們是要來抓瑟琳的！等一下，我們來路西路西家都幾天了，那些人到現在都還沒有消息嗎？

「我們來這裡幾天了？」

「我不確定……應該一個禮拜了？」

「那些人到底在幹嘛啊！」

「我才比較想知道吧！」

也是啦！

我一方面對瑟琳討伐隊無消無息感到無言，另一方面又想說也不知道是成功還是失敗了，所以決定先乖乖躺下。

「嗯……時候到了，他們應該就會來吧。」

「您也太安逸了吧？再這樣下去就真的要跟路西路西結婚了。」

結婚就結婚啊，這是兩回事吧。之前聊過才知道路西路西會把我們家的人都帶來，負起責任，他甚至還可以接受葛倫耶。

比起在亞蘭生活時的工作更少，過得又舒坦，當皇太子妃讚啦，耶！

「傑克．布朗。」

「是。」

「我啊……」

「是。」

「好像真的很適合皇族生活耶。」

「靠。」

哎唷，你對主人講話這是什麼態度！

我氣得責罵傑克時，皇太子的隊伍出現在正門。

這人帶著一大票僕人出門去上班，卻為了吃午餐回來一趟，沒多久又為了喝杯茶再回來一趟，有事沒事就一直進進出出，就算已經被陛下指責寵妻也要有限度，結果還是又回來了嗎？

我連出去迎接都懶，就以躺姿看著走進門的路西路西，對方不滿地撇了撇嘴。

『妳已經變成皇室成員了是吧？好像看到我母親生前的樣子。』

『這話說得也太過分了吧！』

『哪裡過分？我母親可是陛下的寵妃。』

『別說這種沒用的話，我可不會放下您離開的。』

我拉著為了配合我的視線高度而彎下腰的男人，磨蹭他的臉頰，路西路西縮了一下身子。

這該死的戀母情結，都已經是沒媽媽的孩子了，怎麼提到媽媽還會這麼動搖呢。

『那當然，我打從一開始就沒打算輕易放你們走。』

這件事也是之後才會知道喔。

我沒有答話，只露出微笑，路西路西不知道又是哪裡不開心，擺出了一張臭臉。

我為了讓他開心而吻上他，他又輕易張口，傑克看著這個場面再次不斷嘆氣，用手遮住自己的眼睛。

都相處一個禮拜了，也不是第一次看到，這人也真是不死心耶。

『那個人為什麼要遮住眼睛？』

『他說不想看到。』

『不久後會看到更誇張的耶！』

『但那是之後的事情了呀。』

你這個疑心病患者連婚禮都打算推遲到戰爭後了，吹噓個頭。

不過想說既然他都來了，那就一起吃個點心再送他走吧，我因此呼喊著侍女，此時遠方卻有一團像是烏雲的東西靠近。

怎麼……好像有聽到什麼被敲毀擊碎的聲音，也因為那令人懷念的電氣聲，我從轎子下來，伸長脖子看著另一頭。

只見連這麼遠的距離也能一眼看出的巨大圓團，正揚起塵土並以高速靠近，是彼得・布朗。

「女兒啊——女兒啊啊啊啊！」

看起來塞基先生是騎著彼得過來的，聽到高聲詢問我是否安好的把拔聲音，我開心地跟著扯嗓門大喊。

「把拔——」

哎呀，看起來是解決了什麼事吧！雖然我脖子上的鎖鍊還在，但大事應該是差不多辦完了，所以把拔才會來找我吧？

我起身並用盡全力要告訴塞基先生自己在皇太子宮殿，本來像我這種尊貴之軀是不能腳踩在地上的，但此時此刻的我已經變成比較沒那麼尊貴的人了，也只能我自己跑起來囉。

『等等。』

然而路西路西緊抓著我的手腕不放，那個聲音聽起來參雜著怒意，我內心想說這人是不是生氣了，他的表情卻讀不出半點憤怒。

反而……看起來有點緊張。

『妳要去哪？我沒有允許妳離開我身邊。』

這人是吃錯藥了嗎？有夠愛說笑耶，我哪時是他可以呼之即來揮之即去的人？

路西路西畢竟有他的職位與名分在，所以我暫時順從他的意思，這樣才能過得舒坦一點，但他似乎是誤會得挺深的，我也只能笑了。

再次確認塞基先生所在方向，我安靜地對著男人微笑。把拔應該是聽見了我的聲音，正朝著皇太子宮這邊前進。

『到目前為止承蒙您的款待了，路基烏斯殿下。』

託你的福，我的皇宮生活過得非常快樂。

我送上最後的道別，男人原本緊張的表情瞬間垮了。

Touch My Little Brother

Touch
My Little Brother
and
You're Dead

#

外傳
#Side Story

一閃一閃小星星

and You're Dead

我承認我沒有把小孩養好，我完全可以理解，自己小孩闖的禍得自己收拾。瑟琳在外頭幹的事不能只單純看作是叛逆期行為，她太過分了，我也因此作了不少覺悟……

「啊啊啊啊！小姐！小姐！我要殺了傑克．布朗！小姐啊啊啊啊啊！」

「羅西！羅西啊？羅西在哪？羅西！我、我、我們家羅西只是在跟媽媽玩捉迷藏吧？是吧？哈哈哈，是這樣對吧？羅西啊，羅西，妳躲哪去了？是在石頭下呢，還是在結了露珠的樹葉下呢？」

但真沒想到自己會有要負責這些瘋女人的一天到來。

我揚起一陣風，將亂發動劍氣雷射光的小鬼關在冰球裡，還得綑住我家小狗狗的腳，接著伸腳踹了塞基小不點幾下。

「小不點！你阻止一下她們啊！你不是早就知道那個臭小鬼要走了嗎？」

「女兒……女兒啊……我的女兒，被抓去那裡，不知道有沒有好好吃飯……」

不行了，連他也失神了，我現在也只能相信塞基拿回來的指南了。

那個臭洛克斯伯格家的孩子再怎麼冰雪聰明，這方法到底管不管用也還是未知數，我不管怎麼想都覺得，這只是為了捉弄那個叫四皇子的小鬼準備的計畫而已啊。

「這東西真的有辦法讓艾斯托小姐和那個人冷靜嗎？」

該來的總算來了！

羅莎莉特．洛克斯伯格提供的緊急指南上寫著，當艾斯托和瑪麗亞因為羅莎莉特不在而出現分離焦慮時，請讓涅爾瓦穿上預備好的銀色假髮和禮服。

四皇子事先拿到的禮服羅莎莉特平日很常穿，上頭有著滿滿的體香，銀色長假髮則是說能讓她們冷靜下來……

「小姐！是小姐！是小姐的味道！」

「羅西！羅西在哪！羅西嗎？羅西，妳在那裡嗎？」

這些瘋子就像瘋狗一樣狂嗅，我抱持著僥倖的心態解除魔法，這兩個女人立刻撲向四皇子小不點，發瘋似地把鼻子貼上去。

「小姐，小姐您跑去哪了？小姐！」

「羅西啊，妳哪裡都別去，不要一個人走，要跟媽媽待在一起啊！」

我要瘋了，這些人是真的瘋了吧？

兩個人瘋狗般地緊摟著四皇子聞味道，涅爾瓦那傢伙也很奇怪，被這種瘋女人包圍應該會心生恐懼，他卻咧著嘴開心得要命。

「艾、艾斯托小姐，妳就這麼喜歡這樣的我嗎？」

「是，小姐，請您哪裡都別去，傑克那傢伙不可信任，待在我身邊才是最安全的，要是沒有小姐我會死的。」

「嘿嘿，喔嘿嘿嘿，是嗎？」

一群瘋子。

但至少都冷靜下來就算了，比起這些人類，小不點的馬反而更冷靜呢。

呼嚕嚕。

好好好，別激動了，等我們辦完正事，你也很快就能見到主人了。

「所以說……伊莉？你是叫伊莉莎白嗎？」

哼哼哼！

「看來應該沒錯，我就先借用一下妳的背了。」

這孩子真的聽得懂人話嗎？好乖喔。

我借乘羅莎莉特的愛駒統率大家，這小鬼再怎樣也不該一句話都沒先講就走了吧，當然如果我先聽說了……應該也是會想盡辦法阻止她。

「唉……」

不管是拉爾古勒皇宮或喬勒亞夫正神殿，她到底是多膽大包天才敢闖進去啊？那些地方直到現在都還是會一言不合就獻祭活人耶。

雖然這是在亞蘭青銅器時代後就消失的文化，但因為把活人當成祭品是真的會有提升神聖力的效果，所以拉爾古勒到現在都還留有活人獻祭的陋習。

總而言之，自以為可以感化瑟琳的我真的太蠢了，一切都是我的錯。

所以說瑟琳……儘管是我遙遠的後代子孫，不過認真說起來，其實也算我的女兒。

在那個我們故鄉還安然存在於海平面上，魔法科學還很風行的時期，我的某個後代拔走包含我毛囊在內的一堆頭髮，說要去做複製人實驗，然後接受了人工授精，在自己的肚子裡注入了一個受精卵。

因為複製人有很多倫理問題，那個後代被處刑了，然而已經出生的孩子是無辜的，所以決定由我扶養長大。就是為了那個可惡後代幹的好事，我到現在都沒辦法把頭髮分線改到左邊。

反正呢，瑟琳把我當成她的十代奶奶逐漸長大。她從小就是個不同凡響的孩子，十歲從島上大學畢業，十五歲出線參選，二十歲就改造了整個議會體系。

當時我便下定決心，如果那孩子能繼承我的遺志，我就要退休了。

雖然我擁有超越人類的力量與精神力，但活了超過五百年，看過人生百態，也差不多厭倦了。

畢竟我們得守望著人類一次次地滅亡，而且我也不想再經歷造詣比我更高的兩位魔法師大打出手，導致世界化為廢墟的事了。

就是因為那件事，我後來把僅存的魔法師聚集了起來，關在遠離兩塊大陸的孤島上，還借用其他魔法師的力量，設置沒有獲得出外許可就無法離開的結界。

人類的生命力就像打不死的小強，在這種混亂之中還是有能存活下來的個體，也幸好如此，文明才能再次開花。即使又得從石器時代重新開始，不過在我派出去的故鄉島民幫助下，人類文明的發展非常之快。

在聯合亞蘭五個部族時，那些人還拿著青銅武器或黑曜石打架呢，但我最近去亞蘭時，地面上已經有火車了，心情還真是微妙啊。

我那巴掌般大的故鄉小島裡，也曾因過度發展發生過很多可怕的事，如果相同的狀況出現在廣袤的大陸上，人類不可能承受得住。

所以我們需要調整國家之間的平衡，也需要阻止人類過度發展，沒人居中調節的世界，只會再次因為那些掌權的笨蛋而滅亡。我相信全人類都會如此認同，他們肯定也不想再重回石器時代吧？

我很希望瑟琳能了解這一點，既然是跟我一個模子刻出來的孩子，我想只要多花點時間說服她，她應該就能繼承我的位置。

事實卻不是如此，這個天不怕地不怕的冒失丫頭老是反抗我，不僅曾吃下奇怪的藥翻著白眼亂跑，甚至還勸過我自盡。

我想說把她趕出家門，去外頭吃點苦，應該就會長大了吧？結果她還是拚了命爬回來要把我殺掉，甚至將故鄉小島擊沉了。

那個能設結界把有著扭曲觀念的傢伙關起來的同伴已經不在了，而且因為那個結界只對小島本身有效，一般都是想辦法用魔水晶維持著，那丫頭卻吵著為什麼我們不讓外面的人用魔水晶，憑什麼自己使用，使出渾身解數把釘在海底的柱子擊碎了。

這件事導致島上的九成居民死亡。為了抓住那些趁機逃往大陸的傢伙，我們必須各自建造魔塔。

過程中也需要當地人的幫忙，因此接觸到的人，其中之一便是塞基……這傢伙完全是個天才。

不靠我們的協助，憑藉一己之力研究魔法技術與知識就達到五環水準，這已經神奇得要命了，我只是多給他一點點故鄉的資料，他居然一下就又達到七環的境界，甚至還寫出核融合的論文，說他是個可怕的傢伙一點也不為過。

真的慶幸塞基是個乖巧有禮貌的孩子，那傢伙只要稍微對權力或財富有點欲望，故鄉的人們肯定就會全體出動去抓他了。

平常為了要逮住那些逃獄的傢伙實在好忙，他別說是闖禍，甚至還會幫忙我們，真不知道我們有多慶幸。

雖然他在把羅莎莉特收為女兒還什麼鬼之後，就對人家掏心掏肺，還幫亞蘭研發了無線電和電車什麼的。

「……」

這麼想想，還真的是因為該死的洛克斯伯格很生氣耶，雖然我確實愧對那一家人，但只要想到他們把我家孩子一一搶走這件事，我實在很難不生氣。

想拿來作為守護真魔塔的狗狗而收進來養的孩子，為了那個愛迪還誰就把魔水晶技術統統傳授過去；塞基則是因為那個女兒還什麼鬼的，奉獻自己所有的魔法技術。

儘管對於讓大家辛苦了超過六十年的部分感到抱歉，不過就我的標準來說，六十年只是「過了一段時間呢」的感覺而已，該說是沒有現實感嗎……

「喔？老太婆，那傢伙不是彼得嗎？」

這人為什麼一直叫我老太婆啊！讓聽他講話的老太婆心情很差耶！

我想拍塞基小不點的後背，這匹聰明的馬直接把身體靠向小不點，我也因此才能順利打到他。

但說到彼得，不就是那隻巨大角兔嗎？

在魔水晶礦山附近常常能看到這種動物變異體，牠們頭上的黑角是保護自己的手段，斷掉就不會再長了，所以會把頭上的角當成性命一樣寶貝，那個叫傑克的傢伙手上居然有砍下來的角，真的很驚人。

「嗶嗶！嗶嗶嗶！」

而且這些傢伙都有高智商，通常都過著群居生活，若用人類來打比方……差不多有五歲的智力吧？所以一般的成熟體都能聽懂人話。牠之所以現在會撐大身軀，雙腳直立地站在老舊下水道前擋住我們的去路並威嚇我們，想必也是因為有人拜託了牠什麼吧。

「我沒有要刻意突破的想法，你自己判斷覺得可以的時候再讓開吧。」

「嗶嗶！」

對對對，這小子難道是角兔裡面特別聰明的傢伙嗎？牠理解人類點頭的動作是偏正面的意義耶。

我一邊等著角兔自己看狀況讓開，一邊觀察起那些笨蛋。

有匹馬正因載著三個人而被折磨著，艾斯托和我們家狗狗都不願意和四皇子分開，搞得馬兒真不是普通辛苦。

甚至這些人明明早就隨著時間慢慢恢復冷靜，發現那個四皇子不是羅莎莉特了，卻還是不願意跟他分開。

這應該是生病了吧？是某種精神疾病吧？

「那些傢伙真的沒事嗎？會不會在重要時刻突然開始發瘋？」

「老太婆妳才別在重要時刻發瘋吧！之前都已經因為這樣放走瑟琳了。」

可惡，這小不點緊咬著我那一次失誤不放耶，我已經承認那是我的錯誤，也反省了啊！我已經徹底認知到不能再放任瑟琳了，這次是真的下了極大決心才來的。

「嗶嗶！」

牠好像不是普通聰明耶？居然還懂得看太陽位置判斷時間嗎？

角兔望著天空用鼻子用力呼氣，接著挪開身體，讓出了下水道入口。我看這個入口大小，應該無法帶著馬和兔子進去。只能把馬交給這隻角兔了嗎？

「我把這些馬交給你，雖然我們可能會非常久都見不到面……但這不是要拋棄你們的意思，洛克斯伯格那些人肯定會來帶你們回到亞蘭。」

「嗶嗶！嗶！」

角兔點頭表示非常理解，牠看起來是真的很聰明耶。我只是想問一下，你該不會腦子比我們家狗狗的更好吧？

「羅西，羅西啊，嘿嘿！媽媽來幫妳綁頭髮。」

嗯……看來我應該也沒必要質疑了，總之我現在確定的是，彼得這小子比我家狗狗更值得信賴，看看牠抓著馬匹的牽繩，還敬禮要我們放心的模樣。

「……」

哇，牠居然連敬禮是什麼意思都懂？怎麼覺得有點恐怖？以後會不會是角兔支配人類啊？

「老太婆，點個燈吧，太暗了。」

「你用閃閃發亮不就好了嗎？」

「那是女兒的主技能，我用照明魔法會頭痛！」

「唉，小不點只有輸出量大而已。」

算了，螢火。

我點了幾盞燈，塞基小不點這時才總算放下心，放開我的手。看來這小子晚上視力不佳這點還是沒變啊，我之前一直念他，要他多吃點紅蘿蔔，他就不聽，還老是固執地跟我吵說紅蘿蔔跟夜間視力有什麼關聯。

「等等。」

又怎麼了？我看著這小不點又要找什麼碴，不久後就聽到其他人的動靜。這傢伙夜間視力不好，聽力卻是超級好。

「真奇怪，照理說這裡不應該會有人經過啊？」

四皇子小不點終於能獨自行動了嗎？緊黏在他身邊的艾斯托和狗狗消除了不安的症狀後，小不點走來我旁邊稍微探出頭，看著轉角對面表示慌張。

「那裡為什麼有個洞啊？」

啊……我知道是怎麼一回事了，我看懂了。羅莎莉特這傢伙以為那邊就是四皇子說的祕密通道，然後就直接破牆了。

我一提出這個想法，塞基小不點一臉複雜地表示認同，四皇子看起來依然慌張，詢問我人類怎麼有可能破壞灌了水泥的磚牆？

嗯……用普世常識可能不好理解，但在我們同行的人之中，連一面磚牆都無法破壞的人，就只有四皇子而已，甚至連實力最弱的羅莎莉特也能輕鬆擊破這種厚度的牆喔。

那個小不點身上都是這種壞能力，她會用什麼身體強化或電磁力這種很罕見的術式，舉一反三的應用能力是讓人起雞皮疙瘩地好。

不是啊，到底有哪個雷屬性魔法師會用電氣刺激肌肉並強化身體？是哪個瘋子會用電氣製造磁力，產出無限鐵製武器啊！

那個能力甚至不只可以用在製作武器，還能把砂鐵聚集成厚厚一塊進行防禦，也能將其自由變換形狀，凝聚成階梯爬高。

只要她的身體能力夠，甚至還可以空中漫步呢。

換句話說，就是能打空戰的意思，反正那個小不點的魔法能力有辦法強化身體，身體條件就也是可以克服的。

真是可怕的小鬼，雖然她現在才三環，一對一時卻能輕鬆且快速地擊退六環以下的魔法師。
重點是那小鬼還獲得了塞基的指導，連啟動速度都是迅雷不及掩耳的程度。
這種人就該早日關進魔塔啊，她畢竟是個向學的孩子，只要用真魔塔裡有很多珍貴史料可以看，好好引誘她一番……
「這裡！這才是真正的祕密通道！」
對嘛，一般講到祕密通道，應該要能用機關移動才對啊。那個臭小鬼跟她弟弟真的蠢到沒藥醫……我不是在講腦筋好不好的問題，是行為模式和解決方法很愚蠢的意思。
羅莎莉特很蠢，真的又蠢又野蠻到無可救藥。一個貴族身上怎會完全找不到半點優雅呢，我看那個叫愛迪的傢伙講話慢條斯理，用字遣詞又漂亮，舉手投足也是滿滿的高雅啊？
「……」
喔對，她不是貴族，只是個從外界來的不明生物，她已經太自然地滲透進洛克斯伯格了，我老是忘記這件事。不過既然都在這個地方生活超過六十年了，會像貴族也是很正常的。
「……」
哈……我真的是，這次一定要把所有事情作個了斷。
即使是少數個案，再怎麼說還是讓平凡人類有了太過辛苦的經歷，一直把星球時間倒轉回去的行為也非常惡劣。
我養育瑟琳是為了管那些愛闖禍又令人頭大的傢伙，事情怎麼會演變成這樣呢？

我自認有努力教育，也奉獻出自己的愛了，果然還是訓誡不足嗎？我好像是真的有點太寵她了。

『是誰！』

跟著四皇子的引導，我們順著樓梯往上爬，然後就見到有個身穿華服的神官在向我們大喊。

所以說……在神官裡，像他們這種穿著上好衣料並留著鬍子的傢伙，就是大神官嗎？我把召喚神官殲滅之後，就沒再關注喬勒亞夫了，也不太確定……

『大神官！是我，我是涅爾瓦·提亞努斯！』

小不點脫下假髮敬禮，那個被稱為大神官的人眼神出現了動搖。

『殿下？』

這個蓄鬍的小鬼四處張望後，要涅爾瓦趕緊戴上假髮跟隨自己。

他走在最前面，做出涅爾瓦曾做過的動作，緊壓牆壁，拉了燭臺，走進一堆奇奇怪怪的路……

到底誰家神殿有這麼多祕密通道啊？老實說吧，你們應該不是神官，而是暗殺組織吧！

『很抱歉讓您四處繞，因為上面有個瘋女人在鬧。』

『瘋女人？』

『是，她闖進神官更衣室，高喊自己是即將成為拉爾古勒國母的人，現在被關在異端審問所，還吵著要見皇太子殿下。』

『啊……』

羅莎莉特・洛克斯伯格……

我看塞基小不點應該也跟我一樣想起了她，畢竟他雙手摀住臉呼喊著女兒。人家都已經做出這麼丟人現眼的事了，還是要包庇對方，把她視為自己的女兒，我看塞基是真心的耶。

雖然塞基小不點本來就是容易對人用情的善良傢伙，但到底怎麼會跟那個壞小孩結下父女之緣啊？

『我有緊急之事要談，現在必須立刻見教皇，你可以替我帶路嗎？』

『這……』

那個大神官看向了我們，我想說應該是必須對外保密的關係，本來打算主動說可以另外談無所謂，但四皇子看著艾斯托小姐，一臉威風凜凜地回答。

『他們是幫助我藏身的人，這位美麗的女人以後也將成為我的妻子。』

『竟然！在此見過未來的皇子妃。』

嗯……好啦，不過為什麼那個大神官是笑著向我致意呢？

我來回看著艾斯托和四皇子，表達我個人內心的荒謬，大神官卻似乎完全不把我的意見放在眼裡，繼續說著他要講的事。

『那我就在此跟您說明了，教皇陛下目前行蹤不明……』

『……什麼？』

『先知一出現，陛下就說要單獨與她會面，在讓僕人統統退下後，便獨自離開了。』

『他去哪了？』

『這我也不太……』

嗯哼，哪來這種雷包啊？為了找到瑟琳，我們還跑來喬勒亞夫大本營，結果教皇跟瑟琳手牽手先跑了？

既然狀況如此……所以說瑟琳講的那些不是胡扯，都是真的。

那個丫頭在近兩百年間不斷更換身分，卻始終霸占著教皇，可見她有多狡猾！要不是因為瑟琳是喬勒亞夫相關人員，她應該早就被掃地出門了。

如果有必要讓喬勒亞夫正神教的人統統退下，只能她們兩個人單獨見面……就代表著她心裡有鬼吧。

把自己的安危看得比什麼都重要的丫頭，怎麼可能輕易讓守在自己身邊的人退下。

『等陛下回來，我會立刻聯絡您，在此期間……』

那個頂著大神官職銜的蓄鬍小鬼先是盯著一身女性禮服的四皇子看，然後又看向一身乞丐模樣的我們，提供了目前最好的辦法。

『殿下您偽裝成切雷皮亞來訪的富家千金會比較好，所以說……』

『如果是要獻金，很多。』

『真不愧是涅爾瓦殿下，您很懂喬勒亞夫呢。』

難怪羅莎莉特會把全部的錢都交給涅爾瓦。不是啊，這什麼鬼宗教？居然有神職人員講到錢就這麼開心的嗎，真是……

就算是瑟琳發明的宗教，應該也不是從一開始就是這模樣。

肯定也是現任教皇丫頭造成的影響吧，她從小就只愛錢跟漂亮的臉蛋，平步青雲被她升到大神官的人，淨是長得好看的男人或女人，我看這個蓄鬍小鬼老得挺好看，年輕時應該也混得不錯吧。

反正呢，我們用羅莎莉特給的錢，獲得能在神殿內盡情行動的自由，並且得到一個不錯的棲身之所。

雖然因為偽裝成切雷皮亞人，遇到外部人員就得用切雷皮亞語這點有點辛苦，但除此之外還真的沒什麼缺點，過得很舒服安樂。

就這樣過了四天還是過得很爽，我開始萌生強烈的危機感。

在這四天，我走遍此處，除了連瑟琳的瑟字都沒找到之外，更是完全沒見到教皇的影子。

本想說再不濟，等教皇回來就算抓住她海扁，也要問出瑟琳的行蹤，卻連想做這件事也無法如願……

「羅……西？羅西呢？在哪？羅……西？」

「小姐？小姐呢？請問一下你知道小姐人在哪嗎？」

最麻煩的是這兩個野獸般的傢伙一直吵著要找羅莎莉特，真的完蛋。

當然，這部分也是因為衣服上羅莎莉特的味道差不多散了，隨著時間流逝，四皇子身穿的禮服味道漸漸淡去，這兩人很驚人地察覺到了這件事，於是又開始出現不安症狀。

這些人要是完全瘋掉怎麼辦啊？萬一聞到羅莎莉特的味道，可能就會直接衝進她所在的皇宮內了。

我一邊擔心這點，一邊思考是不是要去跟羅莎莉特拿新衣服回來，結果我們家狗狗突然從床上跳起來，朝著窗外狂嗅。

「瑟琳！是瑟琳的味道！」

什麼！瑟琳嗎？

我反射性地準備啟動魔力，狗狗已經抓起武器包跳出窗外，雖然她能這樣若無其事地跳出窗外啦，但畢竟這裡可是五層樓高。

我才正要叫艾斯托等一下……

「一起走吧！」

這小鬼也是很大膽地跟著狗狗一起跳下去了。

我看向窗外，想說她們是不是都忘記這裡是五樓，結果艾斯托也安然落地，跟著狗狗一起奔跑。

哇啊……活這麼久了，我這還是第一次見到跟我們家狗狗一樣強壯的人耶。

這麼看來，她也知道要怎麼把劍氣用在劍上，除了能喊出**去死吧，威廉・布朗**，身體條件也非常好。我根本無法想像她以後會長成什麼樣的怪物。只要再多鍛鍊個十年，要贏過我們家狗狗感覺也是易如反掌。

「我也一起去！妳們這些笨蛋！」

我用魔法吹起風跟上狗狗的腳步，我們家狗狗說著有瑟琳味道而衝去的地方作為異端審問所使用，神殿騎士根本攔不住突然闖入的狗狗和艾斯托，我看著一臉慌張的他，欣然打開羅莎莉特給的小布包。

『隨便啦，這給你吧！』

『是！還請協助盡速辦完要事就出來！』

該死的喬勒亞夫教，真是腐敗到有剩。

喔？雖然我們是追著瑟琳的味道而來，但這邊的氣氛好像哪裡怪怪的耶？

窗框前有一整排的人戴著瑟琳最喜歡的白色半臉面具，求饒的人則穿著皇宮僕人服裝。

然後，像是那群戴面具傢伙頭頭的人看到我時，說了句蠢話。

『嗯？先知怎麼會來這邊？』

絕對是，他絕對是跟瑟琳有關的人！一定要抓住他！

「狗狗！艾斯托！抓住那些人！要活的！」

儘管趕忙開口，這些瘋子也不是會聽我說話的人，狗狗已從武器包拿出兩把短劍大殺四方，瞬間將兩個人砍成碎片，艾斯托則用迴旋踢命中對方的頭。

「我叫妳們抓的啊瘋子！妳們不追瑟琳的下落了嗎！」

「對吼！」

「啊啊！」

靠，這堆石頭腦袋！

我趕緊凍住對手的腿，封印他們的移動能力，並朝他們嘴裡塞了冰塊阻止他們自盡。這些人總是一言不合就想用自盡封住自己的嘴，不幸中的大幸是，還活著的人之中包含了看起來是面具集團首領的人。

「看你們幹的這些事，莫非是異端嗎？」

『什麼異端！我們是真正的喬勒亞夫信徒！』

喔……看來你也不是白白當上皇室僕人的嘛，居然聽得懂亞蘭語。

不過話說回來，嗯……一般來說，會一臉真誠，或纏住媽媽，或亂按別人家門鈴說著「你知道喬勒亞夫神其實來自亞蘭嗎？這本優秀聖書是免費的，聖書會告訴各位有關永生的驚人情報」的傢伙，全是異端。

「把那個僕人也帶走，他肯定是知道了什麼厲害的東西，他們才想殺他滅口，防止消息走漏。」

不過好像總覺得哪裡怪怪的，那些把瑟琳稱為先知的人明明很像異端，但帶走瑟琳的傢伙，不是喬勒亞夫正神教的人嗎？

之前當瑟琳摘下面具，一頭紫髮飄逸著分享她和初代教皇聊過的事情後，喬勒亞夫神殿約爾加國際港分部大神官就一面流淚，一面為她聯繫了教皇。

雖然我是因為這樣才知道瑟琳創立喬勒亞夫教，以及她與現任教皇也很熟的事實，但這與異端會為瑟琳行動沒有任何的關係，重點是，既然現在瑟琳與教皇獨處，異端幹嘛突然開始行動？

這只是我的推測，不過我想喬勒亞夫異端那邊會突然開始召喚古代生物，應該也和瑟琳有關。我明明早就把召喚神官絕子絕孫了，能讓那鬼東西復活的人，除了瑟琳也沒有別人，看來那個臭丫頭又跑去我的祕密書房偷東西了。

世界曾經差不多滅亡的那次，古代生物的破壞力也起了一定程度的作用，我本來還想把這件事帶到棺材裡，那些說是我同鄉的傢伙卻非要把它抖出來不可，並緊緊依附著人類。

授予平凡人類根本無力承擔的力量到底是想怎樣啊？這只會加速世界滅亡而已。

「走吧！把人帶走的事，四皇子會自己想辦法處理，要讓他們開口招供的部分交給塞基小不點就行了。」

「做完這件事就能見到羅西了吧，老太婆？是妳不知道我們家羅西有多脆弱才會這樣，她上次才因為活得太辛苦，甚至嘗試過我根本不忍說出口的事情！現在搞不好也因為很想見媽媽在偷哭呢！我們家羅西該怎麼辦啊？好可憐的羅西，她覺得辛苦的時候，我這個做媽媽的卻不能陪在她身邊。」

「我們趕緊殺了瑟琳離開吧，我想小姐了。放小姐一個人會出事的，上次我放小姐一個人待在家，出去吃早餐午餐晚餐結果就出大事了。小姐沒有我可不行，傑克和阿斯特里溫少爺都太弱了，他們沒辦法守護小姐的。」

我都聽懂了，拜託妳們給我閉嘴，瘋子！

我用合乎她們水準的話語，告訴這兩人再吵下去會被羅莎莉特討厭，幸好立刻一臉淚汪汪地閉嘴了。明明砍人的時候殺氣騰騰的，還真是很稀奇的孩子呢。

我往異端嘴裡塞進新的冰塊，為了清掉曾經有人出現的痕跡，還帶著一大堆屍體離開審問所。因為人變多了，我還得多給那個神殿騎士雙倍的封口費。

「塞基！塞基小不點你過來！你幫我認真電一下這些人。」

「老太婆，糟糕了！我看這裡的教皇跟瑟琳好像非常要好！」

這又是什麼胡說八道的鬼話啊？雖然從教皇那丫頭會跟瑟琳獨處來看，兩個人應該認識，但「非常要好」這個說法有問題吧？

「跟矮冬瓜皇子很熟的大神官表示，聽說從很久以前開始，教皇那傢伙的聲音就不一樣了，甚至出門還會遮著臉！」

喔喔喔？等一下，如果很久以前指的是瑟琳重啟魔法那時候，意思是現任教皇的容貌和聲音一直改變的事，應該是瑟琳使用扭曲記憶幫忙假造的吧？

難怪那傢伙能這麼輕易地不斷換臉，我本來還猜想難不成她開發了跟身體部位相關的新魔法？原以為她很厲害，結果只是求助瑟琳，並因此欠她人情而已嗎？

反正呢，我現在能理解教皇需要跟瑟琳獨處的原因了。

在聽說約爾加分部大神官一聯絡教皇，她就急忙帶走了瑟琳時，我就在想到底有什麼隱情，看來是因為她若想再次在神殿拋頭露面行動，就需要見到瑟琳，讓她重新施展魔法。

「塞基，你這次做的魔力拘束器，你是真的真的對它有信心吧？」

「那還用說！還要我講幾遍啊！要是那東西不管用，瑟琳怎麼可能需要糾纏著喬勒亞夫教？」

也是，她其實只要使用魔法騙過我們的眼睛再逃走就行了，何必大費周章跑來找教皇？現任教皇需要瑟琳的魔法，瑟琳則想借用喬勒亞夫教的力量解開魔力拘束器，這樣想的話，她們的利害關係就很明確了。

然後那個喬勒亞夫正神教先知和教皇，目前依附在異端這邊……

我向塞基說明剛剛發生的事，拜託他幫我拷問嘴裡塞冰塊的人，塞基小不點卻突然一驚，遠離我好幾步。

「我怎麼可能做那種事，老太婆妳瘋了嗎？」

「不然呢！你電瑟琳的時候不是很會電嗎！」

「這兩件事有一樣嗎？那是因為瑟琳怕痛，只要隨便電幾下就會從實招來，我才會出面！這種事要交給專業的來好嗎，交給專家！」

「專家傑克・布朗就已經跟著羅莎莉特走了，不是嗎？」

可惡，頭好痛。我個人對於那個叫傑克還什麼的孩子不是很滿意，本來還很慶幸不用跟他同行，現在面臨需要拷問別人的狀況，卻又會覺得可惜，到底是怎樣。

「我來試試看好了！」

什麼？妳有拷問別人的經驗嗎？

我表示疑問，艾斯托搖搖頭，然後就一邊說著只要能盡早見到小姐不管什麼事都願意做，一邊拿起了鉗子。

孩子，妳那個……鉗子，是打算用在哪？

「我有看著傑克學了幾手！我先從臼齒開始！」

哇……妳用一個幼稚園小朋友要表演的語氣，說出超級可怕的話耶。

吐掉冰塊的傢伙因為嘴裡凍得不輕，說不出半句話，只能不斷搖手，我們一起帶回來的僕人則說出一句非常有道理的話。

『等一下！在進行拷問之前！正常來說，難道不是應該先問話嗎？』

喔，對耶？我、我們應該要問什麼呢？

我和塞基兩人交頭接耳討論著該問什麼問題，艾斯托卻吵著說反正只要先拔牙，就什麼都會招出來，打算拿著鉗子硬上。我們家狗狗好像也想幫她，還緊抓著異端，強迫他張開嘴巴。

這些人做任何事都是先動手，真的會完蛋。

「等一下，你們這些瘋子！沒看我們正在思考嗎！人家是有什麼罪，要平白無故被拔牙！」

「所以說啊，早點招供不就行了嗎！換作我們家小姐，早在三十分鐘前就已經把她想知道的事都問出來了！」

「沒錯，老太婆！我們家羅西超級聰明的！」

好啦，你們的羅莎莉特好聰明好棒喔，瘋子！

我在那些人闖禍前用必死的決心瘋狂動腦，可惡，羅莎莉特那丫頭好像還真的挺聰明的，怎麼有辦法在必要時刻專挑需要的話講呢？她一覺醒來就能把海葵事件處理完，甚至還賺了一大筆錢。

唉，而我腦筋本來就不好了，甚至還因為老了而越來越轉不動！

「好、好吧！首先呢！異端的大本營在哪？總要先搞清楚瑟琳目前在哪吧！」

『你們這些笨蛋以為我會出賣先知大人嗎！』

『神殿地下有個沒在使用的老舊水道，她人在水道末端的山脊線上！入口有好幾個，她在山裡挖了個洞居住中！』

『喂！』

『我討厭傑克！真的討厭！你們認識傑克吧？拜託不要把我送去他那裡，我寧可去死！』

那個僕人是怎樣？在皇宮裡到底發生什麼事了？我問他跟那位拷問專家發生過什麼事，對方直冒冷汗，牙齒不斷打顫，分享了皇宮內部的消息。

他說目前皇宮是被內定為皇太子妃，同時還擁有後宮最高職權的羅莎莉特的天下。羅莎莉特不只把監視路基烏斯皇太子的雜碎趕出去，甚至讓皇帝的後宮都對她下跪，還干涉內政，讓弟弟和護衛取得財富與官職，並用異想天開的拷問與處罰方式展開恐怖政治。

「小姐！太優秀了，真不愧是小姐！」

「不愧是我們家羅西！我就知道她一定辦得到！」

反正喔，真不愧是她，明明說是要去轉移皇室的視線，看來也沒忘記顧好自己該拿的好處。她再這樣下去會不會不回亞蘭了啊？

「唉……我不太會講拉爾古勒語耶。」

哎？如果羅莎莉特決定留在這裡，塞基你難道也要跟著留下來嗎？也未免被迷惑得太過徹底了吧？他是認了女兒就會個性轉變的人嗎？是因為對方會做可愛的事情，所以他才這麼瘋？

雖然這算是撿到的資訊，但我們總歸對傑克．布朗深表感謝。問話又繼續下去，而每當那個僕人閉嘴不答時，我們只要搬出傑克來威脅，他就又會講出口，原本想堵住這僕人嘴巴的頭頭心情煩躁得不斷發出呻吟。

好吧……我現在懂你們為什麼非殺他不可了，這人也未免太好套話了吧。

「嗯……所以說，喬勒亞夫正教的先知，以及真正的喬勒亞夫先知是同一人物？」

『這是當然！因為先知大人已經洞悉了一切，她知道我們才是真正的喬勒亞夫信徒！』

「暫離的真正喬勒亞夫教主跟先知一起回來了？」

『沒錯！教主大人肯定是因為先知大人被冒牌喬勒亞夫抓起來了，才會氣憤地開始行動吧！』

哈……我真的要殺了金瑟琳。

我們家狗狗和艾斯托好像沒聽懂這到底是什麼意思，不過看到我跟塞基都一臉複雜後，臉色也跟著沉了下來。

這不就是那個該死的教皇丫頭是異端教主的意思嗎！臭丫頭，從以前就對權力特別瘋狂！

雖然那丫頭的權力欲和物欲都非常強大，可是她對人們付出的心意與平常的善行，也都是出自於她的真心，是因為這樣我才放任她不管的。

因為那個教皇丫頭奇蹟般的治療行為而獲得救贖的人，可說是數不勝數，再加上她只剝削有錢人的財富，不吝於為貧窮弱小的人提供免費服務，所以我才認為她是個善良的孩子……

「我想說她是個對人類有不少益處的孩子，才饒她一命的……」

「我都說過幾次了，世界上的利害關係並不是簡單就能算清楚的啊，老太婆。」

好啦，你比我還聰明，真的好棒棒，臭小子。

話說回來，既然知道教皇與異端教主是同一個人，也知道瑟琳正單獨和異端待在大本營的消息，那是不是就剩下行動了？

『你們就算知道大本營位置也沒用，那裡戒備森嚴，若有非相關人員潛入，就會立刻封鎖入口！』

嗯……是很謝謝你跟我說啦，但我打從一開始就沒打算從入口進去，而且要闖到裡面看起來也是易如反掌啊。

「一、二、三、四。」

異端的衣服與面具有四組，然後我、塞基、小狗狗和艾斯托也是四個人，剛剛好。

『天！』

『我們都是向那些人洩漏祕密的同伙了，一起下地獄吧！』

『住口，你這個叛徒！』

你們這麼快就變熟了是嗎？對啦，朋友之間就該好好相處才是。

「可惡。」

我用冰雹打那些被我們抓來的傢伙的頭，讓他們昏迷後立刻高喊。

「還活著的那個人的衣服是我的！」

「太過分了吧，老太婆！」

哈哈，人就是要機靈啊，你就是這點不好。很善良跟當冤大頭是兩回事，總要根據狀況不同要點小聰明才行啊！雖說待在羅莎莉特身邊時，是也不太需要擔心這一塊會出問題啦。

為了預防萬一，我們換上異端的服裝回到本來的據點。

四皇子已經帶我們來到這裡，也給了我們解決事件的線索，他的角色也差不多到此為止了。留下一張叫他小心安全自己看狀況跟羅莎莉特會合的紙條後，我們接著回到水道溯流而上。

離開老舊水道後才發現，彼得這小子居然把馬匹野放在牧草地，自己的食物則堆在一邊，正在悠哉睡午覺呢。

我們不在的時候，這小子似乎享受了悠閒的休假。

「真的是這邊嗎？確定？」

「就說是這裡了！瑟琳的味道超重！」

這些人還真的躲很深耶，我騎著伊莉莎白走進山路，但不管再怎麼往深處走，也沒看到像樣的建築物。

雖然我們也曾向在路上偶遇的穿著相同衣服的人問路，但他們說連入口在哪裡都不知道的石頭腦袋，不可能會是自家人，就不由分說撲上來，解決他們也浪費了不少時間。

只要知道入口在那，我就能把整個山脊炸掉了呀。

「那邊有個洞窟！」

哇，妳夜間視力真好耶！

我們家狗狗只顧著追氣味，眼睛根本幫不上忙，但艾斯托在大半夜裡也能明確找到異端的洞窟入口並指引方向。

我現在懂羅莎莉特要把她放在我們身邊的原因了，真的超有用。

「大家後退，我等等放大絕後，至少會有十分鐘沒辦法繼續使用魔法，在這段時間請你們盡可能先保護我。」

「老太婆，妳難道要向小狗狗公開那件事嗎？」

「事情都這樣了我還能怎麼辦！」

如果慢慢潛入尋找瑟琳，又要花上許多時間，用這個方法才快啊。

你還是快點把那些小鬼的嘴巴摀住吧，我要是心情受影響，就沒辦法施展好魔法了！

「神已死！」

「老太婆！妳好歹也給我摀嘴的時間再詠唱啊！」

「我們殺死了神，在虛無之中誕生的存在，是無力的淒涼！」

我就知道會這樣，我就知道小狗狗肯定會笑到發瘋！但艾斯托的嘴也沒被塞基小不點摀住，她的表情卻完全沒變！謝謝妳了！

「最初的火苗無盡燃燒吧！伊格尼斯迪斯特羅伊爾！」

「啊哈哈！哈哈哈哈哈哈哈！這老太婆是痴呆了嗎哈哈哈哈哈！」

臭小狗，等我魔力重新累積完，妳就死定了！

我念完整段啟動語並指定方位。其實在瑟琳將魔法初始化時，她在我身上施展的魔法也已經解除，所以我的時間與空間感都回來了，不過塞基幫我做的工具實在太好用了，我就也沒有想要摘下來。

即便不靠眼睛評估距離跟方位，單眼鏡片也會告訴我魔法的影響預測範圍及準確座標，那我幹嘛自己這麼辛苦？

我把設定範圍這件事統統交給塞基幫我製作的座標測量器，接著施展魔法，一顆巨大如太陽般的球體遂從山上滾下。

這個能被稱作是人工太陽的魔法不只照亮了周圍，在從山頂滾下的過程中也把一切都融化殆盡。

「小不點們，幹嘛一直盯著看！眼睛閉起來，會瞎掉！」

那顆球體的中心溫度大概有攝氏一萬度，然後這個魔法會維持三分鐘，在這段時間內，所有東西都會被徹底融化。

一般人類會在不知道發生什麼事的狀況下就這樣絕命，而在這場地獄之火中，有能力活下來的傢伙，就我所知就只有一個人。

『呃啊啊啊啊！』

還能聽到尖叫聲的話，看來是在那邊吧。我等魔法威力減弱後，請五百公尺內跑得比馬還快的艾斯托幫忙。

在原本有山的地方，有一處不斷傳來尖叫聲，其外頭籠罩著像玻璃一樣的透明物質，雖然一點也不冷，但看起來就像被冰河包覆，形成一幅奇景。

在這個神祕的景色中，還有人正在被火燃燒著，他們好不容易才維持住人的形態，現在看來是正在為了守護著誰，所以持續施展防禦魔法。

不滅的火焰讓他們的皮膚融化，骨頭和肌肉都顯露了出來，膿水流出又蒸發。他們沒有死，而是變成施展魔法的工具，這一切都是來自教皇那丫頭的神聖力。

「住手吧，既然已經守住妳自己了，就讓他們善終吧。」

「我們不是說好不互相侵犯了嗎？」

「那是建立在妳安分守己的前提之下。」

「我現在已經夠安分了吧？」

哪裡？

扶持皇室征服大陸、建立異端之餘還當教主，然後還學走古代生物的召喚術式，使用武力的小不點到底哪裡安分了？不只征服世界上最大的宗教，還得到古代生物的力量，把征服世界當興趣應該是覺得這樣子很有趣吧！

我氣得大罵，而臉上滿滿皺紋的藍髮小不點痛快地笑著回答。

「妳不是早就知道我野心很大了嗎？瑟蕾娜小姐。」

「這是能簡單用野心二字解釋的問題嗎？妳也未免太膽大包天了！」

「但我知道妳不會殺我，畢竟我什麼事都沒做呢。」

這……也是啦，這些到目前為止都只是我的臆測，教皇丫頭至今都沒有任何動作，可能再給她一點時間，她就會反省自己，變得比較善良……

我總不能隨便奪走一條生命嘛，更何況那孩子是個能拯救人類的人才。

「喂，老太婆！妳為什麼又被說服了！」

「瑪麗亞！是瑪麗亞！妳是來見我的嗎？」

塞基你這臭小子要敬老尊賢吧！幹嘛突然打我的背！而且瑟琳那傢伙為什麼完全不把扶養她長大的我放在眼裡，只顧著找小狗狗！你們這些可惡的傢伙，真是有夠沒禮貌！

「瑟琳！這是最後機會了！」

總之，現在不是分神的時候，教皇丫頭是個問題，但我當下唯一的目標就是解決瑟琳事件。

即使是現在也好，只要她願意反省並解除羅莎莉特身上的魔法，對洛克斯伯格一家放手，跟我一起回真魔塔——只要展現出這一點決心就好，我就能原諒瑟琳，替她尋求大家的原諒。我也願意抱持著向洛克斯伯格贖罪的心，和瑟琳兩人永遠不再踏出真魔塔一步。

到目前為止還行，還可以挽回，我懇切地拜託瑟琳解除羅莎莉特身上的魔法，拜託她不要再徒增犧牲者，別再犯下其他罪了。

「那我有條件，老太婆。」

「什麼條件？」

「幫我解開魔力拘束器。」

胡說什麼鬼啊臭丫頭，我拜託瑟琳不要再說這種瘋言瘋語，但她也固執到不行。我勸說她反正旁邊還有教皇丫頭在，只要閉上眼睛施展一次魔法初始化，就能在最小程度的痛苦之下了結整件事，瑟琳卻說了句莫名其妙的話。

「契約是用繞ＩＰ的方式重簽的，不可能在這邊初始化！必須召喚踢躂回來，完全斷絕他故鄉那邊的魔力聯繫才辦得到！」

「這話又是什麼意思？」

「我跟妳解釋，妳就聽得懂嗎？」

喂！妳對老人家親切一點好不好！

人老了要學習新東西，就是會比較辛苦，但我還是會努力學的。只要瑟琳妳一步步說明給我聽，就算可能學得很慢，我還是會想辦法理解；就算妳沒耐性，也拜託妳忍耐一下下，我這個奶奶、我這個當媽的會努力試著接受的！

「洛克斯伯格那邊也有黑魔法師，跟那個棉花糖商量一下吧，妳太危險了，我不可能解開妳的拘束器！」

「哪來的商量啊？妳明明每次都自己隨便作決定！」

「……」

「妳哪一次真的有聽我說的話改變決定？妳有認真聽過我的意見嗎？」

這……我還真的無話可說。可也正是因為如此，我才想說要從現在起挽回一切啊。

只要處理好羅莎莉特身上的魔法，我之後就會好好聆聽瑟琳說的話，既然她討厭我干涉和操縱世界文明，那這件事我以後就不會再做了。

只要跟我一起回真魔塔，我們來日方長；只要好好活用那些時間，瑟琳和我肯定就能找到妥協的平衡點。

「在那之後隨便妳怎麼做，這次就聽我的話吧！」

「又來了！光是『這次就好』，我就不知道到底聽過幾遍了！」

這次是真的啦笨蛋！

雖然我滿懷真心地說了，瑟琳卻完全不領情。只能使出最後一招了，如今只剩一個能讓我們雙方都接受的辦法。

妳不是一直詛咒我去死嗎？這下如妳所願，開心了吧，臭丫頭。

我緊咬嘴唇，下定了決心。再拖下去又要心軟了，如果像之前那樣看到瑟琳痛苦的樣子，我可能又會忍不住想救她。

「艾斯托！把教皇丫頭跟瑟琳分開！」

總不能讓無辜的孩子捲入是非。這個魔法範圍很小，但只要栽在我手上，就不可能逃得了。

「塞基小不點，後面就交給你善後了，看是要把魔塔煎著吃或炒著吃都隨便你。」

「等等，老太婆，妳想幹嘛？」

「狗狗，不對，瑪麗亞，妳得到一個很棒的名字呢。這段時間對不起妳了，還有妳女兒也是，代我向她說聲抱歉。」

「什麼啦，老太婆，妳不要過來！即使我死了，也沒辦法解開那個小不點的魔法，妳不也很清楚嗎！這不是發動者死掉就能解開的魔法！」

我知道，畢竟就算設下故鄉小島結界的同伴死了，結界也依然存在。不過我同時也很清楚，魔法不是永恆的，一旦解除了就再也無法恢復，所以我們才會為了維持小島的形體而努力。

所以即使瑟琳死了，羅莎莉特身上的魔法也會繼續存在，但也就是這樣而已。之後羅莎莉特若是死去，便能真的永遠安息，那就只會有這麼一個犧牲品被召喚出來而已。

這樣就結束了，犧牲一個人就能結束的話，那我會選這條路。雖然這對羅莎莉特個人很抱歉，但也不會再發生比這更大的不幸了。一直以來，我總是優先考量全體人類的公平正義。

「我的氣息所到之處都將枯萎。」

「這是威脅吧？只是要嚇我而已吧？」

瑟琳退了幾步。這孩子每次都想逃離我，連剛出生時也為了逃離我的懷抱而踢腿掙扎，以小嬰兒來說，她的力氣很大，幸好她很健康，出生時也沒什麼病痛。

「失去了香氣，失去了色彩，凍結而不再移動。」

「饒了我吧，奶奶，真的拜託！只要幫我解開拘束器，我什麼都聽妳的，我跟妳走！」

每次呼吸，氣息都會成為冰塊掉落。

這個魔法不念到最後也無妨，我也不曾全部詠唱完過，畢竟嘴巴在背誦的途中就凍僵了。但既然開始了，直到我的魔力用盡為止，魔法是不會停歇的。

我抓住試圖逃離我的瑟琳，她的手瞬間凍結，發出清脆聲響碎裂開來。我再也握不住她的手了。

即使是最後一次，我也好想再碰觸她，抱著這唯一的念頭，我將瑟琳緊緊擁入懷中。

好冷。我的孩子甚至連眼淚都無法流下。

要是能哭出來就好了，僵硬的身體，能做的僅僅是抬起頭。

早知道就跟她大吵一場了，早知道就表現出情感了，早知道就該假裝不知道向她認輸了，早知道就不那麼固執了。

我想聽她喊我一次媽媽，但為什麼最後還是叫我奶奶呢？她明明就等同是我的孩子，是我最後的女兒啊。

眼前變得雪白，最後一次抬頭看到的天空，星星正從彼端墜落。

——《敢動我弟弟就死定了04》完

SU009

敢動我弟弟就死定了 04

내 동생 건들면 너희는 다 죽은 목숨이다

作　　者	몰포(Morpho)
譯　　者	黃千真
封面設計	MOBY
封面繪者	haero
責任編輯	林紓平
發　　行	深空出版
出 版 者	星巡文化有限公司
地　　址	臺北市中正區重慶南路一段57號3樓之5
法律顧問	泓準法律事務所 孫瀅晴律師
電　　話	(02)7709-6893
傳　　真	(02)7736-2136
電子信箱	service@starwatcher.com.tw
官網網址	www.starwatcher.com.tw
初版日期	2025年06月
總 經 銷	聯合發行股份有限公司
地　　址	新北市新店區寶橋路235巷6弄6號2樓
電　　話	(02)2917-8022

國家圖書館出版品預行編目(CIP)資料

敢動我弟弟就死定了 / 몰포(Morpho)著 .
-- 初版 . -- 臺北市 :
星巡文化有限公司出版 : 深空出版發行 , 2025.06
冊 ;　公分
ISBN 978-626-74125-5-8(第4冊 : 平裝). --
862.57　　114003407